文
景

———

Horizon

[美] 莎拉·格鲁恩 Sara Gruen／著｜谢佳真／译

大象的眼泪
water
for Elephants

上海人民出版社

我句句实言，我说真心话……

大象忠实可靠，绝无二心！

——苏斯博士，《大象霍顿孵蛋记》，1940 年

楔子

炊事篷的红白遮棚下只剩三个人，就是格雷迪、我和油炸厨子。格雷迪跟我坐在一张破旧的木桌前面，一人面前一只凹痕累累的马口铁盘子，盘上搁着一个汉堡包。厨子人在柜台后面，正在用刮铲刮锅子。油锅早熄火了，但油腻味儿萦回不去。

马戏团其余地方不久前还挨挨擦擦挤满了人，这会儿一片空荡荡的，只看得到几个团员和等着进库奇艳舞*篷的几个男人。他们忐忑地左瞄右看，帽檐压得老低，手深深插在口袋里。他们不会失望的，芭芭拉的场子就藏在营地后面，她的媚功可厉害啦。

我们团主艾蓝大叔管客人叫"土包子"。除了等着看芭芭拉的人，其他人已经逛完兽篷，进入大篷了。热闹滚滚的音乐颤动着大篷。乐队照例震天价响地飞快奏出预定的曲目。我清楚节目的程序，就在这一刻，惊异大奇观即将下场，高空杂耍女郎绿蒂应该正在场地中央攀着索具上升。

我注视格雷迪，试图思忖他的话。他四下瞄了瞄，又凑得更近一点。

---

* 库奇艳舞：一种色情女子舞蹈。（除非特别说明，全书脚注均为编者注。）

1

"再说，依我看，你可出不起纰漏。"他紧盯着我的眼睛，扬起眉毛加强语气。我的心跳慢了一拍。

大篷忽地爆出如雷掌声，乐队天衣无缝地奏起古诺*的华尔兹。那是大象萝西上场的暗号，我本能地转向兽篷的方向。玛莲娜要么正准备骑上大象，要么已经坐在它头上。

"我得走了。"我说。

"坐下啦，吃你的汉堡。你要是打算闪人，下一顿恐怕有得等了。"

就在那一刻，乐声刺耳地停顿下来。铜管乐器、簧乐器、打击乐器荒腔走板地同时响起，那些长号和短笛章法大乱失了协调，一只大号吹岔了气，一副铙钹空洞的锵锵声从大篷抖抖颤颤传出来，越过我们头顶，直到湮灭。

格雷迪愣住了，仍然俯头对着汉堡，两只小指竖着，嘴咧得好开。

我左看看，右看看，没人移动半分筋肉，大伙眼珠子全盯着大篷。几缕干草懒懒地回旋过干泥地。

"怎么了？出什么事了？"我说。

"别吵。"格雷迪嘶声说。

乐声再度响起，奏出《星条旗永不落》。

"老天哟，讨厌。"格雷迪把汉堡扔到桌上，一跃而起，弄翻了长凳。

"什么？怎么了？"我大叫，他已经跑了。

"灾星逛大街啦！"他回头嚷道。

我霍地转身看油炸厨子，他正扯下围裙。我问："他到底在说什么？"

---

* 古诺（Gounod，1818—1893）：法国作曲家。

他扭着要把围裙翻过头顶脱掉。"这个灾星逛大街嘛，就是说出乱子了，大乱子。"

"哪种乱子？"

"难说，像是大篷闹火灾啦，动物受惊乱跑啦，啥都有可能。老天哪，可怜的土包子，这会儿他们八成还蒙在鼓里呢。"他从铰链门下面钻出去走了。

四下怎一个"乱"字了得。糖贩们手撑着柜台跳出来，工人们从帐篷门帘下面连滚带爬出来，杂工们飞奔过营地，班齐尼兄弟天下第一大马戏团全团上下通通急如星火，冲向大篷。

钻石乔从我身边跑过去，倘若他是一匹马，那他就是马不停蹄地狂奔。他拉开嗓门："雅各 —— 兽篷出事啦，动物跑了，快快快！快去啊！"

用不着他多说，我拔腿就跑。玛莲娜在兽篷里。

我跑近的时候，一记闷响流窜过我的身体，声音比吵嚷声还低一阶，吓得我魂都飞了。大地在震动。

我歪歪倒倒奔入兽篷，迎面遇上墙也似的牦牛。它的鬃毛竖起，乱蹄狂踏，红鼻孔喷着气，眼珠骨碌骨碌转，从我旁边飞冲过去，逼得我踮着脚尖连忙后退，贴住篷壁，以免弯曲的牛角刺到我。一只受惊的鬣狗紧抓在牦牛肩上。

帐篷中央的摊子已经被动物踏为平地，只见腰腿、蹄踵、尾巴、爪子大混战，斑点和条纹缠闹成一片鬼哭神号，有的呼啸，有的嘶嚷，有的低吼，有的哀鸣。一只北极熊站起来，居高临下挥动锅子大的熊掌乱打，一只骆马挨了一下，当场昏死过去，砰，摔到地上，颈项和四条腿张开，像个五角星。黑猩猩们尖声鼓噪吱吱叫，在绳索上摆来荡去，躲

3

开下面那几只大猫。一匹眼神狂野的斑马左弯右拐地移动，跑得离一头蹲伏着的狮子太近。狮子使劲挥出一掌，没击中，便窜到别处，肚皮贴近地面。

我扫视帐篷，狂乱地搜寻玛莲娜的身影，却见到一头大猫溜进通往大篷的甬道。是豹子。看着它轻灵的黑色身躯消失在帆布甬道中，我立在那里，等待土包子们察觉异状。倘若土包子们还不晓得灾星罩顶，他们马上就会知道。等了好几秒，那一刻终于来了。一声长长的尖叫接着一声，又一声，然后整个地方轰地传出人人争先恐后、推挤逃命的如雷吵嚷。音乐第二度刺耳地停止，这回再也没重新响起。我闭上眼睛。主啊，求求你让他们从帐篷后面出去。主啊，求求你别让他们跑过来这边。

我再度睁开眼皮，扫视兽篷，发狂地找她的身影。看在老天分儿上，找一个女孩和一头大象能有多难？

当我瞥见粉红亮片的闪光，我差点大叫着松了一口气。也许我当真叫过，我记不清了。

我的心肝儿是在兽篷另一头，正贴着篷壁站立，恬静如夏日。那些亮片闪呀闪，有若流动的钻石，在群兽五花八门的毛色间放出一柱莹莹粼光。我们眼神对上了，我们这一望仿佛直望到了地老天荒。瞧，我的心肝儿一派气定神闲，懒洋洋的，甚至漾着微笑。我在群兽的推挤中前进，但心肝儿的神色有点古怪，我蓦然停步。

那个下三烂正背对着我的心肝儿，立在那里面红耳赤，大吼大叫，指天画地，挥舞他那根银头手杖。他的丝质高帽搁在一边的干草上。

心肝儿不晓得去拿什么东西。一只长颈鹿穿过我们之间，长颈子快速摆动，在慌乱下仍然不失优雅。等长颈鹿过去，心肝儿已经抄起一根铁桩，闲闲握住，桩尖靠在硬泥地上，又定定望着我，眼神茫然，最后将目光移到他没戴帽子的后脑勺。

"天哪。"我赫然明白那铁桩的用途，便跌跌撞撞向前冲，大吼"不行！不行！"，也不管自己的声音决计传不过去。

铁桩高高举起，向下一砸，将他的脑袋如西瓜一般劈开。他的脑袋开了花，双眼圆睁，嘴型僵成一个"〇"。他往下跪，然后向前翻倒在干草上。

我惊骇到无法动弹，连一只小红毛猩猩突然抱住我的腿，我也没动。

这件事发生好久了，好久了，却仍然在我脑海盘旋不去。

我不太跟人提起那段时光。一向如此，也说不上来为什么——我待过几个马戏班子，总共做了将近七年，倘若那不算是聊天的谈资，我就不晓得什么才是了。

其实我是知道个中原因的：我始终信不过自己，怕说溜嘴。我明白为心肝儿守密有多重要，而我也守住了秘密，守到心肝儿离开尘世，又继续守了下去。

七十年来，我从不曾跟谁提过只言片语。

一

我九十岁，或者九十三岁，不是九十就是九十三。

当你五岁的时候，自己几岁零几个月都了然于心。即使年过二十，你也把岁数记得一清二楚。你会说我二十三岁，二十七岁。可是到了三十来岁，怪事便发生了。一开始不过是一时的语塞，片刻的迟疑。"你几岁？""噢，我——"你信心满满脱口而出，又蓦然噤声。你本来要说三十三岁，但你不是三十三，而是三十五。你心烦起来，纳闷后半生是否已然开始。答案当然是肯定的，但你要几十年后才会承认。

你开始忘掉字词，一个词儿明明就在舌尖上，却赖着不下来，怎么也说不出口。你上楼拿东西，等你走到楼上了，却不记得上楼干吗。你对着眼前的儿女把其他孩子的名字点过一遍，连家里那条狗的名字也试过了，才总算叫对了人。有时候你忘了今天星期几，最后连年份也忘了。

倒不是说我健忘成那样，而应该说我不再理会时光流转。千禧年过了，这个我晓得，人仰马翻一场空，那些年轻人愁得不得了，搜刮罐头，一切不过是因为某个家伙偷懒，没腾出空位放四位数字，只留了两位数的空间。不过千禧年可能是上个月，也可能是三年前。话说回来，那有什么要紧？豌豆泥、木薯、成人纸尿裤的日子过上三周、三年、甚至三十年有差别吗？

我九十岁，或者九十三岁，不是九十就是九十三。

外头要么出了车祸，要么道路施工，老太太们才会赖在交谊室另一头的窗前，像孩子或囚犯似的不忍离去。她们纤瘦羸弱，发丝如雾，年纪大半小我足足十岁以上。年龄的差距令我悚然心惊，即使身体背叛了你，你的心却不认账。

看护把我安置在走廊，助行器就在我轮椅旁边。髋骨骨折以来，我已经恢复得大有进展，真是谢天谢地呀。曾经有一段时间，我的腿似乎永远废了，我才会听劝住进养老院。可是我每两个钟头就起来走个几步，每天都能多走几步才感觉需要回去。这把老骨头可能还有得撑呢。

这会儿窗口有五个人了，银发婆婆们凑在一起，弯起手指在玻璃上指指点点。我等了半晌，看她们会不会散去。她们没散。

我垂眼确认刹车已经固定，小心翼翼地起身，一边抓着轮椅扶手稳住身子，一边抖抖颤颤挪向助行器。一就定位，便抓住把手的灰色橡胶垫，向前推到手肘伸展开，也就是恰恰一块地砖的长度，然后将左腿向前拖，确认助行器放稳了，再把右腿拖到左腿旁边。推，拖，等，拖。推，拖，等，拖。

走廊很长，而我的脚不像以前听使唤。我的瘸法和老骆不一样，真是感谢老天，但走路终归快不起来。可怜的老骆，好多年没想到他了。他的脚丫子垂在小腿下头，不受控制，走路得举高膝盖把脚甩到前面。我是用拖的，仿佛腿上系着重物似的，加上驼背，走路的时候，眼前只看得到拖鞋在助行器框架内挪移。

想到走廊尽头得费一点时间，但我确实走到了，而且是凭自己的两条腿过去的，帅呀。只是人到了那里，才想起还得一路走回轮椅。

老太太们腾出位子给我。她们是生气勃勃的一群，有些能自个儿走动，有些是靠朋友推轮椅。这些老女孩神智依旧清醒，待我很好。我在养老院算是稀罕人种，一个老男人面对一海票仍在为丧偶心痛的寡妇。

"嘿，来这边。"荷柔关照地说。"咱们让雅各看一下。"

她把桃丽的轮椅向后拉开几尺，匆匆移到我旁边，十指交握，浑浊的眼睛炯炯放光。"噢，好兴奋哦！他们忙了整个早上了！"

我凑到玻璃前，仰起脸，阳光照得我眼睛眯起来。外头好亮，瞧了一会儿才看出点眉目，然后色块聚焦成形体。

街尾的公园有一个巨大的帆布帐篷，红白粗纹篷面，篷顶一眼就看得出是尖的——

我的心脏突然紧缩，一只手不禁往胸口抓。

"雅各！噢，雅各！天哪！天哪！"荷柔大叫，慌得两手乱抖，然后回头朝走廊喊："看护！看护！快来呀！扬科夫斯基先生出事了！"

"我没事。"我咳起来，捶着胸口。老太太们就是这点讨厌，总是怕你两腿一伸挂掉。"荷柔！我没事啦！"

可是来不及了，我听到橡胶鞋底叽叽叽的脚步声，不一刻看护们便把我团团围住。想来，用不着担心怎么走回轮椅啦。

"今天晚上吃什么？"我任凭看护推我到食堂，一边咕哝，"麦片粥？豌豆泥？婴儿食品？嘿，让我来猜，是木薯吧？是木薯吗？还是我们要吃米布丁？"

"哎，扬科夫斯基先生，你真爱说笑。"看护平板板地说，心知肚明没必要回答我。今天是星期五，我们的菜色照例是营养而乏味的肉卷、奶油焗玉米、重新加水的脱水马铃薯泥，搭配可能曾经和一片牛肉打过一次照面的肉汁。他们还纳闷我体重怎么会往下掉。

我知道有些人没牙齿，但我有啊。我要炖肉，我太太做的那一种，要加皮革似的月桂叶一起炖的味道才够道地。我要胡萝卜。我要水煮的带皮马铃薯。我还要浓郁香醇的解百纳葡萄酒佐餐，不要罐头苹果汁。可是，我最想要的是一整穗的玉米。

有时候我会想，如果得在一穗玉米和做爱之间二选一，我会选玉米。倒不是说我不喜欢跟女人翻云覆雨最后一次，我还是个男人，有些事情永远不会变的，但一想到甜美的玉米粒在齿颊间迸裂，我就口水流满地。遐想终归是遐想，这个我知道，啃整穗的玉米和做爱都不会发生。我只是喜欢选择题，仿佛我就站在所罗门王的面前，考虑是要最后一次春宵还是一穗玉米。多么美妙的难题。有时候，我会把玉米换成苹果。

每一桌的每一个人都在聊马戏团的事，我是指还会说话的人。那些静默无语的人或是面无表情四肢萎缩，或是头、手抖得无法使用餐具，都坐在食堂边缘，由旁人拿着汤匙一点一点把食物送进嘴巴，哄他们咀嚼。他们让我想起雏鸟，只差他们浑身上下找不到一丝热劲。除了下巴轻微的咬合动作，他们的脸皮动也不动，空虚得骇人。骇人是因为我深知自己正步着他们的后尘前进，我还没走他们那么远，但也是迟早的事。不想落到那个境地，只有一条出路可走，而我委实不能说我喜欢那条出路。

看护把我安置在晚餐前面。淋在肉卷上的肉汁已经凝成一层膜。我拿叉子戳戳看，那膜抖了抖，揶揄我。恶心。我抬眼，直勾勾望着乔瑟夫·麦昆迪。

他坐在我对面，是新来的，一个半路杀出来的退休律师，方下巴，塌鼻子，大大的招风耳。那耳朵让我想起萝西，耳朵是他们惟一相像的地方。萝西是一头心思细腻的大象，而他嘛，唔，他是退休的律师。我实在摸不透看护脑袋想什么，他一个律师和我一个兽医能有啥共通点？但他来的第一天，看护便把他的轮椅安置在我对面，从此不曾换过位子。

他怒目瞪我，下颚前后移动，像一头牛在反刍。不可思议，他居然真的在吃那玩意儿。

老太太们像女学生似的叽叽喳喳，欢天喜地，丝毫没察觉我们的对峙。

"他们要待到星期天。"桃乐丝说，"比利问过了。"

"是啊，星期六演两场，星期天一场。蓝道跟他几个女儿明天要带我去。"诺玛说着转向我，"雅各，你会去看吗？"

我张嘴要答，但不容我吭声，桃乐丝便脱口而出："你们看到那些马了吗？乖乖，好俊哪。我小时候家里养马，噢，我爱死骑马了。"她望向远方，有那么电光火石的一刻，我看出她做小姑娘的时候非常可爱。

荷柔说："记得马戏团坐火车巡回表演的年代吗？海报会提早几天贴出来，镇上所有能贴的地方都贴了！两张海报中间连一块砖头都不露出来！"

诺玛接腔："就是啊，我记得可清楚了。有一回，他们把海报贴在我们谷仓外面。他们跟爸爸说，海报是用一种特别调制的胶糊上去的，表演结束两天就会自己掉，可是过了好几个月，那些海报还粘在我们谷仓上面，骗你我就不是人！"她咯咯笑起来，摇头说，"爸爸气炸了！"

"然后过几天火车就来了，总是在天刚破晓的时候来。"

"以前我爸会带我们去铁道看他们卸东西。哗，真有看头。还有游行！还有烤花生的味道——"

"爆玉米花！"

"糖苹果、冰淇淋、柠檬水！"

"还有锯木屑！会钻到你鼻子里！"

"我以前弄水给大象喝。"麦昆迪说。

我扔下叉子抬头看他。他显然跌到皮痒，等着老女孩们奉承。

"你没干过那种差事。"我说。

大家沉默片刻。

"你说什么？"他说。

"你没弄水给大象喝过。"

"我有，千真万确。"

"你才没有。"

"你是说我在骗人吗？"他缓缓说。

"如果你说你弄水给大象喝，你就是骗子。"

老女孩们目瞪口呆望着我。我的心狂跳，明明知道不该讲这种话，偏偏不由自主。

"你好大胆子！"麦昆迪手撑着桌缘，指节都凸出来了，前臂筋肉暴起。

"朋友，你听好了，几十年来我见过很多你这种老傻子了，说什么弄水给大象喝，我就坦白一句话，根本没有这种事。"

"老傻子？什么老傻子？"麦昆迪扶着桌子霍地站直，他的轮椅向后飞滚了开。他一根变形的指头指着我，然后仿佛被炸弹炸到似的倒地，身子隐没到桌下，目光迷茫，嘴巴仍未合上。

"看护！喂，看护！"老太太们嚷起来。

橡胶鞋底急奔而来的熟悉脚步声再度响起。不一刻两个看护揆着麦昆迪的手臂拉他起来，他嘟囔着，软弱无力地想甩开她们。

第三个看护是一个丰满的粉衣黑人女孩。她立在桌尾，双手叉腰。"到底怎么回事？"

"那个老杂种说我是骗子，就是这么一回事。"麦昆迪先生说，安全地坐在他的椅子上。他整整衬衫，抬起灰白的下颌，叉着手臂。"他还说我是老傻子。"

"哎，我敢说扬科夫斯基先生没有那个意思。"粉衣女孩说。

"我就是那个意思，他是不折不扣的老傻子。弄水给大象喝，是喔。你们晓得一头大象一天要喝多少水吗？"

"唔，根本没概念。"诺玛努着嘴摇头，"我只知道我看不出你中什么邪了，扬科夫斯基先生。"

喔，我懂了，我懂了，原来是这么一回事。

"太过分了！天晓得我何必忍受别人叫我骗子！"麦昆迪先生说，身子稍稍倚向诺玛，他知道大家都站在他那一边。

"还有老傻子。"我提醒他。

"扬科夫斯基先生！"黑人女孩拉开嗓门。她来到我身后，解除我轮椅的刹车。"也许你该待在房间，直到冷静下来。"

"喂，等等！我用不着冷静，我晚餐还没吃呢！"我嚷着。她把我从桌边推开，朝门口走。

"我会帮你送过去。"她在我后面说。

"我不要在房间吃！推我回去！你不可以这样对待我！"

显然她就是可以这样对我。她迅雷不及掩耳地推我穿过走廊，急转弯进了我房间。她固定刹车的力道那么大，整架轮椅都晃了一下。

"我自己回去。"她竖起踏脚板的时候我开口。

"你回不去的。"她说，把我的脚放到地面。

"不公平！"我的音调拉高成哀鸣，"我在那一桌坐了八百年。他来了两个礼拜。怎么每个人都站在他那一边？"

"没有人选边站。"她倾身向前，肩膀靠到我的胳肢窝，撑起我的身子，我的头倚着她。她的头发烫得直直的，飘散着花香。她让我在床缘坐下，我眼睛正好直视她的粉衣胸脯，还有名牌。

"萝丝玛莉。"我说。

"嗯？"

"他真的在说谎，你知道的。"

"我才不知道，你也不知道。"

"我是真的知道。我在秀场待过。"

她眨眨眼，恼了。"什么意思？"

我迟疑起来，改变心意。"算了。"

"你在马戏团待过？"

"我说算了。"

尴尬的静默持续片刻。

"麦昆迪先生可能会受重伤，你又不是不知道。"她说，一边把我的腿放好。她手脚利落，有效率，只差不是蜻蜓点水。

"不会啦，律师都是铁打的。"

她瞪我瞪了大半天，真的把我当成一个人看待。有一刻，我好像从她身上感觉到一抹虚空。然后她突然恢复常态。"你家人这个周末会带你去看马戏吗?"

"嗯,会呀。"我有些得意,"每个星期天都会有一个小孩来,跟时钟一样。"

她抖开一条毯子,盖在我腿上。"要不要我去帮你拿晚餐?"

"不用。"

难堪的沉默。我意识到该补一声"谢谢",但为时已晚。

"那好吧。"她说,"我晚点再来看你有没有缺什么。"

是喔。会来才怪。他们一向都是嘴里说说。

可是乖乖隆个咚,她来了。

"别说出去。"她匆匆进门,把我的梳妆台兼餐桌拉到我大腿上方。她摆好纸巾、塑料叉子、一碗看来当真秀色可餐的水果,有草莓、甜瓜和苹果。"我带来当点心的。我在节食。扬科夫斯基先生,你喜欢水果吗?"

我有心回答,但我手捂着口,正在颤抖。苹果啊,老天哟。

她拍拍我另一只手,离开我房间,不露痕迹地假装没看到我的泪水。

我把一块苹果塞进口中,品尝齿颊间迸流的苹果汁液。头顶上嗡嗡响的日光灯射下刺眼的光线,照着我伸到碗里取食的弯曲手指。那手指看起来很陌生,怎么可能是我的。

年龄是可怕的小偷,一等你开始懂得怎么生活,便从下面搞垮你的腿,压驼你的背,让你这里酸那里痛,脑筋转不动,还悄悄让你的另一半癌细胞扩散到全身。

医生说癌症转移了,也许剩下几个礼拜或几个月。但我的心肝儿柔弱如小鸟，九天后便一命呜呼。在和我共度六十一年的岁月之后，她只是紧紧握住我的手，呼出最后一口气。

尽管有时候我愿意不计代价让她回到我身边，但我庆幸先走的人是她。失去她，我仿佛一个人被劈成两半，刹那间天崩地灭，我不要她吃那种苦。独留人世实在糟透了。

以前我觉得情愿变老也不要死，现在我可不敢说。我的生活就是宾果*游戏、歌唱活动外加排在走廊上的灰败轮椅老人。有时候我闷得渴盼死亡，尤其当我记起自己也是一个灰败老人，像不值一文钱的纪念品一样跟人排排坐，就更想死了。

但我无能为力，只能花时间等待那势无可免的一刻，一边看着往事的幽灵在我空虚的生活中作祟。那些幽灵又是敲又是打，丝毫不客气，大半是因为没有人对付它们。我已经不再抵抗了。

这会儿它们正在又敲又打呢。

好家伙，别拘束，待久一点。噢，不好意思——看得出来，你们已经不跟我客套了。

天杀的幽灵。

---

* 宾果（Bingo）：一种连数字的游戏，先完成的人叫"宾果"，取得游戏胜利。

二

我二十三岁，正坐在凯萨琳·海尔旁边，或者该说是她坐到我旁边的。她比我晚到教室，若无其事坐上我们这排长椅往内挪，直到我俩大腿相碰才红着脸缩回去，仿佛那是意外。

我们1931年这一届只有四个女同学，凯萨琳心肠之狠没有止境。数不清有多少次，我满心以为"天哪，天哪，她总算要让我达成了"，最后却灰头土脸地纳闷，"天哪，她不会现在就要我打住吧?"

就我所知，我是世界上最老的处男。我这个年纪的男孩子，绝不愿坦承没上过女人。连我的室友爱德华都号称曾经全垒打，我倒觉得他跟裸女最亲密的接触，可能就是看他那些口袋型黄色漫画。不久之前，我们足球队有些人找来一个女的，一人付她二十五分钱，大家轮流进牛棚做。尽管我打心坎底愿意在康奈尔大学抛开处男身份，却怎么也不能跟他们凑一脚，没办法就是没办法。

就这么着，在十天之后，在耗了漫漫六年时光解剖、阉割、接生、把手臂伸进母牛尾端的次数多到不想记之后，我将带着如影随形、不离不弃的处男身份离开伊莎卡，回诺威奇投效父亲的兽医诊所。

"这边可以看到小肠末端肥厚的迹象。"威拉德·麦戈文教授没有抑扬顿挫，用棒子懒懒戳着一只黑白奶山羊扭曲的肠子。"这个再加上肠系膜淋巴结肥大的情形，清楚显示出——"

门咿呀一声开了，麦戈文转头察看，棒子仍然深深插在羊肚子里。威尔金院长快步踏上讲台边的台阶，两人站着商谈，距离近到额头差点相碰。麦戈文听完威尔金的急切低语，用烦忧的眼神扫过一排排的学生。

我四周的同学浮躁不已。凯萨琳见我在看她，便将一条腿叉到另一条腿上，慵懒地抚平裙子。我艰难地咽咽口水，移开目光。

"雅各·扬科夫斯基来了吗？"

我吓了一大跳，铅笔都掉了，滚到凯萨琳脚边。我清清喉咙，连忙站起来，成为五十来双眼睛注目的焦点。"老师，我在这里。"

"过来一下好吗？"

我合起笔记，搁在长椅上。凯萨琳捡起铅笔还我，指头趁机在我手上流连。我挤过同一排座位的同学，撞上人家的膝盖，踩到人家的脚，来到走道。窃窃私语声一路尾随到教室前方。

威尔金院长望着我说："你跟我们来。"

我闯祸了，八九不离十。

我跟着他到走廊，麦戈文在后面关上门。他们俩一言不发静静站着，双臂交叉，面色凝重。

我脑筋转得飞快，回想最近的一举一动。他们检查过宿舍内务吗？他们搜到爱德华的酒了吗？该不会连他的黄色漫画都翻出来了吧？亲爱的主啊，如果我现在被退学，爸爸会宰掉我的，绝对会的。妈妈更别提了。好嘛，也许我是喝了一点点威士忌，但牛棚里的丢脸事跟我可沾不上边啊——

威尔金院长深吸一口气，抬眼看我，一只手搁在我肩上。"孩子，发生意外了。"他略顿一顿，"一场车祸，"再顿一下，这回比较久，"你父母出事了。"

我瞪着他，希望他讲下去。

"他们……？他们会……？"

"节哀呀，孩子。他们很快就走了，大家无能为力。"

我盯着他的脸，努力和他维持四目相接，但是好难。他离我越来越远，退到长长的黑暗隧道末端，点点金星在我眼睛周边爆开。

"孩子，你还好吗？"

"什么？"

"你还好吗？"

突然间他又在我面前了。我眨眨眼，思量他的话是什么意思。我怎么可能会好嘛？然后我才明白他是在问我要不要哭。

他清清嗓子说："你今天得回家认尸，我开车送你去车站。"

警长跟我们家是同一个教会的教友，他穿了便服在月台等我。他尴尬地跟我点个头，僵硬地和我握手，然后简直像临时想到似的，把我拉过去使劲抱紧我，大声拍拍我的背再把我推开，擤擤鼻子。然后他开自己的车载我到医院，是辉腾*车款，车龄两年，想必花了他大把钞票。要是大家料到 1929 年 10 月华尔街会崩盘，很多人就会改变很多事的做法了。

验尸官领我们到地下室，自个儿钻进一扇门，把我们留在外面。几

---

* 辉腾 (Phaeton)：德国产顶级豪华轿车。

分钟后，看护现身了，为我们拉开门，无声地招我们进去。

那里没有窗户，墙上就挂着一个时钟，别无他物。橄榄绿配白色的油地毡地面中央有两张轮床，一床一具覆着布的尸体。这种事我做不来，我连哪边是头哪边是脚都无从判断。

"准备好了吗?"验尸官问，走到他们之间。

我咽下口水，点点头。一只手搭上我的肩膀，是警长的手。

验尸官先揭开父亲的尸布，再揭开母亲的。

他们看来不像我父母，却又不可能是别人。死亡的气息笼罩他们全身，残破躯体带着斑驳的伤痕，失去血色的惨白皮肤缀着深紫的淤青，空洞的眼窝低陷。我的母亲啊，在世时如此美丽，一点小细节都不放过，死后的脸却僵硬而扭曲。她的发丝缠结，凝着血饼，落入碎裂头颅的凹处。她的嘴张着，下巴掉到下面，仿佛正在打鼾。

我忍不住作呕，慌忙转过头。有人拿了一只肾形盘给我吐，但没接准，只听到液体落地，还喷到墙面。那些都是听到的，因为我眼睛闭得死紧。我吐了又吐，把所有东西都吐光。吐光了还不算，继续弯着腰干呕，一直干呕到我纳闷一个人能不能把五脏六腑都吐出来。

他们把我牵到某处，安置在椅子上。一个穿着笔挺白制服的好心看护端来咖啡，在一旁桌上搁到冷掉。

之后，医院的牧师过来坐在我旁边，问能不能联络谁来接我回去，我喃喃说亲戚都在波兰。他问有没有邻居或教会的朋友，但就算宰了我，我也记不起任何名字。一个都没有。如果他问我姓甚名谁，我恐怕也答不出来。

他走后，我溜出医院。我们家就在三公里开外，我到的时候，最后

19

一道夕阳余晖恰恰隐没到地平线下。

车道是空的。当然了。

我站在后院，抱着旅行包注视房子后方的扁长建筑物，那里的门楣悬着一块新招牌，黑亮的字体写着：

扬科夫斯基父子
兽医诊所

过了一会儿我来到家门，爬上门阶，推开后门。

父亲心爱的飞歌牌收音机放在厨房桌案上，母亲的蓝毛衣披在椅背，桌上摆着熨好的衣物，花瓶里的紫罗兰已经开始萎软。一只倒扣的大碗，两个盘子，洗碗槽边有一块摊开的方格擦碗布，一大把芹菜放在上面沥水。

今天早上，我还有父母。今天早上，他们吃了早餐。

我扑通跪倒，双手捂着脸，就在后门阶上号啕恸哭了起来。

警长太太通知其他教友的太太我回来了。不到一小时，她们便飞扑来看我。

我仍然在门阶，脸埋在膝盖间，听着轮胎滚过碎石，车门砰地关上，霎时间我四面八方全是皮肉松软的躯体、印花洋装、戴着手套的手。她们张开绵柔的胸怀拥抱我，罩着纱的帽子戳到我，茉莉、熏衣草、玫瑰的香露气息包围我。死亡是严肃的事，她们都穿上最好的衣服。她们安慰我，照料我，尤其是叨叨诉说着关怀。

遗憾哪遗憾，那么好的人从此没了。怎么会出这种惨事，真惨，我们凡人哪里参得透仁慈上帝的旨意呢。她们会帮我发落一切。吉姆和玛贝尔·钮瑞特夫妇已经准备好客房，我就放一千两百个心吧。

她们帮我提旅行包，簇拥我走向一辆引擎已经发动的车子。驾驶座上的人是吉姆·钮瑞特，他郁着一张脸，双手抓着方向盘。

父母入土两天后，艾德蒙·海德律师找我去讨论父母的遗产。我坐在他面前的硬皮椅上，渐渐明白根本没有遗产需要处置。原先我以为他在拿我寻开心，但父亲显然让客户以豆子和鸡蛋折抵诊疗金将近两年了。

"豆子和鸡蛋？就豆子和鸡蛋？"我不敢置信，声音都哑了。

"还有鸡。还有别的。"

"怎么会。"

"大家只有那些东西，孩子。时机不好，你父亲想给大家方便，他没办法眼睁睁看着动物受苦。"

"可是……我不懂，就算他收到的看诊费是，呃，管他什么东西，财产怎么会由银行接收？"

"你父母没按时缴贷款。"

"哪有贷款？"

他看来不太自在，十指在面前相碰。"这个嘛，其实，他们有贷款的。"

"才没有。"我争辩："他们在这里住了将近三十年，爸爸挣来的每一分钱都存起来了。"

"银行倒了。"

我眯起眼睛。"你刚才说财产都由银行接收。"

他深深叹息。"那是另一家银行，他们存钱的那家银行倒了，之后他们跟另一家贷款。"我看不出他是想摆出耐心的脸孔对待我，演技却太蹩脚，抑或他只想尽快赶我离开。

我静默下来，衡量怎么办。

"那房子里的东西呢？诊所里的东西呢？"我最后说。

"全部由银行接收。"

"如果我想申诉呢？"

"怎么申诉？"

"假设我回来，接下诊所业务，赚钱付贷款？"

"不能那样，财产轮不到你来继承。"

我目不转睛注视艾德蒙·海德。他穿着昂贵西装，面前是一张昂贵的办公桌，背后是皮面的精装书。阳光从后墙的铅制窗棂间照进来。强烈的反感倏地铺天盖地，我敢打赌，他这辈子从没让客户拿豆子和鸡蛋折抵律师费。

我向前靠，直视他的眼睛。我要让这件事也成为他的问题。"那我该怎么办？"我缓声提问。

"我不知道，孩子，但愿我能告诉你怎么办。全国时局都不好，事实就是这样。"他向后靠上椅背，指尖仍然相碰。他歪着头，仿佛突然有了点子。"我想你可以去西部发展。"他沉思起来。

我赫然意识到不马上离开，我会抡起拳头揍他。我起身戴上帽子，走出他的办公室。

来到人行道，我赫然意识到另一件事。父母需要贷款的原因只有一个，就是付我常春藤名校的学费。

这个顿悟让我好心痛，痛到我弯腰抱住肚子。

我无计可想，便回到学校。回学校顶多只能暂时解决问题。我整学年的食宿费都付清了，但学期只剩六天。

我错过了整个星期的温习课程，大家都热心帮忙。凯萨琳拿笔记来借我，还给我一个拥抱，照那个抱法，如果我再次向她求欢，结果也许会不一样。但我从她怀里挣脱。有生以来第一次，我对性爱提不起劲。

我不能吃，不能睡，而且压根不能念书。我盯着一个段落十五分钟，看着却没有懂。怎么能懂嘛？在字里行间，在书页的白色部分，我只看得到父母的死亡车祸反复回放。他们奶白色的别克车飞越护栏，掉到桥下，以闪躲老麦佛森先生的红色货车。旁人搀着老麦佛森先生离开车祸现场的时候，他招认不太肯定到底该开哪一边的车道，而且可能要踩刹车没踩到，倒误踩了油门。这个老麦佛森先生，有一年复活节没穿裤子就来教堂，成为邻里口中的传奇事件。

监考官关上试场的门，坐到位子上。他看了墙上的钟，等待分针摇摇摆摆走完最后一格。

"开始作答。"

五十二份题本翻开了，有人先翻一遍，有人立刻提笔，我什么也没做。

四十分钟后，我的笔尖还没碰过卷子。我绝望地瞪着题目。有图表，有数字，外加一行行嵌着图案的东西，也就是一串串以标点收尾的文字，有些是句点，有些是问号，通通莫名其妙。我一度怀疑题目不是用英文写的。我试着用波兰文解读，但没有用，搞不好是象形文字。

一个女生咳了一声，吓了我一跳。一颗汗珠从前额滴落题本，我用衣袖抹掉，然后拿起题本。

也许凑近一点看就行了，或者远一点。现在我认出那是英文了，或者讲清楚一点，每个字都是英文，但字和字之间瞧不出任何关联。

第二颗汗珠滴落。

我环视试场。凯洛琳振笔疾书，浅褐色的秀发滑落面前。她是左撇子，又是用铅笔写答案，搞得左手从手腕到手肘一片银灰。她旁边坐的是爱德华，他猛然挺直身子，瞄一眼时钟，又慌忙埋头苦干。我转头看窗户。

枝叶间看得到一块一块的蓝天，构成一幅随风轻移的蓝、绿马赛克。我凝望着，目光焦点落在绿叶枝丫的后方，让视觉变模糊。一只松鼠翘着胖乎乎的尾巴，笨拙地掠过我的视线。

我粗鲁地把椅子向后推，弄出刺耳声响。我站了起来，额头冒着汗珠，手指颤抖。五十二张脸看着我。

我应该认识这些人的，直到一星期前我都还认识他们。我知道他们的家在哪里。我知道他们父亲的职业。我知道他们有没有兄弟姊妹，手足感情好不好。要命，我甚至记得 1929 年股市崩盘后谁辍学：亨利·温彻斯特，他父亲在芝加哥商会大楼跳楼；阿利斯特·巴恩斯，他父亲对准脑袋开枪；瑞吉纳·蒙帝，当他家人付不出他的食宿费，他曾试图住在车子里，最终无以为继；巴奇·海斯，他父亲失业后索性流浪天涯去了。可是在考场上的这些人，这些留下来继续学业的人是谁呀？我完全不认得。

我凝视这些没有五官的面孔，这些顶着头发的空白脸蛋，一个一个逐一看过去，越看越心慌。一个湿浊的声音传来，原来是我自己在喘息。

"怎么了?"

最靠近我的脸孔有一张嘴，嘴在动，声音微弱而迟疑。"雅各，你还好吧?"

我眨眼,魂收不回来。不一刻我穿过试场,把卷子扔到监考官桌上。

"这么快就写完啦?"他伸手去拿。我走向门口,背后传来纸页翻动的声音。"等一下!"他嚷道,"你一个字也没写!你不能走,不然我不能让你——"

门阻断了他后面的话。我大步穿越方院,抬头看迪恩·威尔金的办公室。他站在窗边,监看着校园。

我一路走出市区,拐弯沿着铁轨走,走到暮色降临,走到月亮高挂,又接连走了好几个钟头,直到两腿酸痛,脚掌起水泡,这才又累又饿地停下来。我压根不晓得自己在哪里,仿佛梦游突然清醒,人就在那里了。

周遭惟一的人文迹象是铁路,轨道铺在隆起的碎石堆上,一边是森林,一边是一小块平野。附近不晓得哪里有潺潺流水,我寻声踏着月色前进。

小溪顶多五六十公分宽,在原野另一边沿着树林边缘流动,然后穿入林子。我剥下鞋袜,坐在溪畔。

脚丫子最初浸入冰水的时候,我痛得立刻把脚缩回来。我不放弃,一次又一次把脚伸进溪水,每次都浸久一点,直到水泡冻得麻木。我脚底搁在溪床石头上,让溪水钻过趾缝。最后流水冻痛了皮肉,便躺在岸上,头枕着一块平坦的石头,等脚丫子晾干。

一只郊狼在远方嗥叫,听来既孤寂又熟悉。我叹了一口气,任凭眼睛合上。左边几十公尺开外传来一声吠叫,响应先前的狼嗥。我猛然坐直身子。

·远方郊狼再度哭嚎，这次响应它的是火车的汽笛声。我穿上鞋袜起身，凝望平野的边缘。

火车愈来愈近，震天价响地冲过来，戚铿戚铿戚铿戚铿，戚铿戚铿戚铿戚铿，戚铿戚铿戚铿戚铿……

我两手在大腿揩了揩，走到离轨道几公尺的地方才停下脚步。臭油味钻进我鼻孔，汽笛再度嘶鸣——

嘟——

硕大的火车头赫然从弯处冒出来，飞驰过去。火车头那么大，那么近，掀起一堵风墙撞上我。火车费力地吐出翻腾滚动的烟，一条粗黑绳索盘绕在后头的车厢上。那场面、那声音、那臭味实在令人难以招架。我当场呆住，六节平板货车车厢咻地掠过眼前，上面载的东西似乎是篷车，可是浮云遮蔽了月亮，没办法看清楚。

我倏地回过神。有火车就有人。火车驶向何方都无所谓，反正不管去哪里，都能带我离开郊狼，奔向文明、食物和工作机会，说不定还能弄到回伊莎卡的车票呢。可是话说回来，我一文不名，也没道理认为学校会收留我。就算学校愿意收我又如何？我无家可归，也没有兽医诊所可以上班了。

眼前驶过更多平板货车，载满了电线杆模样的东西。我拼命睁大眼睛，要看跟在后面的是什么车厢。月亮从云朵间短暂露脸，银光照到的可能是货车。

我撒腿追着火车跑。碎石坡跑起来很像沙地，我为了平衡，把身体向前倾，却倾得过头，栽了跟斗。我蹒跚着爬起来，歪来斜去，拼命不让身子落到大车轮和轨道之间。

恢复平衡后我加快步伐，盯着车厢找能抓住的地方。三节车厢晃眼过去，全都锁得牢牢的。之后是几节牲口车厢，门是开着的，但挤满了马屁股。说来也怪，我居然会留意到这种事情，我可是在荒郊野外追着疾驶的火车跑耶。

我速度减缓成慢跑，最后停下脚。我上气不接下气，一切几乎毫无指望了，转头一看，三节车厢后就有一扇开着的门。

我再度向前奔窜，一边看着车厢一边数。

一、二、三——

我伸手抓住铁杆，把身子往上甩。我的左脚和手肘先撞上车体，然后下巴直直砸上铁框，但手、脚、下巴都紧紧巴着火车不放。车声震耳欲聋，颌骨规律地撞击铁框。鼻子里的气味不是血就是铁锈，我忖度一口牙是否毁了，瞬间又意识到那十之八九即将无关紧要。这会儿我正惊险万状地悬在门下面，右腿仍然朝着底盘溜。我右手攥住铁杆，左手去攀车底板，慌乱间木板在我手指下掀落。我快完蛋了，脚下几乎无处使力，左腿一抽一抽颤向车门，右腿在底盘下面拖得老远，我敢说一定会被扯下来。我甚至做好了失去右腿的准备，牢牢闭上眼睛，咬紧牙关。

两秒后，我发现腿仍然连在身上，便睁开眼睛，思索怎么办。我只有两个选项，跳车势必会被卷进车底，于是我数到三，奋力一搏向上爬，好不容易左膝够着了车板，再凭着脚掌、膝盖、下巴、手肘、指甲一寸寸挪向车门，瘫在门内喘息，浑身气力都耗尽了。

我意识到昏微的灯光落在脸上，霍地用手肘撑起身子。

四个汉子坐在粗麻饲料袋上，就着一盏煤油灯玩牌。其中一个是干瘪老头，蓄着短髭，面颊凹陷，举着陶罐灌酒到嘴里。他惊得一时忘记放下罐子，这会儿才放下来，用衣袖擦嘴。

"啧啧啧，这位是谁呀？"他慢慢说。

其中两人坐着纹风不动，目光越过扑克牌上缘注视我，第四个人起身上前。

他是个魁梧的大老粗，留了一嘴浓密的黑胡子，衣服肮脏不堪，帽檐活似被人咬掉一口。我东倒西歪爬起来，踉跄后退，不料没有退路。我扭过头，原来是一大堆一捆一捆的帆布。

我回过头，那人近在眼前，满嘴酒臭。"我们的火车没有流浪汉的位子，老兄，你马上给我滚下去。"

"喂，老黑，等一下。"陶罐老人说，"别急着赶人，听到没有？"

"我才不急咧。"老黑来抓我的衣领，我用力打掉他的手臂。他伸出另一只手，我挥拳架开他，两人前臂骨头咔一声撞上。

"哎呀呀。"老人咯咯笑说，"朋友，罩子放亮点，别招惹老黑。"

"依我看，是老黑招惹我。"我嚷道，又挡下另一击。

老黑扑上来，我倒到帆布上，不等头碰到布，又跳起来。不一刻，我右臂被扳到后背，脚悬在开着的车门外面，眼前是一片飞逝得太快的树木。

"老黑！"老家伙叫起来，"老黑！放手，放手，我叫你放手，不是放手让他栽下去，带他到车厢！"

老黑把我的手扯向后颈摇我。

"老黑，我叫你放手！"老人吼着，"我们用不着惹麻烦。放他走！"

老黑让我在门外多晃两下，顺势把我拎回来摔向帆布堆。他回到其他人身边，抓过陶罐，大剌剌从我旁边爬上帆布堆，退到角落。我牢牢盯住他，一边揉着扭疼的臂膀。

"小子，别放在心上。"老人说："把人扔下火车是老黑干这份差事的特权，他还有好一阵子不能扔人呢。来这边。"他用手掌拍拍地板，

28

"来这边坐。"

我又瞥老黑一眼。

"过来啦。"老人说,"甭害臊,老黑这会儿要乖乖的了,对吧,老黑?"

老黑咕哝着吞下一大口酒。

我起身,戒慎地走向其他人。

老人大方地伸出右手,我犹豫了一下才和他握手。

"我是老骆。这边这个是格雷迪,那个是比尔,我想你已经跟老黑打过交道了。"他笑眯眯的,我看到他嘴里缺了好几颗牙。

"大家好。"我说。

"格雷迪,把酒拿来好吗?"老骆说。

格雷迪目光溜到我身上,我和他四目相接。过了半晌,他站起来,无声无息向老黑那边去了。

老骆挣着要起身,动作僵硬到我一度伸手稳住他的手肘。他一站起来,便举起煤油灯,眯着眼睛端详我的脸,又打量我的衣着,从头到脚都审视一遍。

"老黑,我可没说错吧?这小子才不是什么流浪汉。老黑,你过来看,你自己瞧瞧哪里不一样。"他使性子嚷。

老黑嘀咕着多灌一口酒,把陶罐交给格雷迪。

老骆瞟我一眼。"你说你叫什么名字来着?"

"雅各·扬科夫斯基。"

"你的头发是红的。"

"听说如此。"

"你打哪儿来的?"

29

我怔住。我是从诺威奇来的还是伊莎卡？你的来处是你正要离开的地方？还是你的家乡？

"哪儿也不是。"

老骆沉下脸，身子在弯腿上轻晃，油灯也晃得灯光摇曳。"小子，你干了什么啦？你在跑路吗？"

"没有，才不是呢。"

他斜睨了我半天才点头。"好吧，不干我的事。你要上哪去？"

"不知道。"

"你要差事吗？"

"好啊，先生，我想要工作。"

"那不丢脸。你会做啥？"

"什么都能做。"

格雷迪冒出来，把陶罐交给老骆。他用袖子抹了罐口才递给我。"来一口吧。"

这个嘛，我不是没喝过烈酒，但那跟私酿酒是天差地别两码子事。那酒让我的胸口和脑袋都燃起地狱恶火，我喘息着，硬把涌上来的眼泪憋回去，即便肺叶快要爆了，仍然注视着老骆。

老骆把一切都看在眼底，缓缓点头。"我们早上会在尤蒂卡停车，到时我带你去见艾蓝大叔。"

"谁呀？什么啊？"

"你知道的嘛，就是艾蓝·邦克尔，天下第一马戏主持人，天上地下宇宙内外至尊之主。"

我铁定是一头雾水的模样，老骆才会绽出无牙的笑容。"小子，别跟我说你没注意到。"

"注意到什么?"

"要命,各位。他还当真不知道!"他笑呵呵环视其他人。

格雷迪和比尔笑得畅快。只有老黑没好气,绷着脸把帽檐拉得更低。

老骆转向我,清清嗓子,品味每个字似的慢慢说:"小子,你跳上来的可不是寻常的火车,这是班齐尼兄弟天下第一大马戏团的飞天大队。"

"什么啊?"

"哎,你真宝,真是够宝的了。"他擤起鼻子,用手背揩掉笑出来的泪,"哎哟,小子,你跑来马戏班子了啦。"

我对他眨眨眼。

"那边那个是大篷。"他举起煤油灯,弯曲的手指朝那一大堆帆布点了两下。"有一辆篷车跑错路线了,撞得稀巴烂,就成了这副德性了。找个地方歪着睡一下,还有几个钟头才停车。不过,你可别拣太靠近门的地方,那个门角可尖得咧。"

三

长长的刺耳刹车声唤醒了我。我在帆布堆里，身子比入睡时深陷许多，一时之间迷迷糊糊，片刻才摸清自己人在哪里。

火车抖颤着停下来，呼出蒸气。老黑、比尔和格雷迪爬起来，一言不发跳下车。他们离开后，老骆瘸着过来，弯下腰戳我。

"来吧，孩子。趁着工人没来搬帆布，你赶紧下车，我带你去找疯子乔，看他今天早上收不收你。"

"疯子乔?"我坐起来，腿肚发痒，脖子疼得要散了。

"就是马队的头儿。他管的是役马，不是表演马，反正奥古斯特也不让他碰。其实，不准他摸的大概是玛莲娜，不过一回事儿，玛莲娜什么马都不会让你碰。去找疯子乔，起码还有点指望。我们一连几回碰上天公不作美，场地烂巴巴，他好几个手下苦工做腻了跑掉，人手不太够"

"为什么叫他疯子乔?"

"我也说不上来。"老骆说，指头伸进耳朵掏，又细瞧抠出来的东西。"好像在苦窑蹲过一阵子，可是我不清楚原因。依我说，你最好也别问他。"他手指在裤子抹两下，悠悠晃到门口。

"好啦，快来!"他回头看我。"没那个闲工夫干耗啦!"他慢慢移到门边，小心翼翼滑到碎石地面。

我再没命地多搔一把腿肚，系上鞋带跟着走。

火车停在一大片青草地边，草地另一边零星立着几栋砖房，黎明前的昏微天光映衬出房子的轮廓。无数胡茬脏汉仿佛蚂蚁包围糖似的，涌出来聚在火车边，嘴里骂骂咧咧，伸着懒腰，点燃香烟。坡道、斜槽砰地放到地上，六匹、八匹马不晓得打哪儿蹦出来的，并排走下车在泥地上排开。一匹马又一匹马现身，截短尾巴的巨大佩尔什马*咚咚咚走下坡道，喷着鼻息，喘着气，而且已经戴妥马具。两边的人将双开门尽量挨在坡道两侧，让马匹不会太靠近边缘。

一群人朝我们过来，头低低的。

"早啊，老骆。"领头的人到我们旁边时扔下这么一句，便爬上车厢，其他人跟着攀上去。他们围着一捆帆布，拖到门边，哼着使劲把帆布推出大约半公尺，整捆便在尘土飞扬中落地。

"早安，威尔。嘿，有没有烟分一根给老人家呀?"老骆说。

"当然有。"那人站直身子拍拍衬衫口袋，掏出一根弯掉的香烟，"是德罕公牛牌的手卷烟，不好意思。"他倾身递烟。

"手卷烟就够好的了。谢啦，威尔，太感谢了。"老骆说。

威尔的大拇指朝我一撇，"那是谁呀?"

"一只菜鸟，叫雅各·扬科夫斯基。"

威尔看看我，转头朝门外吐口水。"有多菜?"他仍旧对着老骆说话。

"菜到不能再菜。"

---

* 佩尔什马（Percheron）：一种原产于法国佩尔什地区的重型挽马。

"你把他弄进团了没？"

"没。"

"嘿，希望你交上好运道。"他朝我举举帽子，"皮条要绷紧一点哦，孩子，如果你了解的话。"他的身形隐没到车厢内。

"那是什么意思？"我说，但老骆已经举起脚步，我小跑步追上他。

这会儿有无数的马匹和脏汉子混在一起。乍看之下，整个场面只一个"乱"字了得，可是等老骆点燃香烟，几十组人马已经准备停当，沿着平板货车走，将篷车拉向斜坡道。篷车的前轮一碰上木头斜坡道，操控车辕的人便窜到一旁。这么做也是应该的，因为篷车上载满东西，滚下坡道后还会冲上三四公尺才停。

在晨光中，我看清昨夜辨识不出的东西。篷车是鲜红色的，边缘是金色，车轮绘着旭日图案，每辆车上都醒目地标示着"班齐尼兄弟天下第一大马戏团"。一待篷车串连起来，佩尔什马便套上挽具，拉着沉重的篷车穿过青草地。

"当心哪。"老骆说，攫住我的手臂，把我拉到身边。他另一手按住帽子，软趴趴的香烟叼在嘴里。

三个人策马飞奔，忽地转向驰到草地另一边，沿着边缘走一遭，然后调头回来。领头的人左看右看，机敏地检视地面。他把两条缰绳都握在一只手里，另一只手从一只皮袋子里取出旗镖，一一射到地面。

"他在干吗？"我问。

"在标出场子。"老骆说，走到一辆牲口车厢前面停下来，"乔！嘿，乔！"

一颗头探出门口。

"这里有一只菜鸟，才刚出道儿，你能用他吗？"

那人走到斜坡道上，用缺了三根指头的手推高帽檐，上上下下打量我，从嘴巴一侧吐出一坨深褐色的烟草汁液，又走回车厢。

老骆贺喜地拍我手臂，"你被录取了，孩子。"

"是喔?"

"对呀，现在你去铲马粪，我晚点再来找你。"

牲口车厢脏得吓死人。我和一个叫做查理的大孩子一起工作。他的脸蛋和女娃儿一样平滑，嗓子还不曾变声。感觉上我们好像铲掉了一立方吨的粪便之后，我停下手，打量剩下的部分，"他们这里到底塞了多少马啊?"

"二十七匹。"

"哇，一定挤到动弹不得吧。"

"就是要让它们不能动啊。"查理说，"楔子马一上来，马就都通通不能趴下去了。"*

我突然明白昨晚看到的马屁股是怎么一回事了。

乔出现在门口，吼一声:"旗子升起来啰。"

查理扔掉铲子，朝门口迈步。

"怎么了，你要去哪里?"我说。

"伙房的旗子升起来了。"

我摇头说:"不好意思，我还是不懂。"

"祭五脏庙啦。"

这句我懂，我也扔掉铲子。

---

　　* 往年马戏团为避免旅行时动物践踏伤亡，牲口车厢必定拥挤到动物须全程站立。当动物全部上车后，便在正中央两只之间再塞进一匹受过推挤训练的马，由它硬挤出一块地方安顿自己，这匹就是所谓的楔子马。——译者注

帆布篷子已经如雨后春笋般林立，不过最大的一顶倒是仍然平放在地，显然那就是所谓的大篷。男人们站在接缝上，弯腰把帆布片串缚在一起。一根根的木桩沿着中心线耸立，已经悬挂好国旗，加上木桩上有索具，看来仿佛帆船的甲板和桅杆。

八人大锤队没命地在大篷整个周边打下界桩，待一只大锤打在一根界桩上，另外五只大锤也行将落下，打桩声犹如机关枪扫射，在一片吵嚷声中分外明显。

还有好几批人在竖立巨大的木桩。查理和我经过一伙人，十个人倾全身重量在拉一条绳索，另一个人在一旁吆喝："拉，抖，停！再来——拉，抖，停！好，竖起来！"

炊事篷再好找不过了。根本不用那橘、蓝旗帜，不用那锅炉在后头蒸腾，也不用跟随那朝着炊事篷前进的人潮，光是香味便像炮弹一般钻进我的脏腑。打从前天我便肚子空空到现在，肠胃都饿得纠成麻花卷啦。

伙房的篷面拉了起来，以利通风，但是中间用一块布幕隔成两半。这一头是有红白格纹桌巾、银器、花瓶的桌位，一旁食品保温桌子前面却是脏汉们排成的蜿蜒长龙，两边压根不搭调。

"天哪，好丰盛啊。"排队的时候我跟查理说。

有马铃薯煎饼、香肠、一篮篮堆积如山的厚片面包。滚刀切工的火腿、各种煮法的蛋、一壶壶果酱、一碗碗柳橙。

"这算什么。这些在大伯莎通通有，他们还有侍者咧，只要坐到桌旁，菜就送到你面前。"

"大伯莎?"

"就是林铃兄弟马戏团。"他说。

"你在那边做过喔?"

"唔……没有。不过我认识在那里当过差的人!"他羞赧起来。

我拿起盘子,把马铃薯、蛋和香肠堆成小山,拼命不露出馋相。那香味排山倒海,我张开嘴巴,深深吸气,这活脱是天降美食嘛,确实是天降美食啊。

老骆不知打哪儿冒出来,"来,把这个交给那边那个家伙,就在柜台最后面那里。"他塞了一张粮票到我空着的那只手。

那人坐在折叠椅上,从软呢帽下檐看人。我拿出粮票,他抬眼看我,双臂牢牢交抱。

"哪一组的?"他说。

"什么?"我说。

"你是哪个组的?"

"呃……不清楚,我整个早上都在牲口车厢铲马粪。"

"你这不是废话吗?"他仍旧对我的粮票视而不见,"那可能是表演马、役马或兽篷,到底哪一个?"

我没有接腔。我很肯定老骆提过起码两个,但不记得细节。

"你不晓得你在哪一组,你就不是我们团里的人。你到底是谁呀?"

"没问题吧,埃兹拉?"老骆说,来到我后面。

"有问题。这个土包子自以为聪明,想混进来蒙一顿早餐。"埃兹拉说,朝地上啐口水。

"他才不是什么土包子。他是菜鸟,跟我一道的。"老骆说。

"是吗?"

"是啊。"

那人把帽檐翻起来仔细打量我,从头到脚都没看漏。他停了一会才说："好吧，老骆，既然你要罩他，我也没什么好计较的。"他抽走我的粮票，"还有啊，下回他亮粮票之前，你教教他怎么讲话才不会露馅，行吧?"

"那我到底是哪一组的?"我问，朝桌位走去。

"嘿，不能坐这边。"老骆挽起我的胳膊，"这些桌子不是给我们这种人坐的。你没搞清楚这里的规矩之前，跟我跟紧一点。"

我跟着他到布幕另一边，那边的桌子首尾相连，光秃秃的木桌上只摆了盐罐和胡椒罐，没有花。

"另一半是给谁坐，艺人吗?"

老骆瞪我一眼，"妈呀，孩子，你没摸熟行内话，嘴皮子就闭紧一点，好吗?"

他坐下来，半块面包立刻塞入口中，嚼了一阵才看我，"坐呀，你心里也甭嘀咕，我只是得照应你。你见识过埃兹拉了，他不过是温驯的小猫呢。坐下吧。"

我又瞅了他片刻才走到长凳前，搁下盘子，瞄一眼沾满粪便的手，在裤子上揩揩，脏污却没减损半分，管他的，照吃不误。

"那行话到底怎么说啊?"我终于问了。

"他们叫角儿。"老骆说，嘴里塞满嚼到一半的食物，"你是役马组的，暂时。"

"那角儿们在哪里?"

"他们应该随时会到。还有两列火车没到，他们睡得晚，起得晚，到的时间刚刚好赶上吃早点。说到这个，你可千万别当着他们的面叫'角儿'啊。"

"那要怎么叫?"

"要叫他们艺人。"

"那都叫他们艺人不就结了？"我说，一丝不快渗入话里。

"他们是他们，我们是我们，你是我们这一边的。没关系，你早晚会懂的。"远方传来火车的汽笛声。"说曹操曹操到。"

"艾蓝大叔在他们那边吗？"

"对，不过你别胡思乱想。我们要晚一点才去见他。场子没搭好之前，他都跟闹牙疼的狗熊没两样，很难伺候的。嘿，你在乔那边做得怎么样？铲马粪痛快吗？"

"我不在乎。"

"嗯，我看你不是就这么点能耐。我跟一个朋友讲过你的事。"老骆说，握着一块面包去吸盘子底的油，"吃饱了你就去他那边，他会帮你跟上面讲好话。"

"那我要做什么？"

"不管他吩咐你做什么，你都要干，我是认真的。"他挑起一边眉毛加强语气。

老骆的朋友个头小小，肚皮圆圆，声若洪钟。他主持杂耍的场子，叫做塞西尔。他端详我，说手上的差事我来做正好。因为我跟团里的吉米、韦德的长相摆在乡民面前还不丢脸，所以我们要待在人群边缘，等他一打信号，就上前把人朝着入口兜过去。

杂耍场子是设在围起的场子里，那里正忙得不可开交。在一边是一群黑人七手八脚地悬挂杂耍场子的旗帜，另一边是红白条纹的饮食摊子，白外套白人将一个个盛满柠檬水的杯子叮叮当当排成金字塔形，嘴里一边嚷嚷。空气中弥漫着爆玉米花、烤花生的香气，外加一抹动物的刺鼻味。

在场子尽头的票亭后面，是一个巨大的帐篷，篷内五花八门的动物便关在木箱里，有骆马、骆驼、斑马、猴子、至少一头北极熊和一笼又一笼的猫科动物。

塞西尔和一个黑人在为一幅吨位惊人的胖女人旗帜拌嘴，两秒后，塞西尔拍打黑人的头，"快挂好，小子！马上就会来一堆笨蛋满地爬，要是他们不能看到露辛姐的奇观，我们要怎么吸引他们进来？"

哨音响起，每个人都僵住。

"开门啦！"一个洪亮的男声说。

天下大乱。饮食摊子的人急急站到柜台各就各位，把东西再拨弄整齐一点，抚平外套，戴好帽子。黑人们通通从帆布下面溜出去，不见踪影，留下搞不定露辛姐旗帜的可怜虫一个手忙脚乱。

"快把天杀的旗子挂好滚蛋啦！"塞西尔嘶吼。那人再把旗帜拉正一点，一溜烟跑掉了。

我转头，一堵人墙朝我们的方向渐渐膨大，孩童嘻嘻哈哈一马当先，拉着父母向前走。

韦德用手肘戳我身侧，"喂……要不要看兽篷？"

"看什么？"

他朝介于我们和大篷之间的兽篷歪歪头，"打从你来，你就一直伸长脖子在打量，要偷看吗？"

"那他怎么办？"我说，眼珠转到塞西尔的方向。

"他找我们之前，我们就回来了。再说，客人还不多，我们也没事干。"

韦德带我到票亭。四个老家伙坐在四个红台上守护票亭，其中三个没理我们，第四个瞥韦德一眼，点头。

"你快看，我会盯着塞西尔。"韦德说。

我窥视里面。兽篷很大，高耸入天，长长的直杆子从各种角度撑起篷子。帆布紧绷，几近透明，阳光穿过篷面和接缝，照亮最大的糖果摊。摊子在兽篷中间，矗立在灿烂光辉下，周遭布条写着菝葜汽水*爆玉米花、蛋奶糕。

四面篷壁中有两面是漆成红、金色的鲜艳笼舍，窝门打开，露出铁条后面的狮子、老虎、黑豹、美洲虎、熊、黑猩猩、蜘蛛猴，甚至还有一只红毛猩猩。骆驼、骆马、斑马、马站在铁桩之间，桩上低低系着绳索。两只长颈鹿站在铁链栅栏内。

正当我徒劳无益地寻找大象，突然看见一个女人。她神似凯萨琳，我不禁屏息，她的脸蛋、发型以及想像中凯萨琳端庄裙子内的纤细大腿。她站在一排黑马、白马前面，身穿粉红亮片衣和裤袜，搭配缎面舞鞋，正在和一个高帽燕尾服男人说话。她捧着一匹白马的口鼻，那是一匹俊秀的阿拉伯马，有银色的鬃毛和尾巴。她扬手撩开自己的一撮淡褐秀发，调整头饰，然后手继续向上伸，将马的额毛向脸颊抚平，又握住马耳，让耳朵从指缝溜出来。

冷不防传来一声巨大的撞击声，转身一看，原来是离我最近的笼舍门砰地关闭。再转回头，那女人正盯着我瞧。她眉头紧蹙，仿佛在辨识我是谁。几秒后，我想到应该跟她笑一下，或是眼睛别瞪那么大，或是做点别的，但我就是办不到。最后，那个高帽男人把手搁在她肩上，她转身，但慢腾腾的，不甚情愿。几秒后她又偷瞄我。

韦德回来了。"该走啰。"他说，一掌拍在我两片肩胛骨中间，"好

---

* 菝葜汽水：一种软饮料。

戏上场了。"

"各位大叔！各位大婶！还有二十五分钟马戏表演才开场！二十五分钟！时间还早得咧，先来见识我们踏遍五湖四海搜罗来的奇人异士，包精彩，包稀罕，包您吓一跳，看完了再到大篷挑个好位子都还来得及！还有大把时间见识稀奇古怪、天生的怪物、惊奇的表演！各位乡亲，各位父老，全世界最令人眼花缭乱的节目就在这里！全世界第一把交椅呀，我是句句实言唷！"

塞西尔在场子入口边的平台上高视阔步，手势夸张。约莫五十个人松松散散立在台下，心不在焉，与其说在听，不如说是暂时停脚。

"来哟来哟，来看美滋滋、肥嘟嘟、可爱的露辛姐哟，她可是地球上最漂亮的胖女人，举世无双世界第一圆的四百公斤胖美女哦！各位女士，各位先生，来看鸵鸟人，喂他什么东西，他都能吞下肚再原封不动还给您，试试看吧！钱包、手表随便给，灯泡也不成问题！保证难不倒，保证吐出来还给您！千万别错过世界上刺青最多的人法兰克·奥图，他曾经被抓到婆罗洲最黑暗的丛林里面，为了一桩他没有犯过的罪行受审判，而他的惩罚呢？嘿，各位，他的惩罚全都刺在身上了，墨水永远洗刷不掉！"

人潮挤了点，听出了兴趣。吉米、韦德和我混在人群后面。

"好。"塞西尔说，左顾右盼，手指放在唇上，可笑地猛眨眼，动作夸张到嘴角也向着眼睛翘。他高举一手，要大家安静下来。"现在呢，我得向各位太太小姐说声抱歉，接下来要介绍一个只有男人才能入场的节目，只有男人！为了体贴现场的太太小姐们，我接下来的介绍只说一遍，各位先生，如果您是热血美国人，如果您体内奔流着男子汉的血，那么这会是一场您不能错过的表演。请跟那个人，就在那里，在那边，请跟他走，他要带您去看的节目绝对精彩，绝对大胆，保证您——"

他停下来，闭上双眼，举起一只手，自责地摇头，再接口说："我不能说，为了顾全体面，为了现场的太太小姐们，我不能继续介绍下去。不能再说了，我只能说，各位先生，您绝对不能错过！只要给这个人二十五分钱，他就会立刻带您去欣赏表演。您不会记得自己花了二十五分钱，只会永远记得您看到的演出，津津乐道一辈子，一辈子哦。"

塞西尔站直身子，拉平格纹背心，用两手把衣摆塞进裤头，摆出谦卑的表情，用大动作指着另一边的一个入口。"太太小姐请往那边走，我们也准备了适合女人家婉约本质的表演和奇人异物。一位绅士绝不会忘记照顾女士，尤其是诸位这么美丽的女士呀。"说到这里，他微笑起来，闭上眼睛。群众里的女人紧张地看着男人离去。

一场拉扯战就此开打。一个女人一手牢牢扯住丈夫的袖子，一手猛捶他。他五官纠结，皱着眉头，闪躲太太的攻势。他好不容易挣脱太太，拉整衣领，训斥愠愠不乐的妻子。他趾高气昂去付那二十五分钱，有人像母鸡似的咯咯出声赞叹。笑声在群众中散开。

其余女人或许是不想当众出丑，不甘愿地看着男人溜走，去排队。塞西尔见状步下讲台。他关怀备至，殷勤招呼，温柔地把话题带到愉快的主题。

他摸摸左耳垂。我神不知鬼不觉地轻轻向前推挤，女人们挪向塞西尔，我觉得自己像牧羊犬。

"请各位到这边来。我要带各位见识您前所未见的东西，包稀罕，包特别，做梦都想不到的哦，而且这个礼拜天上教堂就可以告诉别人，也可以和老爷爷、老奶奶在晚餐桌上谈论。尽管带着您的小家伙一起去看，绝对可以合家同乐。来看头在屁股那一边的马！太太小姐们，这不是谎言，它的尾巴就在头的那一边，眼见为凭。等您回去告诉先生，也许他会后悔没留在美丽太太的身边。没错，亲爱的，他们一定会后悔的。"

这时我四周都是人。男人通通走得不见踪影，我随着人潮移动，跟着坚贞教徒、妇孺以及其他没有热血的美国人一起走。

头在屁股那一边的马倒不是谎言，也就是让马屁股朝内赶进畜栏，如此一来，马尾巴就会在草料篮那一边。

"太夸张啦。"一个女人说。

"嗯，还真想不到啊。"另一个女人说，不过多数人都发出松了一口气的笑声，毕竟，如果头在屁股那一边的马不过尔尔，那么男人去看的表演又能有多香艳？

帐篷外传来扭打声。

"他妈的狗杂种！你说得一点也没错，我要退钱。你以为我会付二十五分钱去看吊袜带？热血美国人可是你讲的，哼，我就是热血沸腾的美国人！妈的，把钱还我！"

"借过，夫人。"我说，从前面两个女人中间钻过去。

"喂，先生！你急个什么劲？"

"抱歉，对不起。"我说，要挤出人群。

塞西尔和一个脸红脖子粗的男人正在对峙。男人欺身上前，双手按着塞西尔的胸口推他。人群散开，塞西尔撞上他的条纹讲台。人群又合拢了，踮着脚尖只顾看热闹。

我冲出来，那人抡起拳头就打。眼看他只差两三公分就要打到塞西尔的下巴了，拳头便被我硬生生拦住。我一手勾住他的脖子，将他向后拖。他乱骂一气，伸手抓我的前臂。我加了把劲，直到手筋抵住他的气管，半拖半拉地把他带到场子外面，然后把他掼到地上。他躺在尘烟中，大口喘气，抚着喉咙。

不出几秒，两个西装男人风也似的来了，挽着他的胳臂拉他起来，把仍在咳嗽的男人带往镇上。他们扶着他，拍他的背，喃喃为他打气。他们拉正他的帽子，那帽子居然始终没掉到地上，真是太神了。

"干得好。做得不错，来吧，后面的他们会接手。"韦德说，搂着我的肩。

"他们是谁？"我说，检视前臂上渗出血珠的长长抓痕。

"律师。他们会安抚他，讨他高兴，省得招惹麻烦。"他转向群众，大声拍手，然后搓着手说："好啦，各位，没事了，没有热闹可以看了。"

人群仍然舍不得离开。那人和两个律师的身影隐没在一栋红砖建筑后面，他们才开始慢慢散开，可是仍然不死心地不时回头，生怕错过好戏。

吉米挤过那些掉队的人。

"嘿，塞西尔要见你。"他说。

他带我到后面，塞西尔坐在一张折叠椅的边上，腿伸得直直的，鞋子上套着鞋罩。他汗湿的脸红通通的，用一张节目单扇风，另一只手在各个口袋拍拍摸摸，最后伸进背心，抽出一个扁平的四方形酒瓶，咧开嘴唇用牙齿拔掉瓶塞，吐到一边，仰起酒瓶。然后他瞥见我。

他注视我片刻，酒瓶停在唇上。他放下酒瓶，搁在圆肚皮上，手指轻敲肚皮，打量我。

"你刚刚干得不错嘛。"他终于开口。

"多谢夸奖，先生。"

“你在哪里学来那些招式的？”

“不知道，足球队，学校，还有对付不愿意被阉掉的牛。”

他又打量我半晌，手指仍在敲肚皮，撅着嘴。“老骆帮你敲定工作了没？”

“不算有，没有，先生。”

又是漫长的静默。他的眼睛眯到剩一条缝。“你知道怎么守口如瓶吗？”

“知道。”

他牛饮一大口酒，眼睛又恢复常态。“嗯，好。”他慢慢点头。

傍晚角儿们在大篷里逗观众开心的时候，我人在场子远远边陲上的帐篷后面。这个篷子小得许多，前面还有一排行李篷车挡着，来客全凭口耳相传，门票五十分钱。篷内昏幽幽的，一串红灯泡射下暖光，台上的女人有条不紊地轻解罗衫。

我的差事是维持秩序，不时拿铁条拍打篷面，能把偷看的人吓跑固然是好，若能把他们吓得索性来到帐篷门口，付五十分钱入场就更好了。稍早在杂耍场子见到的事是不能张扬的，但我不禁要想，这一篷的表演一定能让下午那个生气的客人满意。

这里有十二排折叠椅，座无虚席。私酒由一个人传给另一个人，人人都愣愣地吞酒，舍不得把目光从台上挪开。

台上的人有一个雕像般的红发女郎，睫毛长得不可能是天生的，丰满的朱唇边点了一颗美人痣。她长腿曼妙，臀部浑圆，双峰令人赞叹，身上只剩丁字裤、一条泛着微光的透明披肩，还有飘逸的胸衣。她应和乐声扭肩膀，和她右手边一小团乐手搭配得天衣无缝。

她迈开脚走了几步，踩着羽毛高跟鞋溜过舞台。小鼓响起，她立定脚步，张口装出惊讶的模样。她头向后仰，露出脖子，双手滑进奶罩，倾身向前揉捏到奶子硬挺起来。

我扫视篷壁，一对鞋尖出现在帆布下面。我挨着篷壁走到那双鞋子前面，扬起铁条朝帆布打，外面一声闷吭，鞋子应声消失。我耳朵贴在帆布接缝上听，然后回到岗位。

红发女郎跟着乐声摇摆身躯，用闪亮的指甲抚弄披肩。那披肩是织了金线或银线的，一边在她肩上前后游耍，一边闪闪烁烁。她忽地弯下腰，头向后仰，浑身抖得花枝乱颤。

男人们吆喝起来，两三人站起来挥拳助阵。我瞄一眼塞西尔，他目露寒光，示意我留意他们。

女郎挺起腰杆，扭身大步走到舞台中央，披肩在双腿间抽动，有一搭没一搭地蹭着私处。观众呻吟起来，她一个大回转，正对我们继续抽动披肩，紧紧挨擦着阴户，连小缝也鲜明可见。

"脱吧，宝贝！脱吧！"

鼓噪声越来越大，半数以上的人已经站起来了。塞西尔举起一只手招我上前，我靠近折叠椅一些，戒护着。

披肩扔到地上，女郎再度背对我们。她甩头，甩得发丝在肩胛上波浪起伏，伸手解开奶罩勾子。观众欢呼起来。她停下手，转过脸看观众，眨眨眼，挑逗地把肩带拨下肩膀，然后把奶罩扔开，回转面对观众，双手犹抱在胸前。抗议声此起彼落。

"噢，少来了，蜜糖，露一下嘛！"

她摇头，羞答答地撅嘴。

"哎，拜托哦！我付了五十分钱呢！"

她摇头，假正经地盯着地板猛眨眼。冷不防，她眼也张，口也开，双臂也放掉。

傲人的双峰往下堕，忽地定住，而后轻轻摆荡，但她本人却没移动半分。

观众不约而同倒抽一口气，在赞叹中鸦雀无声，片刻后才爆出满堂彩。

"好样的!"

"上天垂怜哟!"

"骚呀!"

她轻触自己，又是摩，又是挈，又用指尖揉捏乳头，勾魂魅眼直视男人，舌头舐着上唇。

鼓声响起，她拇指和食指紧紧捏住已然硬挺的乳尖，将一边奶子往上拉，直到乳尖对着半空中，整只奶子形状都不一样了。然后放手任凭奶子忽地落下，几乎乱跳起来。她手指始终捏着乳头，以同样的手法拉另一只奶子。两只奶子就这么轮流耍弄，速度越来越快，拉，放，拉，放，待鼓声平息，换长号上场，她双手已经快得一团模糊，乳浪翻腾滚动。

男人连声叫好。

"噢耶!"

"妙呀，宝贝! 妙呀!"

"赞美主啊!"

鼓声又来了。她折下腰肢，倾身向前，晃起丰乳。奶子那么重，垂得那么低，起码拖了三十公分长，底端又大又圆，仿佛各装了一颗葡萄柚。

她扭着肩膀，先动一边，再动另一边，让双乳各自朝着反方向摆荡。速度渐增渐快，摆动的幅度也越大，越激烈奶子就拉得越长。不久，两只奶子便在中心相碰，啪一声都听得到。

　　天哪。就算有人打群架，我也不会知道的。我的脑袋里一滴血都不剩啦。

　　女郎站直，欠身行礼，再站直，托起一只奶子，举到唇边，舌尖在乳头遛了一圈，然后含进口里，就这么站着毫不害臊地咂吮起来，男人们挥帽的挥帽，挥拳的挥拳，全都像野兽般叫嚣。她放掉那妙不可言的乳房，拧一下，然后朝台下送上一个飞吻。她弯腰拾起透明披肩，离开舞台，举起手臂让披肩在身后飘动成闪烁的彩带。

　　"好啦，各位。"塞西尔说，拍拍手，爬上阶梯到舞台上，"让我们为芭芭拉热烈鼓掌！"

　　男人们欢呼、吹口哨，高举双手鼓掌。

　　"没错，这位小姐不得了，不是盖的吧？今晚各位吉星高照，她下台后愿意让几位先生当入幕之宾，错过今天就没有啰。诸位，这是无上的荣耀，她是万中选一的宝贝，我们的芭芭拉是万中选一的呀。"

　　男人们朝出口过去，拍着彼此的背，已经在回忆点点滴滴。

　　"有没有看到那双奶子？"

　　"哇，真是美呆了。只要能摸上一把，要什么我都给。"

　　幸亏没出岔子，否则我连自制都觉得很吃力了。这是我第一次见到女人赤身露体，我想我永远都不一样了。

四

随后四十五分钟我守着芭芭拉的梳妆篷，让她接待恩客。只有五个人愿意付出两元的定价，他们傲然排队。第一个在里面喘息呻吟七分钟，出来慌忙掩上裤裆，踉踉跄跄走了，换下一个进去。

最后一个客人离开后，芭芭拉出现在门口，一丝不挂，只披着一件东方丝袍，也没系上衣带。她的发丝凌乱，口红晕开，手指夹着一根点燃的香烟。

"就这样了，亲爱的。"她说，挥我走开。她嘴里、眼里都漾着威士忌的酒意。"今天晚上我不免费招待。"

我回到库奇艳舞篷收拾椅子，帮忙拆卸舞台，塞西尔在一边算钱。收工后，我名下多了一块钱的财产外加浑身酸痛。

大篷仍未散场，泛出昏光仿佛幽冥的体育馆，正随着乐声震动。我凝视大篷，怔怔听着观众的声音。他们哈哈大笑，拍手，吹口哨，有时一起倒抽一口气，有时全场紧张得惊叫连连。我看一下怀表。九点四十五分。

我忖度要不要去看表演，又生怕一走过场子，会被逮去干活儿。杂工们白天有空就随便找个角落歪着打盹，这会儿拆解起帆布之城，手脚跟搭建时一样快。帐篷躺平在地，支架倾倒。马匹、篷车、工人们正在场地上艰难地把所有东西搬回铁轨。

我一屁股坐到地上，头靠在膝盖上休息。

"雅各，是你吗?"

我抬头，老骆跛着过来，斜睨着我。"好家伙，我就说是你嘛。我这双老眼睛不中用了。"

他慢慢坐到我旁边，抽出一个绿色小瓶子，拔掉瓶塞，喝了起来。

"这把老骨头干不动了，雅各。每天收工都腰酸背痛。要命，我现在就浑身酸痛，而今天都还没收工呢。飞天大队大概还要再有两个钟头才发车上路，之后再有五个钟头又要照今天的样子，从头再来一遍。这种日子不适合老人家。"

他把酒瓶递给我。

"这是什么鬼东西?"我盯着那恶心的液体。

"姜汁药酒。"他一把拿回去。

"你喝这玩意儿?"

"是啊，怎样?"

我们默默无言片刻。

"天杀的禁酒令。"老骆终于开口，"这玩意儿的味道本来还可以，都是政府没事决定把它变难喝的。还是有喝酒的效果啦，只是味道恶心巴拉。真不像话，我这把老骨头就是靠这个在撑日子。我快要不中用了，到时除了卖门票，啥也做不动，偏偏我又丑得不能见人。"

我看看他，他说的没错。"那你还有别的活儿可以做吗? 也许在后台当差?"

"卖门票就是终点站了。"

"等你干不了活儿，你打算怎么办？"

"我大概会去找老黑想想办法。嘿，你有香烟吗？"他满怀希望地看着我。

"没有，抱歉。"

"我想也是。"他叹息。

我们静静坐着，看着一批又一批人马千辛万苦地将设备、动物、帆布弄回火车。艺人们从大篷后面出来，隐没到梳妆篷，再出来时已经换成便服。他们成群站着，笑语嘻哈，有的人还在抹掉脸上的妆。即便没穿秀服，艺人仍然散发魅力，而四周的工人蓬头垢面东奔西跑，和他们同处一个宇宙却不在同一个象限。艺人和工人井水不犯河水。

老骆打断了我的沉思。"你是大学生？"

"是啊。"

"我想也是。"

他再度对我扬扬药酒，我摇头。

"念完了吗？"

"没有。"我说。

"怎么不念到毕业？"

我没吭声。

"你几岁啦，雅各？"

"二十三。"

"我有一个儿子跟你一样大。"

乐声止息，乡民开始从大篷三三两两出来。他们停下脚步，纳闷他们入场时经过的兽篷怎么了。正当他们从前门出来，一队人马从后面进去，运出看台、座椅、表演区枕木，吵吵闹闹地装上篷车。观众还不曾离开，工人就开始肢解大篷。

老骆浑浊地咳嗽，咳得骨架子都在晃。我转头看看是否需要拍拍他的背，但他举起一只手阻止我。他又是哼气，又是清嗓子，又啐口水，然后喝点药酒，用手背揩嘴，望着我，把我从头看到脚。

"你听我说，我不是要探你的底，不过我看得很明白，你还没出来混很久。你身上太干净，衣服太好，而且你什么家当都没有。流浪的人会沿途累积家当，也许不是什么好东西，但你照样会收在身边。我晓得自己没有资格说话，可是像你这样的孩子不该出来流浪。我流浪过，那种日子不是人过的。"他的前臂搁在膝头，脸孔转向我，"要是你还有家，我想你应该回去。"

我怔了片刻才开口，一开口嗓音便开岔。"我没有家。"

他又看了我一会儿，然后点头，"真遗憾。"

人潮散开，从大篷到了停车场，又继续前进，回到镇上市街。大篷后面冒出一个气球，升到天空，接着传来孩子的长长哭号。我听到笑声、引擎声、兴奋得提高嗓门的人声。

"她居然能弯成那样，你能相信吗?"

"小丑裤子掉下来的时候，我还以为自己要笑死了呢。"

"吉米呢? 汉克，吉米跟你在一起吗?"

老骆突然东倒西歪地爬起来。"嗬! 他在那里，那个老杂种在那里。"

"谁呀?"

"就是艾蓝大叔呀! 我们得帮你敲定差事。"

他蹦着前进的速度出乎我意料的快。我站起来跟上去。

艾蓝大叔很好认，猩红外套，白马裤，高帽子，上过蜡的翘胡子，从头到脚都是标准的戏班主人打扮。他大步穿过场子，仿佛在带领乐队游行似的，肚子挺在前面，洪亮地下达指令。他停下脚，让狮子笼舍从他前面推过去，然后继续走，经过一群正在和卷起的帆布奋战的人，停也不停就一掌掴其中一人的耳光，那人叫一声回头来看，但艾蓝大叔已经走了，身后还跟着一群人。

"这倒提醒我了，不管怎样，千万别在艾蓝大叔面前提起林铃马戏团。"老骆回头对我说。

"为什么不行？"

"不行就不行。"

老骆急急追上艾蓝大叔，跑到他面前。"呃，您在这呀。"他说，声音又假又像小猫咪咪叫。"不知道能不能跟您谈谈呢，先生？"

"我现在没空，小子，没空。"艾蓝声若洪钟，像是电影院画面粗糙的新闻短片中的纳粹军人踏着正步走了。老骆一瘸一瘸追得无力，头歪到一边，最后落到队伍后面，追着人跑，像被抛弃的小狗。

"先生，只要一下子就好。我只是在想，不晓得哪一个部门欠人手。"

"你想换差事？"

老骆的声音像警笛般拉高，"没有哇，先生，不是我啦。我喜欢我的差事。一点也没错，先生，喜欢得不得了，就是这样。"他咯咯笑得像疯子。

他们之间的距离拉长了。老骆跟跟跄跄，最后停下来。"先生？"他对着越走越远的艾蓝大叔喊，"先生？"

艾蓝大叔已经不见了，隐没在人群、马匹、篷车之中。

"妈的。他妈的！"老骆说，抓下帽子一把扔到地上。

"没关系啦，老骆，谢谢你为我尽心。"

"谁说没关系。"他嚷着。

"老骆，我——"

"别说了，我不要听。你是好孩子，我不会眼睁睁看着你只是因为那个肥猪头没空，就摸摸鼻子走人。我不会让那种事发生的，所以呢，你对老人家要放尊重一点，别给我惹麻烦。"

他眼中燃着火。

我靠过去捡起他的帽子，拍掉尘土，递还给他。

片刻之后，他接过帽子，凶巴巴地说："那好吧，我想没事了。"

老骆带我到一辆篷车，叫我在外面等。我倚着已经固定住的轮子，一会儿抠指甲缝里的污垢，一会儿拔草来嚼，打发时间。我一度打起瞌睡，快要睡着了。

老骆一小时后才出来，歪歪斜斜，一手握着长颈瓶，一手拿着手卷烟，眼睛半开半闭。

"这边这位是厄尔。他会罩你。"他口齿不清，一手朝身子后面挥。

一个光头佬从篷车下来，体格魁梧，脖子比脑袋更粗大。模糊的绿色刺青从指节一路刺到了毛茸茸的手臂。他伸出一只手来跟我握手。

"你好。"他说。

"你好。"我说，困惑起来。我扭身去看老骆，他东倒西歪地穿越青青绿草，大致上是朝着飞天大队的方向前进。他嘴里哼着曲儿，够难听的。

厄尔把手围在嘴边："别唱啦，老骆！快上火车，晚了小心人家抛下你开走！"

老骆跪到地上。

"哎哟，妈呀。等一下，我马上回来。"厄尔说。

他走过去，把老人兜起来，仿佛他是孩子似的轻松。老骆任凭手臂、腿、头垂在厄尔的臂弯外，咯咯笑着叹气。

厄尔将老骆放在一节车厢的门口，跟里面的某个人商量两句，然后又回来。

"那玩意儿会害死老家伙的。"他喃喃说，直直向我走过来。"就算他五脏六腑没烂掉，也会从那个臭火车上滚下来摔死。我才不碰那玩意呢。"他说，回头来看我。

我还杵在他扔下我的地方。

他看来很意外，"你到底来不来呀？"

最后一段火车也驶动后，我蹲坐在寝车一个铺位下面，和另一个人挤在一起。他是那块地方的主人，我们说服他让我以一块钱的代价在那里混一两个钟头。尽管如此，他照旧咕哝个没完没了，而我拼命把膝盖抱紧，尽量别占用位子。

车厢里臭烘烘，净是肮脏身躯、衣服的臭气。铺位一共上下三层，一床起码睡一两个人，床下面也睡了人。我对面那个睡地板的家伙正在拍打一条薄薄的灰毯子，徒劳无功地想弄成枕头状。

杂七杂八的声响中传来一句波兰话："Ojcze nasz któryś jest w niebie, święć się imię Twoje, przyjdź królestwo Twoje ——"（我们在天上的父，愿人都尊你的名为圣，愿你的国降临。）

"讨厌。"我的东道主说着把头探出走道，"死波兰佬，讲英文啦！"然后缩回来摇头说："这些家伙有的才刚下船。"

"——i nie wódź naś na pokuszenie ale nas zbaw ode złego. Amen."

（不叫我们遇见试探，救我们脱离凶恶，阿门。）

我抵着车厢壁，闭上眼睛，低语："阿门。"

车厢摇晃起来，灯光一闪就熄了。前方不知道哪里传来汽笛的嘶鸣，火车开始向前驶，灯光重新亮起。我累到言语难以形容，头硬生生撞上厢壁。

稍后我醒过来，发现面前立着一双巨大的工作靴。

"你起床了没？"

我甩甩头，试图弄清楚自己在哪里。

我听到腿筋咔啦咔啦的声音，然后看到一个膝盖，接着厄尔的脸孔映入眼帘。"你还在这里吗？"他朝床下窥探。

"在，对不起。"

我摇摇晃晃爬出来，蹒跚地站直。

"哈利路亚。"我的东道主说，伸个懒腰。

"Pierdol się。（去你的。）"我说。

几尺开外一个床位传来扑哧一笑。

"来吧。艾蓝喝了两杯，心情已经放松了，但还没喝到会使性子。我想现在正是你的机会。"厄尔说。

他带我穿过两节寝车，当我们走到尽头，便面对另一种车厢。从门上的窗户可以看见里面亮晶晶的木头和精巧的灯具。

厄尔转向我："准备好了吗？"

"当然。"我说。

其实才没有。他揪住我的后颈，把我的脸砸向门框。他另一只手拉开车门，猛地把我往内推。我双臂张开，撞上一根黄铜杆子才没继续向前冲。我惊愕地回头看厄尔，然后看到其他人。

"什么事呀?"艾蓝大叔安坐在扶手椅上,和三个人在一起。一根胖雪茄捏在拇指和食指之间,另一手握着散成扇形的五张纸牌,面前小桌上搁着一杯白兰地,酒杯再过去就是一大叠的扑克牌筹码。

"先生,他跳到我们火车上,在一节寝车逮到他的。"

"是吗?"艾蓝大叔说,闲闲吸一口雪茄,放到一旁的烟灰缸上面。他重新安坐,研究他的牌,把烟从嘴角徐徐喷出。"我也赌三块钱,加码五块。"他向前倾,把一叠筹码扔进赌注堆。

"要我把他送出门吗?"厄尔说。他上前,拉着我的衣领把我从地上拎起来。我绷紧肌肉,握住他的手腕。倘若他想再摔我一次,我就要抓住他。我目光从艾蓝大叔移到厄尔的下半截脸(我只看得到下半截),再移回艾蓝大叔那边。

艾蓝大叔收起牌,小心翼翼地放在桌上。"厄尔,不用急着动手。"他拿起雪茄,又长吸一口。"放下他。"

厄尔放下我,让我背对艾蓝大叔落地,草草拉一下我的外套,算作帮我整理仪容。

"你上前一点。"艾蓝大叔说。

我乖乖听命,很乐意到厄尔够不到的地方。

"您好像还没有赐我知道您尊姓大名的荣幸?"他吐出一个烟圈。

"我叫雅各·扬科夫斯基,先生。"

"请您务必告诉我,雅各·扬科夫斯基来到我的火车有何居心?"

"我要找工作。"我说。

艾蓝大叔继续注视我,懒洋洋地吐烟圈,双手搁在肚皮上,手指悠然轻拍背心。

"你在马戏班子待过吗,雅各?"

"没有，先生。"

"看过马戏表演吗，雅各？"

"当然有啊，先生。"

"哪一家？"

"林铃兄弟。"我说，背后突然传来倒抽一口凉气的声音，回头一看，厄尔正瞪大眼睛示警。

"他们表演很差劲，差劲透了。"我急急补充说明，回头面对艾蓝大叔。

"是这样的吗？"艾蓝大叔说。

"是呀，先生。"

"那你看过我们的表演吗，雅各？"

"有啊，先生。"我说，感觉到一股红潮扫过脸颊。

"那你觉得怎么样呢？"他问。

"很……精彩。"

"你最喜欢的表演是哪一段？"

我思绪狂奔，无中生有。"有黑马和白马的那一段，还有一个穿粉红色衣服的女孩子。就是那个穿亮片衣的。"

"你听到啦，奥古斯特？这小子喜欢你的玛莲娜。"

艾蓝大叔对面的男人站起来，转过身。他是兽篷的那个男人，只不过他这会儿没戴高帽子。他有棱有角的脸孔不带一丝情感，黑发用发油梳得油光水亮。他也蓄着八字胡，不过不像艾蓝大叔一样留得翘起来，他的只有到嘴唇边上。

"你来我这里到底是想做什么差事？"艾蓝大叔问，他向前倾，从桌上端起一个酒杯，摇一摇酒液，一口灌下肚子。一个侍者不知道从哪里冒出来，立刻重新斟满。

"我什么都愿意做。不过要是可以的话，我希望能照料动物。"

"动物啊。奥古斯特，你听见啦？这小子要照顾动物呢。依我看，你想负责给大象弄水喝，是吧?"

厄尔皱起眉头，"可是先生，我们没有——"

"住口!"艾蓝大叔嚷着一跃而起，袖口把杯子扫落到地毯上。他盯着酒杯，握紧拳头，脸色愈来愈阴沉。然后咬牙切齿，发出非人的长嘷，用脚狠踏那只酒杯，踩了一脚一脚又一脚。

车厢内一阵静默，只有车轮底下枕木咔啦咔啦的规律响声。然后侍者跪在地上，收拾玻璃碎片。

艾蓝大叔深呼吸一口气，转向窗边，手在背后交握。好不容易，等他转身面对我们，他的脸又是红的，一抹假笑挂在唇角。

"就让我把你的心思都说出来吧，雅各·扬科夫斯基。"他一字一字地念出我的名字，仿佛那是什么恶心的东西。"你这种人我见过千百个了。你以为我没办法一眼看穿你的心思吗？你到底是碰上什么不顺心的事? 是跟妈咪拌嘴吗? 还是你只是想趁着学校放暑假，来点小小的冒险?"

"不是的，先生，绝不是那样。"

"我才懒得管你是怎样，就算我现在给你一个工作，你也撑不下去的。你连一个礼拜也挨不过，连一天都成问题。我们马戏班子就像是跑得很顺畅的大机器，只有最强悍的人才跟得上节拍，做得下去。可是你根本不晓得什么叫强悍，是吧，大学生先生?"

他怒目瞪我，仿佛在看我有没有种反驳他。"现在你给我滚。"他说，摆摆手要我离开。"厄尔，送他出去。要等你看到红灯的时候才能把他扔下车哦，我可不要因为弄伤了一个妈妈的亲亲小宝贝而惹上任何麻烦。"

"等一下，艾蓝。"奥古斯特说，脸上堆满假笑，显然觉得饶有兴味，"他说对了吗？你真的是大学生？"

我觉得像是一只被两只猫扔着玩的老鼠。"我本来是大学生。"

"那你是念什么的？大概是艺术类的东西吧？罗马尼亚土风舞？亚里士多德的文艺批评？或者，扬科夫斯基先生，你拿到了手风琴表演的学位？"他射出揶揄的目光。

"我念的是兽医。"

他态度立刻一百八十度大转变，完全换了一个人。"兽医学院？你是兽医？"

"不算是啦。"

"什么叫'不算是'？"

"我没有参加期末考。"

"怎么不去考？"

"就是没去啊。"

"是你最后一学年的期末考吗？"

"是的。"

"哪所大学？"

"康奈尔。"

奥古斯特和艾蓝大叔互使眼色。

"玛莲娜说银星在闹病。她吩咐我叫先遣员安排兽医过来。她好像不明白先遣员就是赶在马戏班子进城之前去打广告的人，所以才会叫先遣员啊。"奥古斯特说。

"你想说什么?"艾蓝大叔说。

"叫这小子早上给银星看病。"

"那你打算让他今天晚上睡哪里?我们的人数早就超过铺位了。"他从烟灰缸拿起雪茄,抖落烟灰,"我们大概可以把他放到平板货车车厢。"

"我想的是表演马的车厢。"奥古斯特说。

艾蓝大叔皱眉,"什么?去跟玛莲娜的马一起睡?"

"是啊。"

"你是说以前关羊的地方?那边不是那个蹩脚矮冬瓜在住的吗?他叫啥来着?"他说,打着榧子,"丁科?金科?那个养狗的小丑?"

"没错。"奥古斯特笑了。

奥古斯特领着我穿过男人的寝车往后走,直到我们来到一节牲口车厢的外面。

"你站稳脚步啦,雅各?"他和蔼地问。

"应该吧。"我回答。

"很好。"他说。他没再拖延,向前一窜,抓住车厢侧面的某个地方,然后敏捷地爬到车顶。

"妈呀!"我嚷着,警觉地先察看奥古斯特消失的地方,然后朝下看看车钩和车厢底下飞掠的枕木。火车颠簸地转弯。我伸出手平衡身体,呼吸急促。

"来啊。"一个声音从车顶上叫我。

"你怎么上去的?要抓哪里?"

"有梯子,就在车厢旁边,你向前靠,手伸出去摸就找得到了。"

"要是找不到呢?"

"那我们就得走人了，不是吗？"

我戒慎地来到边缘，只能勉强看到单薄铁梯的一角。

我目光定在上面，两手在腿上揩揩，然后身体向前倾。

我的右手摸到梯子，伸出左手乱抓一把，直到我够到另一边。我把脚牢牢固定在横档之间，试图歇口气。

"喂，上来啊！"

我向上看，奥古斯特探出头来看我，笑嘻嘻的，发丝在风中翻飞。

我爬到车顶，他挪开位子，等我坐到他旁边，他手搁在我肩膀上。"转过来，我要你看一个东西。"

他指着火车的尾端，火车在我们身后拖得很长，像一条巨大的蛇，串连在一起的车厢随着火车转弯而摇晃、弯曲。

"很美吧，雅各？"奥古斯特说。我回头看他，他正目不转睛地盯着我，眼睛放光。"可是没有我的玛莲娜那么美，嘿嘿？"他咂一下舌头，跟我眨眼。

不等我反驳，他站起来，在车顶上跳起踢踏舞。

我伸长脖子，计算有几节牲口车厢。至少六节。

"奥古斯特？"

"嗯？"他说，转圈转到一半停下来。

"金科在哪一节车厢？"

他突然蹲下来，"这一节，你运气还真不错啊，嗯？"他拉开一片车顶通风板，消失无踪。

我手脚并用急忙移过去。

"奥古斯特？"

"怎么啦？"黑暗中一个声音回答我。

"有梯子吗？"

"没有，跳下来就好了。"

我把身子放进车厢，直到只靠指尖抓住车顶时才放手，然后摔到地上。黑暗中传来一声受惊的马嘶。

一道道细长的月光从木条厢壁间射进来。我一边是一排马匹，另一边则是一堵墙，显然是门外汉动手钉的。

奥古斯特上前把门向内推开，直到门板砰地撞上木墙，露出一间只能凑合着住人的房间。房间点着煤油灯，灯立在一只倒扣的木箱上面，旁边就是一张便床。一个侏儒趴在床上，一本厚厚的书摊开在面前。他和我年纪相仿，跟我一样一头红发，但跟我不一样的是他发丝倒竖，一头浓发乱七八糟的。他的脸、脖子、手臂、手都密密麻麻净是雀斑。

"金科。"奥古斯特鄙夷地说。

"奥古斯特。"侏儒说，语气同样鄙夷。

"这位是雅各。"奥古斯特说，在小房间转了一圈，边走边翻看东西。"他要跟你一起住一阵子。"

我站上前，伸出我的手说："你好。"

金科冷冷地握我的手，目光回到奥古斯特身上。"他是什么？"

"他叫雅各。"

"我问你他是什么，不是问你他是谁。"

"他要在兽篷帮忙。"

金科一跃而起。"兽篷？免谈，我是艺人，我绝对不跟工人一起睡。"

他身后传来一声低吼，我才注意到那只杰克罗素犬。它站在帆布床的尾端，颈毛倒竖。

"我是马戏总监兼动物总管，"奥古斯特缓缓说，"你能睡在这里，纯粹是因为我好心，也是因为我好心，这里才没有塞满杂工。当然了，我随时可以收回好心，再说这位先生是马戏班子的新兽医，而且拿的是康奈尔大学的学历，因此在我眼里，他比你高级多了。也许，你愿意考虑把床让给他睡。"煤油灯的火光在奥古斯特的眼里闪烁，他的唇在幽暗的光线下颤动。

片刻后，他转向我，深深哈腰一鞠躬，脚下咔嚓一声立正。"晚安，雅各。我敢说金科一定会好礼相待，是不是呀，金科？"

金科怒眼瞪他。

奥古斯特用手把两边头发都抚平，然后离开，随手把门关上。我望着那粗糙的木门，直到听见他的脚步声从车顶传来，这才回过头。

金科和狗在瞪我。狗露出牙齿狂吠。

这一夜我睡在一张皱巴巴的鞍褥上面，抵着墙，尽量离便床远一点。那被子潮潮的。不知道当初是谁负责封起车厢的木条空隙，把这里钉成房间，总之做工很蹩脚，搞得我的被子淋了雨水，又冻了露水。

我惊醒过来，手臂和脖子都搔破皮了。不知道害我发痒的是马毛还是虫子，我也不想知道。从木条空隙看出去，天空是黑的，火车仍在前进。

我是从梦中惊醒的，却记不起梦境。我合上眼，试着钻进心底去探寻梦境。

是我母亲。她身穿矢车菊蓝色洋装，把衣服晾到院子里的晒衣绳上面。她嘴里衔着几只木头晒衣夹，系在腰际的围裙里还有更多夹子。她正忙着把床单晾起来。她轻轻哼着波兰歌曲。

一道闪光。

我躺在地板上，脱衣舞娘的乳房垂在我眼睛上方，褐色乳晕有银币那么大，在我眼前荡着圈圈，向外荡开又荡回来，啪，向外荡开又荡回来，啪。我感觉到兴奋的狂潮，然后良心谴责我，然后恶心。

然后我就……

我就……

五

然后我就像我这种蠢老头一样哭闹，就这样。

我猜我是睡着了。我可以发誓，几秒前我还是二十三岁的人，而现在我却在这具干瘪的破旧躯壳里。

我吸吸鼻子，抹掉可笑的泪水，试图振作精神，因为那个女孩来了，那个丰满的粉衣女孩。要么她工作了一整晚，要么我混掉了一天而不知不觉，不知道答案是哪一个，讨厌。

我也希望记住她的名字，偏偏没那个记性。没办法，九十岁或九十三岁的人就是这样。

"早安，扬科夫斯基先生。该起床啰。"看护说，打开电灯。她走到窗前，调整百叶窗水平叶片的角度，让阳光透进来。

"起床干吗?"我嘀咕着。

"因为仁慈的上帝又赐予你新的一天呀。"她来到我身边，揿下床栏杆上的一个按钮，床开始嗡嗡作响。几秒后，我便成了坐姿。"再说，你明天要去看马戏团。"

马戏团! 这么说，我没白白丢失一天。

她在耳温枪上装上抛弃式套子，插进我耳朵量体温。他们每天早上都要这么又戳又刺一回，仿佛我是从冰箱最里面挖出来的一块肉，没证实我健康无虞之前都得严阵以对。

耳温枪哔哔叫，她把套子剥下来扔进垃圾桶，在病历上记了两笔，然后从墙上拉下血压计。

"你要去食堂吃早餐吗？还是要我端来这里？"她问，帮我戴上血压计的腕带，开始充气。

"我不吃。"

"别这样，扬科夫斯基先生。你得保持体力。"她说，将听诊器压在我手肘内侧，看着读数。

我拼老命偷瞄她的名牌。"保持体力干吗？跑马拉松吗？"

"这样你才不会生病，不会错过马戏表演。"她说。腕带的气消掉后，她便拆掉，收好挂回墙上。

好不容易！总算看到她的名牌了。

"那我在这里吃早餐，萝丝玛莉。"我说，借此证明我记得她的名字。维持你神智正常的假象并不容易，但很重要。反正，我又不是真的老糊涂，我只是必须比旁人多花一分精神注意周遭的情况。

"我承认你确实壮得像匹马。"她说。记完最后一项记录，她才合上我的病历表，"如果你能吃胖一点，我敢打赌你还能再活十年。"

"帅呀。"

等萝丝玛莉来推我去走廊，我请她将我安置在窗边，才好看公园那边的动静。

天高气爽，阳光从胖胖蓬蓬的云朵间流泻而下。这样更好，在恶劣天气中搭建马戏场地的滋味我太清楚了。马戏工作与往年已经不可同日而语，这年头恐怕连杂工也换了好听的头衔了吧。他们的住宿品质绝对是好多了，瞧瞧那些休旅车吧，有些甚至配备行动式卫星天线呢。

午餐过后不久，我瞥见第一个养老院院民由亲戚推到街上。十分钟后，院民们的轮椅便络绎不绝，组成名副其实的篷车队。有茹熙，噢，还有娜丽·坎顿，这不是多此一举吗？她脑袋都糊涂了，什么也不会记得的。还有桃乐丝，那个人一定就是她老是挂在嘴上的蓝道吧。还有王八乌龟麦昆迪，噢，对，那个坐镇山头的山大王，他的家人簇拥着他，苏格兰毯子盖在腿上，无疑正在口沫横飞讲述大象的故事。

大篷后面有一排俊秀的佩尔什马，每一匹都白得发亮。或许是花式骑马用的表演马？这种马向来是白色的，以便掩饰艺人用来稳固脚部的粉状树脂。

就算是表演无人骑乘马术的马吧，没理由认为它们会有玛莲娜手底下的马那么厉害。没有任何东西、任何人比得上玛莲娜。

我搜寻大象的身影，心里半是害怕，半是失望。

下午稍后院民组成的篷车队回来了，轮椅上系着气球，头上戴的帽子实在够驴的。有些人甚至把套着塑料袋的棉花糖抱在大腿上，塑料袋啊！那糖说不定都有一个礼拜啦。在我那个年代呀，我们都是直接拿纸棒伸到机器里，缠成整只的棉花糖。

五点的时候，一个苗条的马脸看护来到走廊尽头。"准备好吃晚餐了吗，扬科夫斯基先生？"她解除轮椅的刹车，将轮椅调转方向。

"嗯。"我说，气恼起来，她不该不等我回答便碰了轮椅。

我们来到食堂，她将我推向我的老桌位。

"喂，等一下！我今天晚上不要坐这里。"我说。

"别担心，扬科夫斯基先生。麦昆迪先生一定已经原谅你昨天晚上的事了。"

"是喔，哼，我可没有原谅他。我要坐那边。"我指着另一张桌子。

"那边没人坐。"

"没错。"

"哎，扬科夫斯基先生，你何不让我——"

"该死，让我坐在我想坐的位子啦。"

我的轮椅停下来，背后是一片死寂。几秒后，轮椅又开始动了。看护把我推到我指定的桌位，然后端来我的晚餐。她气鼓鼓地嘟着嘴，砰地将餐盘放在我面前。

独坐一桌最难挨的就是没有东西让你分神，以致你一定会听见别人聊天。我无意偷听，偏偏就是会听到。他们大都在聊马戏团，这无所谓，我不能忍受的是老屁蛋麦昆迪像亚瑟王主掌他的宫廷一样坐在我的桌位，和我的女性朋友在一起。不止哪，他显然跟马戏团的人说他曾经提水给大象喝，结果他们把他的票升等，让他坐到第一排！不可思议！这会儿他坐在我的桌位，哇啦哇啦说他得到的特殊礼遇，而荷柔、桃乐丝、诺玛就赞赏地望着他。

我受不了啦。我打量自己的餐盘，盘里盛着某种炖的东西上面淋着稀稀的肉汁，一旁是一个表面坑坑洼洼的果冻。

"看护！看护！"我嚷着。

其中一个抬起眼，见我显然没有快挂掉的迹象，步伐也就慢条斯理。

"有什么事吗，扬科夫斯基先生?"

"可以给我真正的食物吗?"

"我不懂，可以说明一下吗?"

"真正的食物啊，你知道的嘛，就是不住养老院的人吃的东西。"

"这个嘛，扬科夫斯基先生——"

"别说什么'这个嘛，扬科夫斯基先生'，小姐，这是托儿所小孩子吃的东西，我知道自己不是五岁。我九十岁啦，不然就是九十三岁。"

"这不是托儿所食品。"

"怎么不是，里面根本没有固体的东西，你看——"我拿叉子铲起覆着肉汁的那坨东西，它啪地整坨落回盘子，只剩下叉子覆着一层糊。"这能叫食物吗？我要可以用牙齿咬的食物。要咬起来会咔滋咔滋响的东西。还有，这到底是什么玩意儿？"我戳戳那坨红色的果冻，它抖得不像话，像我曾经见识过的某人乳房。

"那是沙拉。"

"沙拉？你有看到任何蔬菜吗？我可没有看到。"

"这是水果沙拉。"她说，嗓音坚定，但那是硬挤出来的。

"你看到任何水果了吗？"

"有啊，我确实看到了。"她说，指着一个凹痕，"在那里，还有那里，那是一片香蕉，那是一颗葡萄。你何不吃吃看？"

"你怎么不自己吃吃看？"

她手抱着胸，老古板女人失去耐心啰。"这是给养老院民吃的食物，菜色是由专攻老年医学的营养师特别设计的——"

"我不要吃这个，我要真正的食物。"

食堂里一片死寂。我环顾四周，每双眼睛都停驻在我身上。我大声说："怎样？这个要求很过分吗？难不成这里只有我一个人怀念真正的食物？你们不可能全都爱吃这个……这个……半流质食品？"我把手放在盘子边缘，推了一下。

小小的一下。

真的。

我的盘子飞过桌子，落到地上摔个粉碎。

他们召来了拉席德医生。她坐在我床边问问题，我尽量保持礼貌。但我实在厌倦他们把我当成不可理喻的人，对她的火药味恐怕重了一点。

过了半小时，她请看护和她到走廊。我拉长耳朵，尽管我的老耳朵大得可憎，却只听到了片断的词语。"非常、非常沮丧"和"引发行为上的侵略性，这在老年病患身上并非不寻常"。

"我不是聋子，你又不是不知道！我只是老了！"我在床上大叫。

拉席德医生窥看我一眼，拉着看护的手走远，离开我听力所及的范围。

那天晚上，纸杯里多了一颗新药丸。药丸倒到我手心后，我才注意到有一颗没见过的。

"这颗是什么？"我说，推着它，翻过来看另一边。

"什么？"看护说。

"这个。"我戳着问题药丸，"就是这一颗，我没见过。"

"是安米替林。"

"是治什么的？"

"让你觉得比较舒服的药。"

"是治什么的？"我重述问题。

她没有接腔，我抬眼看她，我们四目交对。

"忧郁症。"她总算说了。

"我不吃。"

"扬科夫斯基先生——"

"我并不忧郁。"

"这是拉席德医生开的药，吃了会让你——"

"你想迷昏我，把我变成吃果冻的羊咩咩。我跟你说，我不吃。"

"扬科夫斯基先生，我还得帮十二个病人喂药，现在请把药吃下去。"

"我们不是院民吗?"

她紧绷的五官严厉起来。

"这颗我不吃，其他的我会吃。"我说，把那颗药丸从手心弹掉。它飞出去，掉在地板上。我把其他的塞到嘴里，"水呢?"我口齿含糊，努力让药丸都待在舌心不乱跑。

她给我一个塑料杯，从地上捡起药丸，然后走进我的洗手间。我听到冲马桶的声音，然后她回到我面前。

"扬科夫斯基先生，我再去拿一颗安米替林，如果你还是不吃，我会通知拉席德医生，她会把药改成注射针剂。吃药也好，打针也罢，反正都是安米替林，看你喜欢哪种用药方式，自己选吧。"

当她拿来药丸，我吞进肚子。十五分钟后，我也挨了一针，不是安米替林，是别的玩意儿。不公平，我明明吞了那颗该死的药丸。

不出几分钟，我就变成了吃果冻的羊咩咩。唔，反正就是羊啦。我不断回忆自己今天怎么会招惹上这件倒霉事，我意识到如果现在有人拿坑坑巴巴的果冻叫我吃，我也会乖乖吃掉。

他们把我怎么啦。

我凝聚这具破烂躯壳内的所有感情，努力维持怒意，但徒劳无功。

怒火渐渐消退，仿佛浪潮离开海岸。我思忖着这可悲的事实，却突然意识到黑幽幽的睡意正在我头上盘旋。睡意已经盯上我一段时间了，等在那里，每盘旋一圈就离我近一点。此时我的怒气只剩一个空壳子，我放弃了，在心底跟自己说明天早上起床记得继续生气，然后便放任意识漂流。我根本无法控制思绪了。

六

火车低鸣，抗拒着愈来愈强大的刹车力道。数分钟后，这条巨大的铁蛇发出最后一声长嘶，颤抖着停止，呼出蒸气。

金科一把掀开毯子，站起来。他不会超过一百二十公分高，顶多一百二。他伸个懒腰，打个哈欠，咂咂嘴，然后搔搔头、胳肢窝和胯下。小狗在他脚边跟前跟后蹦蹦跳，猛摇它的短尾巴。

"来吧，昆妮。"他说，兜起小狗，"你要出去吗？昆妮要出去？"他对准褐白相间的狗头一吻，穿过小小的房间。

我窝在角落鞍褥上看着他们。

"金科？"我说。

要不是他摔门摔得那么狠力，我可能会以为他没听见。

我们这列车停在飞天大队列车后面的铁道支线。飞天大队显然几个钟头前便停在那里了。帆布城已然矗立，乡民们聚集过来，欢喜地四处打量。一排排的孩童坐在飞天大队的车顶，眼睛放光细看场地上的活动。他们的父母聚在下面，牵着较年幼的孩子，指出面前的种种奇景。

工人们从主列车的寝车车厢爬下来，点燃香烟，穿过场地去伙房帐篷。那里的蓝、橘旗帜已经随风飘扬，旁边的锅炉水汽蒸腾，欢喜地宣告早餐已经在篷内等着大家食用。

艺人也下车了。他们的寝车靠近火车车尾，明显比工人寝车高级。阶级之分一目了然，愈靠近车尾的寝车越好。艾蓝大叔则从守车*前面那节车厢出来。我不禁注意到，金科和我是马戏班子里住得最接近火车头的人。

"雅各！"

我转身。奥古斯特迈开大步向我走来，衬衫笔挺，下巴刮得干干净净，油光水亮的头发还有梳齿的痕迹，显然不久前才梳过。

"今天早上觉得怎么样呀，小兄弟？"他问。

"还好，只是有点倦。"我说。

"那个小怪物有没有找你麻烦？"

"没有，他待我还过得去。"

"很好，很好。"他两手交握，"那我们就可以去帮马看病了？我想应该不是什么大病啦。玛莲娜疼它们疼死了。噢，说曹操，曹操到。来这边，亲爱的。"他愉悦地叫唤。"你来见见雅各。他是你的忠实观众哦。"

我感觉到一股红潮窜过脸孔。

她站到他身边。奥古斯特朝着表演马车厢举步，她对我微微一笑。"很荣幸认识你。"她伸出手和我握手。近看之下，她仍然神似凯萨琳，五官细致，白皙如瓷，鼻梁上几点雀斑，蓝眸莹莹放光，发色若再浅一点便会是金发。

"我才荣幸呢。"我窘迫起来。我已经两天不曾刮胡子，衣服凝着粪

饼，而且粪便不是身上惟一的异味源头。

她微微歪着头，"嗯，你是我昨天看到的人吧？在兽篷那里？"

"应该没有吧。"我说，凭着本能撒谎。

"当然有，就在表演开始之前，在黑猩猩笼舍突然关起来的时候。"

我瞄一下奥古斯特，他仍然看着另一边。她顺着我的目光看过去，似乎明白我的难处。

"你该不会是波士顿人吧？"她压低嗓音。

"不是，我没去过那里。"

"噢，不知怎么的，总觉得你眼熟，算了。小奥说你是兽医。"她继续愉悦地说。奥古斯特听见玛莲娜提起他，忽地转过头。

"我不是兽医呀。我是说，我不算是。"

"他只是谦虚。彼特！嘿，彼特！"奥古斯特说。

一群人站在表演马车厢的门前，将一具附有护边的斜坡道接上车门。一个黑发高个子转过身说："老大，什么事？"

"先把其他马带下来，然后把银星带出来，好吗？"

"当然。"

五白六黑一共十一匹马下来之后，彼特再度进入车厢，不一刻他回来了。"老大，银星不肯出来。"

"那就拖它出来。"奥古斯特说。

"不可以。"玛莲娜白了奥古斯特一眼，自己走上斜坡道，身形隐没到车厢。

奥古斯特和我在外面等，听着车厢内的殷殷恳求和咂舌声。好几分钟后，她带着银白色的阿拉伯马来到车门。

玛莲娜走在它前面，又是咂舌又是低语。马扬起头向后退，好不容易才肯跟着她走下坡道。它每走一步头都晃得厉害，到了坡道尾端，它头部后拉的力道大到它差点一屁股坐下。

"哇，玛莲娜，我以为你说它身体不太舒服。"奥古斯特说。

玛莲娜面色如土。"是啊，它昨天状况是没有这么糟糕呀。这几天它的脚是有点没力，但绝对不像今天这个样子。"

她咂舌，用力拉它，直到马儿终于站到碎石地上。它躬着背，尽量把重心放在后腿。我的心往下沉。这是典型的"如履薄冰"姿势。

"你想是什么毛病？"奥古斯特说。

"先让我看一下。有没有检蹄钳？"其实我心里已经有九成九的把握。

"没有，不过铁匠有，要我叫彼特去找铁匠吗？"

"不急，也许用不到。"

我蹲在马的左肩旁边，手从马肩一路摸到腿后的蹄毛上。它没有丝毫畏缩。然后我把手放到蹄前壁，感觉灼热，然后把拇指和食指按着它蹄毛后面，脉搏强盛。

"要命。"我说。

"它怎么了？"玛莲娜说。

我站起来，手伸向银星的脚。它脚扎在地上不肯抬起。

"来吧，小子。"我说，拉它的蹄子。

它总算抬起脚。它的蹄踵肿大，色泽泛黑，边缘一圈红红的。我立刻把它的脚放下。

"是蹄叶炎。"我说。

"噢，天哪！"玛莲娜说，一只手捂住了口。

"什么？它怎么了？"奥古斯特说。

"是蹄叶炎。就是蹄和蹄骨之间的结缔组织受损，导致蹄骨摩擦蹄踵。"

"麻烦你讲白话文，严重吗？"

我瞥一眼仍旧捂着口的玛莲娜，说："很严重。"

"你能搞定吗？"

"我们可以在它的马房铺上很厚的干草，尽量不要让它动到脚。只能给它草料，不能有谷物。还有不能工作。"

"它会好吗？"

我迟疑了，快快瞄一眼玛莲娜。"恐怕不会。"

奥古斯特望着银星，鼓起腮帮子呼出一口气。

"啧啧啧！这可不是我们专属的动物医生吗！"一个洪亮嗓音从我们背后传来，铁定是艾蓝大叔来了。

艾蓝大叔悠闲地晃过来。他身穿黑白格纹长裤，搭配猩红背心，手里拿着一根银头手杖，每走一步就大挥一下，跟班们乱哄哄地尾随在后。

"这个哀哀叫的家伙是怎么啦？你帮马治好病啦？"他快活地问，停在我面前。

"不尽然。"我说。

"怎么说？"

"显然它在闹蹄叶炎。"奥古斯特说。

"啊？"艾蓝大叔说。

"是蹄子的问题。"

艾蓝大叔弯下腰，打量银星的蹄子。"看起来很好嘛。"

"并不好。"我说。

79

他转向我，"那你说说该怎么治？"

"只能把它关在马房休息，还有不能给它谷物，此外无能为力。"

"关马房是不可能的。它是我们无人骑乘马术表演的领队马。"

"如果它继续工作，蹄骨会持续摩擦蹄踵，直到从蹄踵刺穿出来，到时这匹马就废了。"我坦率地说。

艾蓝大叔眨眨眼，转头看玛莲娜。

"它多久不能上场？"

我踌躇着，谨慎地措辞。"可能一辈子。"

"天杀的！"他大叫，把手杖往地上掼，"这一季才过一半，叫我上哪里找另一匹马加入表演？"他环视他后面的跟班。

他们耸肩，支支吾吾，赶紧别开眼珠。

"没用的孬种，我还把你们留在身边干吗？好啦，你——"他用手杖指指我，"你被录取了，把马治好，周薪九块钱，奥古斯特就是你的上司。这匹马要是废了就开除你。"他来到玛莲娜跟前，拍拍她的肩膀。"好啦，好啦，亲爱的。"他和蔼地说，"别担心，这个雅各会好好照顾它的。奥古斯特，带这个小女孩去吃早餐好吗？我们得上路了。"

奥古斯特猛地回过头。"上路？什么意思？"

"我们要把场子拆掉，要出发了。"艾蓝大叔说，笼统地挥一下手。

"胡扯什么？我们才刚到，场子都还没搭好！"

"计划变了嘛，奥古斯特，计划变了。"

艾蓝大叔带着跟班们走了。奥古斯特呆呆望着他们的背影，惊得合不拢嘴。

伙房流言满天飞。

在马铃薯煎饼前面：

"卡森兄弟马戏团几个礼拜前耍诈被抓包，搞坏了市场。"

"哼，那通常是我们干的事吧。"另一个人说。

在炒蛋前面：

"咱们团里偷藏酒的风声传出去了，条子要来突袭。"

"是会有突袭没错，不过是因为艳舞的场子，跟酒八竿子打不着边。"接腔的人说。

在燕麦粥前面：

"艾蓝大叔去年没缴规费给警长，条子限我们两小时内离开，不然要赶我们走。"

埃兹拉跟昨天一样懒洋洋守在岗位，手臂交抱，下巴抵着胸，甩都没甩我。

"喂，别乱跑，大家伙，你要去哪里？"奥古斯特说，阻止我走到帆布幕的另一边。

"去另一边啊。"

"乱来。你是我们的兽医，你跟我来。不过我得承认，我很想派你去另一边听他们都在聊些什么。"

我跟着奥古斯特和玛莲娜到其中一张漂亮的桌位。金科和我们隔着几张桌子，跟三个侏儒坐在一起，昆妮在他脚边，满怀期待地抬头望着金科，舌头垂在一边。金科不理它，也不理同桌的人。他直勾勾瞪着我，下颚狰狞地左右移动。

"吃吧，亲爱的。"奥古斯特把一只糖盅推向玛莲娜的燕麦粥，"没必要担心银星的病，我们可是请到了一位老经验的兽医。"

我张口欲驳，却又咽下话。

一个娇小的金发女郎过来了。"玛莲娜！甜心！包你猜不到我听到的消息！"

"嗨，绿蒂。我完全没头绪，是什么事呀？"玛莲娜说。

绿蒂挨着玛莲娜坐下，话匣子一开便没完没了，几乎不曾停下来喘气。她是高空杂耍女郎，报给她秘密消息的人很可靠，正是负责监护她演出时人身安全的监护员。这个监护员听到艾蓝大叔和先遣员在大篷外面口角。不多时，我们桌边便聚了一群人。我听着绿蒂和这群听众你一言我一语，等于上了一堂艾蓝·J.邦克尔和班齐尼兄弟天下第一大马戏团的历史简介。

艾蓝大叔是一头秃鹰，贪婪鬼，贪心不足蛇吞象的人。十五年前他是一个寒碜小马戏团的经理，用烂蹄马拖着一群生皮肤病的三脚猫艺人巡回城镇。

1928年8月，华尔街都还没垮，班齐尼兄弟天下第一大马戏团倒是垮了，盘缠用罄，连到下一个城镇都没办法，更别说回到冬季休团时的营地。他们的经理搭火车走了，抛下团员、设备、动物不管。

铁道公司急着把他们占用的铁路支线清出来，艾蓝大叔就是那么吉星高照，恰恰就在那一带，于是他以贱价向铁道公司主管弄来寝车和两节平板货车，他自己那个小团的人员和破烂篷车便能轻轻松松跟着一起走。由于马戏团列车的车身本来就写着班齐尼兄弟天下第一大马戏团，艾蓝·邦克尔索性沿用他们的团名，而他的马戏团也就晋级成为火车巡回马戏团。

等华尔街崩盘，稍具规模的马戏团纷纷倒闭，艾蓝大叔简直不敢相信他的好运道。1929年他收购了简崔兄弟、巴克·琼斯两个团，1930年科尔兄弟、克斯蒂兄弟也步上末路，约翰·罗宾森这个大团也挂了。

只要哪家马戏团倒闭，艾蓝大叔便会出现，接手对方残存的一切，不论是几节车厢、一群无主的艺人、一只老虎、一头骆驼，来者不拒。他在每个地方都雇了探子，只要哪家大一点的马戏班子露出经营不善的迹象，艾蓝大叔便会收到电报，连夜赶去。

他吞吃那些马戏团的残骸，把自己的团养得肥滋滋。他在明尼阿波利斯接收六辆游行篷车和一只无牙狮子，在俄亥俄接收一个吞剑人和一节平板货车车厢，在得梅因接收一个梳妆篷、一只河马及河马篷车、美丽露辛姐，在波特兰是十八匹役马、两匹斑马和一个铁匠，在西雅图是两节寝车车厢和一个老经验的畸形人，是一位胡须女，艾蓝大叔可高兴了。他最爱的、连做梦都会梦到的就是畸形人。但他并不爱人工打造出来的畸形人，不爱从头到脚都刺青的人，不爱可以吞下皮夹和灯泡再吐出来的女人，不爱头上长苔藓的女人，不爱鼻子穿了木条的男人。艾蓝大叔最想要的是真正的畸形人，天生自然的畸形人，而这正是我们离开巡回路线，到乔利埃特的原因。

福斯兄弟马戏团刚刚关门大吉，而艾蓝大叔欣喜若狂。他们旗下有一个世界闻名的团员，叫做查理·曼斯菲·李文斯顿，长得是一表人才，衣冠楚楚，而他瘫痪的双胞胎兄弟就长在他的胸口上，叫做查兹，看来像一个婴儿的头埋在另一个人的胸膛。查兹穿着迷你西装，脚上穿着别致的黑皮鞋，查理走路的时候总牵着他的小手。据说，查兹的小小阳具甚至会勃起。

艾蓝大叔急着在别人抢走他之前赶到乔利埃特。也因此，尽管我们的海报贴满了沙拉托加泉，尽管我们本该停驻两天而我们场地才刚刚收到两千两百条面包、五十公斤奶油、三百六十打鸡蛋、七百公斤肉品、十一箱香肠、五十公斤糖、二十四箱柳橙、二十五公斤猪油、五百五十公斤蔬菜、两百一十二罐咖啡，尽管兽篷后面有堆积如山的干草、芜菁、甜菜根及其他供动物食用的东西，尽管场子边缘聚集了数以百计的乡民，而这些人从兴奋而诧异而怒气高涨，尽管这一切，我们仍然要拔营离开。

厨子险些中风，先遣员嚷着要辞工，马夫头头气炸了，干脆摆明了不做事，让疲于奔命的飞天大队成员更形左支右绌。

团里每个人都跑过这条路线。他们多半担心前往乔利埃特的三天车程将填不饱肚子。伙夫拼了老命，能搬多少食物回到火车上就搬多少，并且担保会尽快发出餐包，显然那是某种盒餐。

当奥古斯特得知我们马上要连赶三天的路程，他先是怨天怨地，然后踱来踱去，诅咒艾蓝大叔下地狱，并对我们吼着下达指令。我们辛辛苦苦把动物的食物搬回火车，奥古斯特则去找伙夫，试图说服他们放弃一些人类的食物，假如有必要，他也愿意贿赂。

钻石乔和我从兽篷后面把整桶整桶的内脏搬回火车，那是当地牲畜围场送来的。这东西恶心极了，又臭又腥。我们将桶子紧挨着牲口车厢的门内侧排放，车厢内的动物是草食的，有骆驼、斑马等等，踢的踢，叫的叫，抗议的姿态五花八门，但我们没有别的地方储放内脏，只得让它们忍耐。大猫们则关在游行用的笼舍，安置在平板货车车厢上面。

内脏搬完后，我去找奥古斯特。他在伙房把杂七杂八的东西堆到推车上，都是他说服伙夫舍弃不要带走的东西。

"都差不多了。要不要搬水上车？"我说。

"把水桶里的东西倒出来装水。他们把水车拉回火车了，可是那撑不了三天。我们中途一定得停下来。艾蓝大叔或许是老怪物，但他可不

84

是笨蛋。他不会拿动物冒险的。没有动物，就没有马戏团。所有的肉都搬回去了吗?"

"车上能塞的地方都塞满了。"

"肉是第一优先。倘若你得丢掉干草来腾出位子，那就丢掉干草。大猫比吃草的牲口值钱多了。"

"车上已经没地方塞东西了。除非金科和我去睡别的地方，不然就没位子放东西了。"

奥古斯特停下来，手指敲着撅起的唇，半晌才开口说："不行。玛莲娜绝对不会允许她的马跟肉放在一起。"

看样子我的斤两还不如大猫，不过起码我晓得自己的地位了。

马儿水桶底部的水浑浑浊浊，而且还飘着燕麦。不过水就是水，所以我把桶子拿到外面，脱掉衬衫，就着桶子冲洗手臂、头、胸膛。

"咦，身上有点不清爽呀，医生?"奥古斯特说。

我正趴在桶子上，头发在滴水。我把双眼抹干，站起来，"抱歉，我没看到别的水可以用，再说，那个水我本来就要倒掉了。"

"不，你说得对，你说得对。不能指望我们的兽医过着工人的生活，对吧? 这样吧，雅各，现在要帮你张罗用水是来不及了，不过等我们到乔利埃特，我会吩咐下去，让你每天领到一份清水。艺人和领班每天两桶水，想要更多的话，就得给运水人一点好处。"他用拇指搓搓其他指头，"我也会帮你跟星期一窃衣贼安排一下，帮你弄新衣服。"

"星期一窃衣贼?"

"不然你妈妈都星期几洗衣服，雅各?"

我瞪着他，"你该不会是指——"

85

"反正衣服就晾在那里，不拿白不拿。"

"可是——"

"你别管了，雅各。不想知道答案就不要问问题。你别用那个鼻涕水了，跟我来。"

他带我往回穿过场子，朝仅存的三顶帐篷走过去。其中一顶帐篷内有几百桶水，在一个个水槽前和架子前排成两列，水桶旁边都漆上了姓名或缩写。衣服褪去或多或少的男人们正在洗澡、刮胡子。

"喏。"他指指一双桶子，"用这两桶。"

"那华特怎么办?"我问，那是桶子上的名字。

"噢，我了解华特的为人，他会谅解的。你有刮胡刀吗?"

"没有。"

"那用我的吧。"他指指帐篷另一端，"在尽头那边，上面有写我的名字。不过你得快点，依我看，我们大概再有半个钟头就要上路了。"

"谢谢。"我说。

"别客气。我会拿一件衬衫到表演马车厢给你。"

当我回到表演马车厢，银星贴着最里面的厢壁，干草堆到它膝盖的高度。它两眼无神，心跳狂奔。

其他马匹仍在外面，我首次好好打量表演马车厢。每牵进一匹马，便可以放下一片隔板，形成一间马房，总共可以隔成十六间。若非车厢内有一间不知道羊都上哪儿去了的羊舍，那么车厢可以载运三十二匹马。

金科便床的床尾平放一件白衬衫。我脱掉身上的衬衫，扔到角落鞍褥上。我将干净衬衫举到鼻子前，感恩地嗅着肥皂味道，这才穿上身。

正在扣扣子的时候，我瞥见金科的书。书本摆在煤油灯旁边的木箱上面。我把衬衫下摆塞进裤子，坐在床上，伸手去拿最上面的一本书。

是莎士比亚全集，再下面是华兹华斯的诗集、《圣经》、王尔德的戏剧集。还有几本迷你漫画书夹藏在莎士比亚的封面内侧。我立刻认出那是什么玩意儿，是黄色漫画。

我翻开一本。画工拙劣的奥莉薇躺在床上，两腿张开，浑身赤条精光，只剩脚上一双鞋子。她用手指掰开私处，她头上画着一个圈圈，圈内卜派勃起的巨大阳具都顶到下巴了。卜派最好的朋友温痞正在窗外偷窥，阳具同样勃大。

"他奶奶的，你干吗?"

我惊得漫画掉到地上，慌忙捡起来。

"去你的，别碰我的东西!"金科说，暴雨狂风般地走过来，一把从我手上抢回去。"不准坐在我床上!"

我蹦起来。

"你听清楚了，朋友，"他举手戳我的胸膛，"我并不高兴把房间分你住，可是这件事我显然做不了主。但你最好相信，我有权决定你可不可以乱碰我的东西。"

他没有刮胡子，蓝眼睛在猪肝色的脸庞上燃着怒火。

"你说得没错。对不起，我不应该动你的东西。"我结结巴巴。

"听好了，王八羔子，在你来之前，我都混得不错。反正我今天心情本来就不好。不知道哪个浑账偷用我的水，所以你最好闪远一点。我矮是矮，但别以为我打不过你。"

我瞪大了眼睛，随即装成若无其事，但仍然慢了一步。

他的眼睛睐成一条缝，审视我身上的衬衫和刮过胡子的脸。他把黄色漫画摔到床上。"啐，天杀的，你有完没完呀？"

"对不起，老天为证，我不知道那水是你的，奥古斯特说用了没关系。"

"那他有说你可以碰我的东西吗？"

我一时语塞，羞惭起来，"没有。"

他把书都拿起来，摆进木箱里面。

"金科——华特——我很抱歉。"

"朋友，你得叫我金科，只有我的朋友才能称呼我华特。"

我走到角落，瘫坐在鞍褥上。金科把昆妮兜到床上，躺在它身边。他目光定在车顶上不动，就算车顶给他瞪到冒烟，我也不会太意外的。

不久火车开动。几十个人气呼呼追着车跑了一阵子，挥舞着草耙和棒球帽。他们只是虚张声势，不过就是为了今天晚餐桌上可以讲给别人听罢了。他们要是真想干架，在我们火车发动之前多得是机会。

倒不是说我看不出他们的居心，毕竟他们的妻小已经一连好几天眼巴巴盼着马戏团进城，而他们自己大概也很期待传闻中我们场地角落的特殊娱乐。而现在他们却无法亲眼见识芭芭拉的春光无限，只能拿黄色漫画聊以解闷，我能了解为什么一个男人会气得七窍冒烟。

火车加速，金科和我仍然相对无言，充满敌意。他躺在床上看书，昆妮把头搁在他的袜子上，多半时间在睡觉，但一醒来便监看着我。我坐在鞍褥上，尽管累到骨子里，却还没累到能躺下来，忍受虫咬、露水的不堪。

约莫是晚餐时间了，我站起来伸伸懒腰。金科的目光从书页上缘射过来看我，然后又溜回字里行间。

我走出房间，站着看那非黑即白的马背。我们把马送上车的时候，缩减了每匹马使用的空间，好让银星独揽整整四间马房的位子。尽管其他马都不在自己的老位子上，但它们似乎泰然自若，大概是因为我们照原来的顺序排放它们吧。因此，虽说刻在柱子上的名字并不符合旁边的马，但我仍能推断哪匹马叫什么名字。第四匹马叫老黑，我纳闷它的性情是不是跟老黑那个人一样。

我看不到银星，它八成躺下来了。这样有好有坏。好处是可以减轻脚上的压力，坏消息是它显然痛到不愿意站。由于马房的关系，我得等到火车停下来，其他马都带下车之后，才能过去检查银星。

我坐下来，面对敞开的车厢门，看着景物飞掠，直到天昏地暗。最后我不知不觉倒下来，睡着了。

感觉上好像才过了几分钟，刹车便开始嘶吼。羊舍门几乎立刻打开，金科和昆妮出来到这粗陋的前厅。金科侧倚着墙，手深深插在口袋里，故意装着没看到我。等火车终于停止，他跳到地上，转身拍了两下手，昆妮便跳到他怀中，两个一起走得不见踪影。

我爬起来，探出门打量。

火车停在一条铁道支线上，前不巴村，后不着店。其他两列火车也停了，就在我们这列火车前面的铁轨上，每列火车中间间隔八百公尺。

众人在清早的晨光中下了火车。艺人们惺惺地下来伸腿，群聚在一起聊天抽烟，而工人们则把斜坡道接上车厢，开始带下牲口。

不出几分钟，奥古斯特带着手下过来了。

"乔，你去搞定猴子。彼特、奥提兹卸下吃草的牲口，给它们水，好吗？带去小溪那边，不要用水槽，我们要省水。"奥古斯特说。

"别把银星带下来。"我说。

长长的静默。工人们先看看我，再看看奥古斯特，他目如寒霜。

"对。没错，不要把银星带下来。"奥古斯特半晌才说。

他转身离开，其他人瞪大眼睛看我。

我稍稍加快脚步，去追奥古斯特。"我很抱歉。"我追上他，和他并肩走，"我没有发号施令的意思。"

他停在骆驼车厢前面，拉开厢门。单峰骆驼哼气抗议旅途的不适。

"没关系的，小兄弟。"奥古斯特愉悦地说，把一桶内脏塞给我。"你帮我忙喂大猫。"我抓住桶子细细的把手，一蓬黑云飞升起来，是气呼呼的苍蝇。

"哇，天哪。"我说，放下桶子，别过头干呕起来。我揩掉泪水，还在作呕。"奥古斯特，我们不能喂它们吃这个。"

"为什么不行？"

"这都坏了。"

他没有应声。我回头，看到奥古斯特已经在我身边放下第二个桶子，又回去提了两桶出来，已经顺着铁轨迈开大步了。我提起自己的两桶追上去。

"都臭了，大猫肯定不会吃的。"我继续说。

"那就希望它们肯吃吧。不然，我们就得作出非常沉痛的决定。"

"嗯？"

"我们离乔利埃特还很远，而且呢，唉，我们已经没有羊了。"

我惊得说不出话。

我们走到第二列火车，奥古斯特翻身上了一节平板货车车厢，架开大猫笼舍的遮板，打开锁，让它们攀着板子跳到碎石地上。

"喂吧。"他说，啪一声拍我的背。

"什么?"

"它们一只一桶,喂吧。"他催我。

我不甘愿地爬上平板车厢。猫科动物的尿味骚极了。奥古斯特把肉桶递给我,一次一桶。我把桶子放在饱经风霜的木制地板上,拼命憋住气。

每个大猫笼舍都隔成两半。我左手边是一对狮子,右手边是一只老虎和一只黑豹。它们四只都很硕大,抬起头嗅着,胡须一抽一抽的。

"好啦,喂吧。"奥古斯特说。

"怎么喂? 把门打开,把东西直接扔进去吗?"

"是啊,你有更好的办法?"

老虎攀在笼边,将近三百公斤的硕大体魄,黑、橙、白的毛发,大大的头颅,长长的胡须。它来到门口,转身,就这么走了。等它回来,它低吼着挥打门锁。那门闪撞到铁条,咣当咣当响。

"你可以先喂雷克斯。"奥古斯特说,指指狮子。它们也在笼子里踱步。"就是左边那只。"

雷克斯比老虎小得许多,鬣毛纠结成一簇簇,黯淡皮毛下看得出肋骨。我硬着头皮提起一只桶子。

"等一下。"奥古斯特指指另一只桶子,"不是那桶,这一桶。"

我看不出差别何在,但我明白跟奥古斯特争辩不是好主意,便乖乖照办。

狮子见到我过去,朝门扑来。我当场僵住。

"怎么啦,雅各?"

我转过头,奥古斯特的脸庞焕出光采。

"你该不会害怕雷克斯吧? 它不过是一只会撒尿的小花猫。"

雷克斯停下脚步，抵着笼舍前面的铁条搔痒。

我手指哆哆嗦嗦，将门闩拔掉放在脚边，然后提起桶子等待。当雷克斯背对门口，我便将门拉开。

我还来不及把肉倒出来，它巨大的齿颚便冲着我的手臂来了。我惊声尖叫，桶子咚咙摔到地上，将碎内脏洒得满地都是。大猫放掉我的臂膀，扑向食物。

我猛力关门，一边用膝盖抵住门，一边检查胳膊是否还连在身上。还在。虽然被唾液沾得滑溜溜，而且红得仿佛泡过沸水似的，但我并没有破皮。片刻后，我察觉奥古斯特在我背后捧腹大笑。

我转向他。"你这人到底有什么毛病？你觉得那很好笑吗？"

"没错，是很好笑。"奥古斯特说，丝毫无意掩饰他的欢愉。

"你真的有病，你知道吗？"我从平板货车车厢跳下来，再度查看完好如初的胳膊，僵直地走开。

奥古斯特笑着追过来。"雅各，等等。别介意嘛，我只是逗着你玩玩罢了。"

"玩什么？我的胳膊可能被咬掉！"

"它半颗牙齿都没有。"

我停下脚，盯着脚下的碎石，思索这件事。然后我继续走，这一回奥古斯特没有跟上来。

我气炸了，朝着小溪走过去，跪在牵着斑马喝水的两个人旁边。其中一匹斑马受了惊，嘶鸣起来，黑白斑纹的口鼻高举在天。牵着绳索的人一连瞥了我好几眼，拼命要控制住马，一边大叫："天杀的！那是什么？是不是血？"

我低头看，原来身上溅到不少血迹。"是啊，我刚刚去喂大猫。"

"你哪根筋不对劲？你想害死我呀？"

我向下游走，不断回头看，一直走到斑马镇静下来才停步，蹲在溪边冲洗手臂上的血液和狮子口水。

最后我朝第二列火车走过去。钻石乔在一节平板货车车厢上，在黑猩猩笼舍旁边。他灰衬衫的袖子卷了起来，露出筋肉发达的毛手。黑猩猩一屁股坐在地上，吃着大把大把混杂了水果的谷麦，用晶亮的黑眼珠看我们。

"需要帮忙吗？"我问。

"不用啦，都差不多了，我想。听说奥古斯特叫你去喂老雷克斯啊。"

我抬头看他，打算发火。但乔的脸上没有笑意。

"你要小心。雷克斯或许咬不动你的手臂，但李欧就可以了，绝对不成问题。克里夫才是负责大猫的人，不晓得奥古斯特干吗叫你喂，除非，他是想教训你。"他停下话头，伸手进笼舍，摸摸黑猩猩，这才把遮板关上，跳下平板货车车厢。"听我说，我就只跟你说这么一次，奥古斯特是个怪胎，我可不是指那种怪得可爱的怪胎。你罩子放亮点。他不喜欢别人挑战他的权威，而他现在正是老板跟前的大红人，希望你听得懂我的意思。"

"我想我懂。"

"不对，你不懂，不过你以后就晓得了。嘿，你吃过东西了吗？"

"还没有。"

他指指飞天大队的方向，铁路边已经有一些桌位了。"伙夫他们弄了东西当早餐，也准备了餐包，别忘了领哦，因为准备餐包的意思就是我们不到晚上不会停车。我一向就说啊，把握时机要趁早。"

"谢谢你，乔。"

"甭客气。"

我带着餐包回到表演马车厢。餐包里有一个火腿三明治、苹果、两瓶沙士汽水。当我看到玛莲娜坐在干草堆，待在银星旁边，我放下餐包，慢慢走向她。

银星侧躺着，胁腹快速起伏，鼻息浅而急。玛莲娜蜷着双腿坐着，守在它头那一边。

"它状况没有改善，是吧？"她说，抬头看我。

我点头。

"我不懂，怎么一下子就病成这样。"她的语音微弱而空洞，大概快哭了。

我蹲在她身畔。"有时候就是这样。不过，不是你让它变成这样的。"

她抚着银星的脸，手指从它凹陷的脸颊摩挲到下巴。它目光闪烁。

"我们还能为它做什么吗？"她问。

"我们没法子让它下火车，也无能为力。就算我们能放手救治它，能做的也有限，只能控制饮食和祈祷。"

她很快看我一眼，瞥见我的胳膊，登时变了神色。"啊，天哪，你怎么了？"

我垂眼看。"噢，这个啊，没事。"

"怎么会没事。"她说，跪起身子，伸手来拉我的胳膊，就着从车厢缝隙间射进来的阳光检查。"看来是才刚弄到的，淤血会很严重。会痛吗？"她一手触按我后臂，另一手抚过正在我皮肤下扩散的蓝色淤痕。

她的手冰凉光滑,我的寒毛不禁竖了起来。

我闭上眼睛,艰难地咽口水。"没事的,真的,我——"

哨声响起,她朝门口看去。我趁机抽回胳膊,站起来。

"二十分钟!"靠近火车前面的地方传来深沉的叫嚷,"再二十分钟就开车啦!"

乔从开着的车厢门探头进来。"快来!我们得把马弄上车了!噢,抱歉,夫人。"他说,朝玛莲娜举举帽子,"我没看到你在这里。"

"不打紧的,乔。"

乔尴尬地站在门口,等着,心急得不得了。"我们真的不能再拖了。"

"带它们上车吧。这段路我要在这里陪银星。"玛莲娜说。

"不行啦。"我慌忙说。

她抬头看我,拉长的颈项苍白。"怎么不行?"

"因为一旦我们把其他马带上来,你会被困在这里。"

"没关系的。"

"要是出事了怎么办?"

"不会有事的。就算有事,我会爬到上面。"她安坐在干草上,腿蜷在身体下面。

"这样不好吧。"我心存疑虑,但瞧瞧玛莲娜定定望着银星的眼神,她决计不会退让的。

我回头看乔,他两手一摊,摆出既气恼又无可奈何的手势。

我再瞥一眼玛莲娜,将马房隔板放下来固定,帮忙把其他马带回车上。

这段路真如钻石乔所料，是一段长路。等火车再度停下，已经傍晚了。

打从我们离开沙拉托加泉，金科跟我没说上一言半语。他显然憎恶我。我也不怪他，这是奥古斯特布的局，不过我想跟他解释这些也没用。

我待在羊舍外面，跟马在一起，半是为了让他有点隐私，半是因为我仍然放心不下玛莲娜，她可是困在一排四百五十公斤重的动物后面呢。

当火车停下，她敏捷地从马背上爬出来，一跃落地。金科从羊舍房间出来，眼睛皱起片刻，起了戒心，然后目光从玛莲娜身上移到开着的车厢门，眼神已是老练的冷漠。

我跟彼特、奥提兹带下这些表演马、骆驼、骆马，为它们张罗饮水。钻石乔、克里夫和一票负责笼舍的帮手去了第二列火车，照料笼舍里的动物。奥古斯特不见人影。

等我们再把动物带回车上，我爬到表演马车厢，探头进房间。

金科叉腿坐在床上，我那条有寄生虫的鞍褥不见了，变成了一副铺盖，昆妮正在嗅着那折得整齐的红色格呢被子和罩着平滑白色套子的枕头。枕头中央放着一张正方形厚纸板。我弯腰拿起来，昆妮扑上来的态势直如我刚踢了它一脚。

奥古斯特·罗森布鲁夫妇诚挚邀请尊驾，请即光临四十八号车厢三号高级包厢小酌餐叙。

读罢我惊异地抬头，金科满怀敌意地瞪着我。

"你一刻也没闲着，四处逢迎巴结，是吧?"他说。

七

车厢没有按照编号排列，费了我一番工夫才找到四十八号车厢，酒红车身上标着三十公分高的金字"班齐尼兄弟天下第一大马戏团"。闪亮的新漆下面微微凸起一排字的形状，看得出是"克斯蒂兄弟马戏团"。

"雅各！"玛莲娜的声音从一扇窗户飘下来。几秒后，她出现在车厢尾端的平台，倚着栏杆挥手，裙子在翻飞。"雅各！噢，真高兴你能抽空，请进呀！"

"谢谢。"我说，四周看了一下，爬上车厢，跟着她踏上车厢内的走道，进入第二扇门。

三号包厢很漂亮，而且名不副实，非仅占据半节车厢，还有至少一间多出来的房间，用一块厚实的天鹅绒帘子隔开。客厅嵌着胡桃木墙板，钢制家具，一隅摆着餐桌椅，外带小巧的厨房。

"别拘束，坐呀。"玛莲娜说，招我过去。"奥古斯特马上就来。"

"谢谢。"我说。

她坐在我前面。

"哎呀，"她又蹦起来，"都忘了礼数啦，要啤酒吗？"

"谢谢，那太帅了。"

她从我身边经过，连忙去开冰柜。

"罗森布鲁太太，可以请教一件事吗？"

"哎呀，叫我玛莲娜就好。"她说，打开瓶盖。她斜斜拿着一只高脚杯，从杯缘徐徐斟酒，以免出现泡泡。"想问什么就问吧。"她将酒杯递给我，回去倒第二杯。

"怎么火车上每个人都有这么多酒？"

"我们每一季刚开始的时候，总会去一趟加拿大。"她再度落座。"他们的法律比我们文明多了。干杯。"她举杯。

我和她碰碰杯子，啜了一口，是冰凉、清爽的贮陈啤酒。帅呀。"过边境的时候不会检查吗？"

"我们把酒跟骆驼放在一起。"她说。

"抱歉，我不懂。"我说。

"骆驼会吐口水。"

我险些没把啤酒灌进鼻子。她哧哧笑了，端庄地用一只手遮住嘴，然后她叹了口气，搁下啤酒。"雅各？"

"嗯？"

"奥古斯特跟我说了早上的事。"

我看看淤青的胳膊。

"他很过意不去。他喜欢你，真的，只是……呃，一言难尽。"她盯着大腿，脸红了。

"嘿，又没什么。没关系的。"

"雅各！"奥古斯特的叫声从背后传来，"我的好兄弟！真高兴你能来参加我们的小小聚会。看来玛莲娜已经给你斟好酒啦，她带你看过梳

98

妆室了吗?"

"梳妆室?"

"玛莲娜。"他说,转过身伤心地摇头,摇摇指头斥责她,"啧啧啧,亲爱的。"

"哎呀!"她跳起来,"我都忘得一干二净了!"

奥古斯特走到天鹅绒帘幕前面,拉开。

"瞧!"

三套衣服并排在床上。其中两套是燕尾服以及皮鞋,一套领口和底边缀着珠珠的美丽玫瑰丝绸礼服。

玛莲娜喜得惊呼一声,双手交握,冲到床前抄起礼服,贴在身上转圈圈。

我转向奥古斯特,"这些该不会是星期一窃衣贼——"

"燕尾服会晾在晒衣绳上面吗?不是啦,雅各,我做马戏总监,总有一些好处的。你可以在这里梳洗。"他说,指着一扇抛光木门,"玛莲娜和我在这里换衣服,反正我们两个早就彼此看光光了,嗯,亲爱的?"

她抓起一只玫瑰丝面鞋扔他。

我关上浴室门,看到的最后一幕是两双交缠的腿倒向床上。

再出来的时候,玛莲娜和奥古斯特一派庄严,在后方徘徊,三个白手套侍者忙着张罗一张滚轮小桌和罩着银盖的大盘。

玛莲娜礼服的领口几乎遮不住她的肩膀,露出锁骨和胸罩的一条细肩带。她顺着我的目光,发现了肩带,连忙塞到礼服内,脸蛋又泛起红潮。

晚餐非常丰盛,先是牡蛎浓汤,再来是顶级肋排、水煮马铃薯、奶油芦笋，之后是龙虾沙拉。甜点是白兰地酱汁英格兰李子布丁，我本来以为自己一口也塞不下了，可是几分钟后，我却拿着汤匙刮盘底残存的布丁。

"显然雅各觉得晚餐不够分量哦。"奥古斯特拖长腔调。

我半途停下刮盘子的汤匙。

"没有啦，小兄弟，我是在开玩笑——这应该很明显吧。"他呵呵大笑，倾身拍拍我的手，"吃吧，痛快就好。来，再多吃一点。"

"不用了，我吃不下了。"

"那就再来一点酒吧。"他说，不等我回答便重新斟满我的酒杯。

奥古斯特很亲切，极富魅力，也很淘气，淘气到我渐渐觉得雷克斯的事不过是玩笑开过火了。几杯黄汤下肚，他的脸泛出红光，变得有点善感，说起他追求玛莲娜的故事。三年前玛莲娜来到兽篷，奥古斯特见到马和她在一起的模样，立刻察觉她对马儿非常有一套。在他把玛莲娜迷得神魂颠倒嫁给他之前，他不肯跟着马戏班子走，可把艾蓝大叔急坏了。

"是费了一点功夫。"奥古斯特说，将剩下的香槟一股脑倒进我杯子，然后又去开一瓶。"玛莲娜可不轻易任人摆布，而且当时她算是已经订婚了。不过，跟着我在马戏班子工作胜过嫁给老古板银行家当夫人，是不是呀小亲亲？反正，这是玛莲娜的天命，不是人人都能训练马儿做无人骑乘马术表演的，这得靠天分，靠第六感。这个小妮子会说马语，相信我，那些马真的听得懂。"

入夜四个钟头了，我们喝了六瓶酒，奥古斯特和玛莲娜随着"或许是月亮的缘故"的歌曲起舞，而我安憩在软垫椅子上，右腿跨在扶手上垂下来。奥古斯特带玛莲娜转圈，正当玛莲娜旋到外面而他手臂打直的时候，他蓦地停下舞步，整个人摇摇晃晃，拨乱黑发，让领结从领口两侧垂下来，还解开衬衫最上面的几颗纽扣，紧迫盯人地注视玛莲娜，活脱脱换了一个人。

"怎么啦，小奥？你没事吧？"玛莲娜说。

他继续注视她，侧着头仿佛在评估什么。他撇撇嘴，开始点头，点得很慢，头部几乎没动。

玛莲娜睁大了眼睛，试图后退，但奥古斯特抓住她的下巴。

我坐直身子向前倾，倏然警醒起来。

奥古斯特又打量她一会儿，眼神炯炯如炬，面如寒霜。然后他的脸色又变了，变得好脆弱，我一度以为他会号啕大哭。他拉着玛莲娜的下巴，将她揽进怀里，对着她的唇就是一吻，然后自己进入卧室，脸朝下倒在床上。

"不好意思，我去去就来。"玛莲娜说。

她走进卧室，帮他翻过身，让他瘫平在床中央，为他脱鞋，让鞋子落到地上。她出来时，顺手将天鹅绒帘幕拉上，又立刻改变心意，将帘幕拉开，关掉收音机，坐在我对面。

君王般的深沉鼾声从卧室响起。

我脑袋嗡嗡叫，醉得彻底。

"刚刚到底是怎么了？"我说。

"什么？"玛莲娜踢掉鞋，叉起腿，倾身揉搓足弓。奥古斯特的手指在她下巴上留下红红的指痕。

"就是那个呀，"我口齿不清，"就是刚刚你们跳舞的时候。"

她猛然抬眼，面孔扭曲，我一度担心她会哭出来，但她转向窗户，一只手指举在唇边，静默无声几乎半分钟。

"关于小奥，有件事你得搞清楚，但我不知道怎么解释才好。"

我倾身向前，"讲讲看吧。"

"他这个人很……阴晴不定。他可以是世界上最有魅力的人，像今天晚上那样。"

我等着她继续说，"然后呢……?"

她向后靠在椅背，"然后，嗯，他……会耍性子，像白天那样。"

"白天怎样?"

"他差点把你送进大猫肚子。"

"噢，那个呀，我不能说我很高兴，但我根本没有危险，雷克斯没有牙齿。"

"是没有，但它有一百八十公斤的体重，还有爪子。"她沉静地说。

我搁下酒杯，渐渐明白这件事不是闹着玩的。玛莲娜静默半晌，然后抬眼迎上我的目光。"扬科夫斯基是波兰姓氏吧?"

"是啊，当然。"

"波兰人大半不喜欢犹太人。"

"我没想到奥古斯特是犹太人。"

"他姓罗森布鲁，这还不够明显吗?"她双目低垂，手放在大腿上，绞着手。"我们家信奉天主教，他们发现奥古斯特是犹太人，就跟我断绝关系了。"

"真遗憾，不过我并不意外。"

她蓦然抬眼。

"我不是那个意思。我不是……那种人。"

我们陷入尴尬的沉默。

"今天晚上为什么邀我来这里?"我总算开口，醉得糊里糊涂的脑袋无力思考。

"我想让你们两个和解。"

"是吗？他不欢迎我来作客？"

"不是，他当然欢迎你。他也想向你赔罪，却又有点为难。他没办法按捺着性子不发作，他自己也很不好意思。最好的办法就是假装一切都没发生过。"她吸吸鼻子，挂着紧绷的微笑对我说，"今天晚上确实玩得很愉快，不是吗？"

"是啊，晚餐很棒。谢谢你。"

静默再一次包围我们。我赫然意识到，除非我打算在三更半夜醉醺醺地爬上车顶，然后一个车厢一个车厢一路跳回表演马车厢，否则我就得留在原地过夜。

"雅各，说真的，我希望大家心里不要有疙瘩。奥古斯特很高兴你加入我们马戏班子。艾蓝大叔也是。"

"为什么？怎么说？"

"艾蓝大叔一直很介意班子里没有兽医，然后你突然蹦出来，而且念的还是长春藤的学校。"

我愣愣望着她，仍然努力思索她话里的含意。

玛莲娜继续说："林铃兄弟他们有一个兽医，艾蓝大叔很开心能跟林铃一样。"

"我以为他讨厌林铃。"

"亲爱的，他是想成为林铃。"

我头向后仰，闭上眼睛，只觉得天旋地转，于是再度睁眼，试图把视线聚焦在从床上垂下来的脚。

当我醒来，火车已然停止。这可能吗？我居然没被嘶鸣的刹车吵醒？但阳光从窗户流泻到我身上，大脑在脑壳内乱撞，眼睛发疼，嘴里的味道像阴沟。

我摇摇晃晃站起来，瞥看卧室。奥古斯特搂着玛莲娜，手臂横过她的身躯，两人躺在床罩上面，昨夜的衣服不曾换下来。

我从四十八号车厢出来，身上仍穿着燕尾服，自己的衣服则夹在腋下，引来旁人的侧目。走到列车尾端，那儿多半是艺人，他们饶富兴味地冷眼打量我。经过工人的寝车，投注到我身上的眼光就变得更严峻，更狐疑。

我小心翼翼地爬上表演马车厢，推开小羊舍的门。

金科正坐在床缘，一手拿着黄色漫画，一手握着阳具抚弄。他停下手底的动作，紫色的平滑龟头露在手外面。静默持续了一个心跳的时间，接着一个空可乐罐嗖地飞向我的头，我闪开了。

"滚！"金科嘶吼着，可乐罐砸到我身后的门框。他一跃而起，勃起的阳具乱弹乱跳。"给我滚出去！"他高举另一罐可乐又来砸我。

我转身面向墙壁，护着头，把衣服扔到地上。我听到拉拉链的声音，片刻后，莎士比亚全集摔上我旁边的墙面。"好啦好啦，"我嚷着，"我出去就是了嘛！"

我离开房间，将门关上，倚墙而立。房内的咒骂声不绝于耳。

奥提兹来到牲口车厢门口，警觉地看着关着的房门，耸耸肩说："嘿，大帅哥，你还来不来帮忙打点动物呀？"

"当然，当然。"我跳到地上。

他瞪着我。

"怎么了？"我说。

"你不先把这一身猴子衣服换掉吗?"

我瞄一眼关着的房门,某种重物砸上内墙。"唔,免了吧。我还是先别换衣服了。"

"随便你。克里夫把大猫放出来了,他要我们把肉拿过去。"

今天早上骆驼车厢更吵了。

奥提兹说:"这些吃草的家伙还真的很讨厌跟肉桶待在一起。但愿它们别这么乱踢乱蹦啦,我们还有一大段路要走呢。"

我拉开门,苍蝇轰然飞出来。臭气钻到我鼻孔,蛆同时映入眼帘。我勉强走开几步路才开始吐,奥提兹也跟我一样,弯腰抱着肚子呕起来。

他吐完之后,深呼吸几次,从口袋掏出一条脏兮兮的手帕,捂着口鼻回到车厢,提出一个桶子飞奔到林子边倒掉,一路闭气冲回半路上才停下脚,弯下腰,手按在膝盖上喘息。

我有心帮忙,但每回我走近车厢就又一阵恶心。

奥提兹回来后我一边喘息一边说:"对不起。我不行,没法子。"

他狠狠瞪我一眼。

我觉得有必要解释。"我肚子不太对头,昨天晚上喝多了。"

"是喔,我看也是。坐下吧,猴崽子,我来就好。"

奥提兹把剩下的肉桶全提到林子边倒成一堆,苍蝇嗡嗡。

我们让骆驼车厢的门大开,但只靠通风显然无法散去臭味。

我们将骆驼和骆马带下车,系在火车边,然后用水冲湿地板,再拿长柄推帚将秽物清出车厢。车上仍旧臭不可当,但我们已经尽了人事了。

等我们打点好其他动物，我回到表演马车厢。银星侧躺着，玛莲娜跪在旁边，昨晚的玫瑰礼服还没换掉。我从那一长排的马房隔板边走过去，站到她身畔。

银星几乎睁不开眼，正为了某种我们看不见的刺激物而退缩，咕哝着。

"它更严重了。"玛莲娜看也不看我就说。

片刻后我说："没错。"

"它还有希望复原吗？有任何希望吗？"

我踌躇起来，因为走到我舌尖上的话是谎言，我实在说不出口。

"你直说无妨，我要知道事实。"

"没指望了，恐怕一点指望也没有了。"

她一手放在它脖子上，不动。"既然如此，你要保证给它一个痛快，我不要它受苦。"

我明白她要我做什么，闭上眼睛说："我保证。"

她站起来，凝视马儿。我很惊讶她能那么镇静，还在完全不知所措的时候，她喉咙里发出怪声，接着是一声沉吟，再来就大哭起来，甚至无意擦掉淌下脸颊的泪水，就立在那里双手抱胸，肩膀一抽一抽地喘不过气，仿佛快昏死过去了。

我呆若木鸡。我没有姊妹，安慰女性的经验也有限，而且都不是这种要命的生死大事。我犹疑一会儿，才把手搁在她肩上。

她转过身倒在我怀里，泪湿的脸颊贴着我的衬衫，不对，衣服是奥古斯特的。我抚着她的背，发出嘘嘘声安抚她，直到她不再号啕，只是抽抽噎噎。然后她推开我。

她的眼眸和鼻尖都又肿又红，脸庞因为鼻涕而湿亮。她擤擤鼻子，用手背揩揩下眼皮，仿佛那样有任何助益似的。然后她挺起胸膛，头也不回地踩着高跟鞋走出车厢。

"奥古斯特。"我说，站在床边摇他肩膀。他软趴趴翻个身，睡得跟死人一样。

我弯下腰对着他耳朵大嚷："奥古斯特！"

他咕哝一声，发火了。

"奥古斯特！起床！"

他总算动了，翻个身，一手遮住双眼。"哎哟，上帝。哎哟，上帝，我看我这颗头要爆掉啦，拉上窗帘好吗？"

"你有没有枪？"

手猛然从眼睛上拿开，他坐直了。

"什么？"

"我要了结银星。"

"不行。"

"我别无选择。"

"艾蓝大叔怎么说的你也听见了，那匹马要是有个三长两短，就要送你去见红灯。"

"那到底是什么意思？"

"就是从火车上扔下去，而且是在火车正在行驶的时候。倘若你走运的话，下车的地方看得见火车站的红灯，那你还能一路摸回市镇上。万一你楣星高照，嘿嘿，你就得祈祷他们开车门的时候，火车不是正巧走在高架桥上。"

我忽然明白老骆说找老黑商量是什么意思，也赫然了解第一次见到

107

艾蓝大叔时他们话里的含意。"既然如此,那我就碰碰运气,直接留在这里,待会就不上车跟你们走了。不管怎样,那匹马时候到了。"

奥古斯特瞪着熊猫眼看我。

"妈的。"他总算开口,将腿挪到地上,坐在床缘,揉着冒出胡茬的脸颊。"玛莲娜知道吗?"他问,弯下腰隔着脚上的袜子给脚趾搔痒。

"知道。"

"干。"他说着站起来,一手按着头,"艾蓝一定会气得跳脚,好吧,待会儿到表演马车厢跟我会合,我会把枪拿过去。"

我转身要走。

"唔,雅各呀?"

"嗯?"我说。

"先把我的燕尾服换下来吧。"

我回到表演马车厢,房门开着。我探头进去,里面一片凌乱,但金科不在。我入内换回便服。几分钟后,奥古斯特带着来福枪来了。

"喏。"他说,爬上坡道,把枪递给我,又把两枚子弹塞进我另一只手的掌心。

我将一发子弹放入口袋,递出另一枚给他。"一枚就够了。"

"万一你射偏了呢?"

"什么话嘛,奥古斯特,我会站在它旁边射的。"

他瞪着我,接下子弹。"好吧,行,把它带下车,要离火车远远的。"

"你开玩笑,它不能走路。"

"你不能在这里动手。其他马就在外面。"

我直视他。

"要命。"他半晌才吭声,转身倚在墙上,手指用力敲打木条。"好吧,没问题。"

他走到门边说:"奥提兹!乔!把这些马都带走,起码把它们带到第二列火车那边。"

外头有人在叽叽咕咕。

"是是是,我知道。但他们非等不可。对,我知道,我会跟艾蓝说我们有一个小小的……麻烦。"奥古斯特说。

他向我说:"我去找艾蓝。"

"你最好也去找玛莲娜。"

"你不是说她知道?"

"是啊,但我不希望枪声响起的时候,没有人在她身边,难不成你希望她独自面对吗?"

奥古斯特狠狠瞪我大半天,然后步履沉重地走下坡道,腿劲大到坡道在他脚下弹动。

我足足等了十五分钟,一方面是给奥古斯特时间通报艾蓝大叔和玛莲娜,一方面是让其他人可以将别的马带离够远。

我总算拿起来福枪,装填子弹,拉开保险栓。我让银星的口鼻靠着马房的尾端。它的耳朵抽动。我靠着它,手抚着它的颈项,然后将枪口抵在它左耳下方,扣下扳机。

爆裂声传来,枪托撞在我肩上。银星的生命终止,肌肉突然一阵痉挛,而后静止不动。远远飘来一声绝望的哀号。

我爬下牲口车厢,耳朵里嗡嗡响,但我却觉得那场面静得古怪。一小群人聚了过来，一动不动站在那里一脸沉重。一个人从头上脱下帽子按在胸前。

我走了几公尺，爬上青草岸边，坐下揉肩膀。

奥提兹、彼特和厄尔进入车厢，将绳索套在银星后腿，拖着那毫无生气的躯体下了坡道。倒卧的姿势让它的肚腹看来又大又脆弱，一片平滑的雪白上缀着黑皮的生殖器。他们每扯动一下绳索，失去生命的马便点一下头。

我呆坐将近一小时，瞪着双脚之间的青草。我拔下几片草叶缠在手指上，纳闷搬一具马尸怎么会用那么长的时间。

半晌后，奥古斯特来到我面前。先是打量我，然后弯腰捡起来福枪。我始终没意识到自己把枪一路带着。

"来吧，朋友。不要没搭上车，被留在这里了。"

"我就是想留下来。"

"别管我跟你讲过的话。我跟艾蓝谈过了，没有人要见红灯，你很安全。"

我郁郁地盯着地面，一会儿后，奥古斯特在我身边坐下。

"怎么了?"他说。

"玛莲娜怎样了?"我回答。

奥古斯特看了我片刻，然后从衬衫口袋掏出一包骆驼牌香烟，抖出一根烟请我抽。

"不用了，谢谢。"我说。

"这是你第一次杀马吗?"他直接从包装盒叼起那根烟。

"不是，但那不代表我觉得杀马很痛快。"

"你是兽医嘛，难免有动手的时候，小兄弟。"

"严格来讲，我不算兽医。"

"你只是考试缺席嘛，有什么差别。"

"差别可大了。"

"不对，一点也没差。证书只是一张纸，这里才没人在乎呢。你现在是我们的团员，规矩就不一样了。"

"怎么说？"

他朝火车挥挥手。"你坦白跟我说，你觉得这是世界第一大马戏团吗？"

我闷声不吭。

"嗯？"他用肩膀顶了我一下。

"我不知道。"

"那我跟你说，我们根本差得远了，八成连前五十名都排不上。我们的规模可能是林铃兄弟的三成。你已经知道玛莲娜不是什么罗马尼亚的王室，而露辛姐呢？哪有我们号称的四百公斤，她顶多只有到两百。你真的以为法兰克·奥图是惹火了婆罗洲的猎头土人才被刺青的吗？狗屁，根本不是。他本来是飞天大队负责打桩的人，花了九年时间才刺成那个样子的。你想不想知道艾蓝大叔怎么处置死河马的？他把河马的水换成福尔马林，继续展出它的尸体。我们就带着泡在福尔马林里面的河马两星期。雅各，一切都是幻觉，这也没什么不对的，大家就是来看幻觉的，他们对我们也没别的指望。"

他站起来，伸出一只手。片刻后，我握住他的手，让他拉我站起来。

我们走向火车。

"该死，奥古斯特。我差点忘了，大猫们还没喂呢，我们把肉都倒掉了。"

"小兄弟，不碍事的，一切都搞定了。"

"搞定了？什么意思？"

我停步。

"奥古斯特？你说搞定了是什么意思？"

奥古斯特继续走着，枪随意挂在肩上。

八

"醒醒啊，扬科夫斯基先生，你做噩梦了。"

我猛地睁开眼睛，这是哪里？

噢，要命，该死。

"我才没有做梦。"我反驳。

"呃，你确实在说梦话。"看护说，又是那个好心的黑人女孩。她的名字怎么那么难记嘛。"什么喂猫吃星星之类的。好啦，不用为猫咪担心了，我敢说它们一定都喂过了，就算你醒来的时候还没喂过，现在也一定喂饱了。嘿，他们为什么让你用这玩意儿？"她若有所思，解开缚住我手腕的带子。"你该不会想逃跑吧，嗯？"

"哪有，我只是吃了熊心豹子胆，埋怨院里千篇一律喂我们吃糨糊。"我偷眼看她，"然后我的盘子就溜过桌子。"

她停下手看我，哈哈大笑，"哇，真有活力，一点也没错。"她用温暖的双手揉搓我的手腕。"我的妈咪呀。"

她的名字突然如闪电般掠过脑海：萝丝玛莉！哈，这么说我还没老糊涂啰。

萝丝玛莉。萝丝玛莉。萝丝玛莉。

我得想个法子牢牢记住才行，编个押韵的句子什么的。或许我今天早上还记得住，但不能保证明天记得起来，恐怕连今天下午都未必能记得住呢。

她走到窗边，拉开百叶窗。

"可以不动吗？"我说。

"什么？"她应声。

"如果我说错了什么，就请你纠正我。这不是我的房间吗？如果我不想拉开百叶窗呢？我跟你说，每个人都以为比我清楚我想要什么，这样实在很讨厌。"

萝丝玛莉目瞪口呆，然后将百叶窗放下来，迈步离开房间，关上了门。我惊得合不拢嘴。

片刻后有人敲了门三下，将门打开一条缝。

"早安，扬科夫斯基先生，我能进来吗？"

她搞什么名堂？

"我说，可以让我进来吗？"她复述。

"当然。"我连忙答腔。

"谢谢。"她说，走进来，站在我床尾，"嗯，要不要我拉开百叶窗，让上帝恩赐的阳光照到你身上？还是你情愿整天都坐在黑暗里？"

"哎，你要开窗帘就开吧，别闹了。"

"这不是胡闹，扬科夫斯基先生。"她走到窗前拉开百叶窗，"一点也不是乱来。我从没想过你的感觉，谢谢你点醒我。"

她是在跟我开玩笑吗？我眯起眼，端详她的脸寻找答案。

"依我看，你想在房间里吃早餐吧？"

我没有接腔，仍然无法判定她是否在戏弄我。他们老早就把我的早餐癖好记在档案了吧，但他们每天早上都问我一样的问题。我当然喜欢在食堂吃早餐喽，不然在床上吃总觉得像个废人。无奈早餐之前恰恰是换尿布时间，走廊上的排泄物气味会让我反胃。得等到一两个钟头之后，每个失去自理能力的家伙都清洁完毕，喂饱了，安放在他们房间门口了，你才能安全地探头出去。

"好啦，扬科夫斯基先生，如果你希望大家尊重你的意愿，你也得给点暗示，人家才晓得你的意愿是什么。"

"对，我想在房间吃，麻烦你喽。"

"好，你想早餐前洗澡，还是吃完再洗？"

"你凭什么认为我需要洗澡？"我说，觉得深受冒犯，不过我也不敢说自己还不需要洗澡。

"因为今天是你家人来看你的日子啊。"她又绽出灿烂的笑靥，"而且你今天下午要出去玩，我以为你会想要清清爽爽地出门。"

出去玩？噢，对！马戏团。我得承认，连着两天起床都知道快要去看马戏团了，心情的确很愉快。

"如果你方便的话，我想洗好澡再吃早餐。"

身为老人，最没尊严的就是别人坚持协助你洗澡、如厕。

其实我压根不需要帮手，但大家都怕我再摔一跤，臀骨又骨折，所以不管我甘不甘愿，每回使用浴厕一定有人陪伴。我一向坚持一切自己来，无奈每回都有人护驾，以防万一，而且不知道什么道理，送我去的总是女的，但不论是谁，我脱下裤子坐着方便时，绝对会叫她到外面等我完事。

这还好，沐浴才尴尬呢。我得在看护面前脱到赤条精光，偏偏有些事情是永远不会改变的，所以尽管我都年过九十啦，老逗的那话儿有时仍会起立敬礼。我也无可奈何。她们一向假装没瞧见，我猜她们受训时就是这样教的吧。但假装没看到其实一样令人难堪，因为那代表她们认为我不过是一个无害的老男人，遛遛一只偶尔会昂然耸立的无害老小鸟。话说回来，倘若她们哪个正眼看待这只老小鸟，做了什么，我八成会吓得一命呜呼。

萝丝玛莉扶我进入淋浴间。"到啰，你抓住那边的扶杆——"

"我知道啦，我以前也冲过澡。"我说，抓住扶杆，慢慢降低身子，坐到淋浴椅上。萝丝玛莉拿下莲蓬头，方便我取用。

"这个水温可以吗，扬科夫斯基先生？"她说，手在流水下伸进伸出，小心地避开目光。

"可以啦，给我一点洗发精你就出去，行不行啊？"

"怎么了，扬科夫斯基先生。你今天的心情真的不好，是吧？"她打开洗发精的瓶盖，挤出几滴到我手心。几滴就够了，我头上只剩大概十根头发啦。

"需要什么就叫一声。"她说，拉上浴帘，"我就在这里。"

"你出去吧。"

她一走，我洗澡洗得很畅快。我从壁架上取下莲蓬头，贴近身体冲水，对准肩头滑向后背，然后逐一冲洗皮包骨的四肢。我甚至仰着头闭上眼睛，直接冲脸，佯装那是热带地区的阵雨，摇摇头，沉醉其中。我甚至很享受水流冲击那里，淋着很久以前曾经孕育出五个子女的粉红蛇。

有时候，当我躺在床上，我会闭上眼睛追忆裸女的模样，尤其是女人肌肤的触感。通常我想的是我太太，但也未必是她。我对她完全忠诚，结缡六十几载从不曾打过野食，只是幻想中的女主角未必是她。就算她知道，我想她也不会介意。她是一位极为善解人意的女人。

天哪，我好想念她呀。不止是因为如果她还在人世，我也不会进入养老院，不过事实也是如此啦。不论如何衰老，我们总是互相扶持，一向如此。但是她走了之后，想要不依孩子们的意思都不成。我第一次摔跤，他们便安排好一切，速度比你说一遍"爆玉米花"还要短。

他们说可是老爸你摔伤臀骨了嘛，那语气仿佛我没察觉骨折的事。我吃了秤锤铁了心，威胁到时连一毛钱也不留给他们，后来我才记起财产已经过到他们名下了。他们也没点破，任凭我像个老笨蛋叽哩哇啦骂个不停，一路骂到我自己记起那回事。记起来之后，我的火气更添三分。要是他们对我有半点尊重，他们起码会提醒我事实真相。我觉得他们像是把我当成一个闹脾气的小娃娃，等着我自己消气。

我渐渐体悟到自己茫然无助，立场渐渐动摇。

我让步了，跟孩子们说你们是对的，日常起居有"一些"协助也好，就请个人白天到家里帮忙，只要管煮食和清扫，大概不会太糟吧。不行啊？嗯，那找个居家看护如何？我承认，你们妈妈过世以后我是有"一点点"丢三落四……可是你们不是说……好吧，那你们看谁要搬来跟我一起住……不，我不明白……呃，赛门啊，你家房子大，我总可以……？

不行就是不行。

记得我最后一次离开家门的时候，他们把我五花大绑，活像搭车去看兽医的猫。当车子发动，泪花模糊了我的视线，压根无法再看一眼自己的家。

他们说我去的地方不是安养院，而是有专人协助生活起居的银发族公寓。你瞧，这是循序渐进的，一开始只有你需要帮忙的时候才会有人

117

协助你，然后等你越来越老……

每回他们说到这里就没了声音，仿佛只要不说出来，我就不会依据逻辑，推出结论。

曾经有很长的时间，我觉得五个子女背叛了我，居然没半个人提议让我一块儿住。现在我不作如是想。我有大把时间思前想后，其实他们的烦心事已经够多了，若再添上我就更不用说了。

赛门差不多七十岁，至少闹过一次心脏病。茹丝有糖尿病，彼德的前列腺有问题。乔瑟夫跟太太去希腊的时候，太太跟一个男孩子跑了。虽然黛娜的乳癌看样子已经康复了，谢天谢地哦，可是她孙女有两个非婚生子女，还在商店顺手牵羊被逮到，所以黛娜把她带回家住，想把她拉回正道。

而这些只是我知道的麻烦，还有一大堆别的事他们都瞒着我，怕我听了难过。我曾经听到好几桩事的风声，但一问起他们都守口如瓶。你晓得的，不可以让老爷爷难过。

个中道理何在？我真想知道这一切有何道理。他们为了保护我而将我排除在外，却恰恰形同将我一笔勾销，这太奇怪了嘛。讨厌。如果我不知道他们的事情，我怎么加入他们的谈话？

我思忖再三，觉得这根本无关乎保护我，而是他们想自保，这样等我死的时候，他们才不会太伤心。这就跟青少年准备自立门户之前会先疏离父母一样。当赛门十六岁言行变呛的时候，我以为他有问题。等黛娜也到了那个年纪，我明白她没毛病，一切都是天生自然的。

尽管家人对我瞒东瞒西，来看我倒是绝对勤快。每个星期天总会有人排除万难来看我。来了就絮絮叨叨，絮絮叨叨，评论天气的风雨阴晴，告诉你他们度假做了什么，午餐菜色如何，这么聊到五点整，他们会感恩地看看时钟，告别。

有时候，他们离开前会设法说服我去参加交谊室里的宾果游戏，例如两星期前来看我的那一批人就是。他们说，你不想玩一把吗？我们可以顺便推你过去，应该很好玩的。

我说当然好玩啦，不过前提是你是一棵甘蓝菜。他们笑了。虽然我不是在说笑，不过我还是开心。我这个年纪的人，只要别人会响应你的话就偷笑喽。起码他们还有在听。

他们对我的老生常谈意兴阑珊，我实在不能怪他们。我的真实经历全都过时了。就算西班牙流感、汽车问世、世界大战、冷战、游击战、第一颗人造卫星史拨尼克克*我都亲身经历过，那又如何？那都是八百年前的事了。我还能说些什么？我的生活不再有高低起伏。变老就是这样，这就是问题的核心。我还没有准备好做一个老人。

可是我不应该埋怨，今天可是去看马戏团的日子呢。

萝丝玛莉端了早餐给我。当她打开褐色塑料盖，我看到她已经在麦片粥里加了鲜奶油和红糖。

"不要告诉拉席德医生我给你鲜奶油。"她说。

"为什么不可以，我不应该吃鲜奶油吗？"

"这不是针对你的，只不过专门设计的菜单就是这样。有些人消化油腻食物的能力已经不如从前了。"

"那奶油呢？"我好愤慨，脑袋回溯过去几周、几个月、几年的情况，试图追想上一回见到鲜奶油或奶油是什么时候。要命，她一语正中

---

* 史拨尼克克：1957 年 10 月 4 日，前苏联发射的世界第一颗人造卫星。

要害。我怎么没注意到呢？或许我是注意到了，才会如此厌恶这里的伙食。哼，也难怪啦。我猜他们也缩减我们的盐分摄取量。

"这种菜单据说能让你们维持健康久一点。"她边说边摇头。"我不懂的是，为什么走到黄金岁月的人不能享受一点奶油。"她抬眼看我，目光锐利，"你的胆囊还在吧？"

"在。"

她脸色又柔和下来："好啦，既然这样，你好好享受鲜奶油，扬科夫斯基先生。你用餐的时候要看电视吗？"

"不用，反正这个年头只有垃圾节目。"我说。

"这倒是真的。"她将被子折好放在床尾，"如果你缺什么，就按铃叫我。"

她离开后，我下定决心要和气一点，不过得先想个法子记住自己的决定。我没有线可以绑在指头上，不过可以用纸巾代替。我年轻的时候，电影都是这么演的，在指头上绑一根线，提醒自己某事，就是这样。

伸手拿纸巾的时候，我瞥见自己的双手，凹凹凸凸歪歪扭扭，皮肤薄，而且就和我破相的脸一样净是老人斑。

我的脸啊。我将麦片粥推到旁边，打开梳妆镜。这会儿我早该知道自己现在的容貌，可是不知怎么的，我依旧期待在镜中见到自己，结果看到的却是阿巴拉契亚人用苹果做的娃娃，非但干瘪有斑，而且多了下垂的皮肉、眼袋和长长的招风耳。几根白毛从布满斑点的头颅冒出来，可笑。

我拼命用手抚平头发，在镜中见到苍老的手举到苍老的头颅上，不禁僵住。我凑近镜子，眼睛睁得很大，试图看穿松垮垮的皮肉。

毫无助益。就算直视浑浊的蓝眼珠，我也找不到自己的影像。从什么时候开始我不再是我？

我恶心到无法进食。我将麦片粥的褐色盖子盖回去，艰难地找到控制床组的按钮，揿下放平床头的钮，如此桌面便高踞我上方，宛如秃鹰。嘿，等等，有一个钮是降低床面高度的。好啦，现在我可以侧卧在床上，而不会卡到可恶的桌子，打翻麦片粥。我不要再打翻食物了，以免他们说我发火，又召来拉席德医生。

床面一放到最低的高度，我便侧躺着，视线穿越百叶窗，凝望外面的蓝天。几分钟后，我陷入心平气和的状态。

天空，天空，永远不变的天空。

九

我凝望车门外的天空做白日梦。刹车刺耳嘶鸣，所有东西都摇摇晃晃向前颠动。我稳住身子不滑过粗糙的地板，等重拾平衡后便用手拢过头发，系好鞋带。一定是乔利埃特，总算到了。

我旁边粗劈木门咿呀一声打开，金科走到车厢门倚着门框，昆妮在他脚边，热切地望着掠过眼前的景色。打从昨天那桩事情他就不看我了，坦白讲我也觉得很难面对他，一边为他受到的羞辱深深同情，一边又很想哈哈大笑，心思就这么两头摆荡。好不容易，火车喀啦啦地停下，喷出蒸气。金科照例拍拍手，昆妮便照例飞蹦到他怀里，两个就这么走了。

外头静得诡异。尽管飞天大队足足比我们早半个小时抵达，但工人默然不语散立在外面。没有乱中有序的繁忙，没有奔跑的脚步声，没有斜坡道，没有咒骂，没有飞抛的绳索，没有拖拉东西的人马，只有几百个不修边幅的人茫惑不解地望着另一个马戏团搭建的帐篷。

他们的场子看来像一座死城，有大篷却没有人潮，有伙房帐篷却没有旗子。篷车和梳妆篷在后方，但留下来的人或是信步乱走，或是懒洋洋地坐在阴凉处。

我跳下车，一辆敞篷车恰恰驶入停车场。两名西装生意人下了车，提着公文包，从翘边帽的帽檐下打量这个场子。

艾蓝大叔迈开大步上前，身后没有跟班。他戴着高帽边走边挥动那根银头手杖，和那两个人握手，神色快活而兴奋。他嘴里说着话，转身扬起手朝着场子大略挥一下。生意人们点头，手臂抱在胸前，盘算又盘算，琢磨又琢磨。

我听到身后的碎石被踩得沙沙作响，接着奥古斯特的脸出现在我肩头上。"艾蓝大叔就是这样，在一里外也能嗅出地方官员的味道。你等着瞧吧，不用到中午，他就能让市长俯首听命。"他手搭在我肩头，"走吧。"

"去哪里？"我问。

"进城吃早餐啊，这里恐怕没吃的，大概要到明天才会提供伙食。"

"啊，是喔？"

"嗯，我们会尽量努力，可是我们几乎没给先遣员时间来到这里，对吧？"

"他们怎么办？"

"谁呀？"

我指指关门大吉的马戏团。

"他们喔？等他们肚皮饿得够扁，就会拍拍屁股走掉。讲真的，他们离开对大家都好。"

"那我们的人呢？"

"噢，他们哪，他们会活到食物运来的。放心，艾蓝不会让他们饿死。"

我们光临一间离大路不远的小馆子。馆子里一面墙边设了一排包厢座，另一面墙前是胶合木柜台，红凳上坐了很多客人，一边抽烟一边跟柜台后面的女孩天南地北。

我为玛莲娜扶着门，她直直走入包厢座，倚墙坐下。奥古斯特一屁股坐在她对面，所以我坐在玛莲娜旁边。她手臂交叉抱胸，瞪着墙壁。

"早啊，几位要点什么？"女孩说，仍然在柜台后面。

"一客全餐。我饿扁了。"奥古斯特说。

"蛋要哪一种？"

"荷包蛋。"

"夫人呢？"

"咖啡就好。"玛莲娜说，翘起一条腿来摇，动作很大，几近挑衅。她不看女侍，不看奥古斯特。回想起来，她其实也不看我。

"先生呢？"女孩说。

"呃，跟他一样的全餐。谢谢。"我说。

奥古斯特倚在椅背上，掏出一包骆驼烟。他从烟屁股拍飞一根香烟，张口接住，又靠回椅背，眼睛放光，摊开双手好不得意。

玛莲娜转身看他，故意慢慢拍手，僵着一张脸。

"好啦，亲爱的，别死心眼了，你明明晓得我们没肉了。"奥古斯特说。

"借过。"她说，朝我挪动，我连忙闪开。她迈步走出门口，鞋跟叩叩叩敲着地面，腰肢扭得红裙摇曳。

"女人哦。"奥古斯特说，用手挡风，点燃香烟，啪一声关上打火机，"噢，抱歉，要来一根吗？"

"不用了，谢谢，我不抽烟。"

"不抽啊？"他若有所思，吸了一大口烟。"你应该抽的，对身体不错。"他将香烟盒放回口袋，朝柜台后面的女孩打榧子。她正站在煎锅前，一手拿着铲子。

"快点行不行？我们不是整天都没事。"

她呆住，铲子停在半空中。两个柜台座的人慢慢转过头看我们，眼睛瞪得老大。

"呃，奥古斯特。"我说。

"怎么了嘛?"他看来大惑不解。

"我能做多快就是多快。"女侍冷冷地说。

"行，我只要求这么多。"奥古斯特说，向我凑过头，压低声音继续说，"我不是跟你说了吗？女人哦，一定是来月经的关系。"

等我回到马戏团，场子里搭起了几个班齐尼兄弟的帐篷，有兽篷、马篷、伙房篷。旗帜在翻飞，空气中飘散着酸酸的油炸味道。

"甭进去了。炸面团，喝的只有菊苣茶。"从里面出来的人对我说。

"谢啦，感谢你的提醒。"

他啐了口水，昂首阔步走开。

福斯兄弟马戏团留着没走的团员在头等车厢外面排队，满怀希望。几个人笑眯眯地开玩笑，但笑声未免尖了一点。有些人直视前方，手臂交叉。其他人心神难安，低着头踱来踱去。他们一个接一个被唤进去和艾蓝大叔面试。

大多数人挫败地出来，有些揩揩泪眼，沉静地和排在队伍前面的人说说话，有些淡淡地望着前方，然后举步走向市镇。

两个侏儒一同进去，几分钟后郁着一张脸出来，先停下脚跟一小群人说话，这才步下斜坡道，俩人肩并肩，头抬得高高的，塞满东西的枕头套挂在肩上。

我扫视他们，寻找那个著名畸形人的身影。队伍确实是有一些奇形怪状的人，侏儒、小矮人、巨人、一个胡子婆（艾蓝旗下已经有一个了，这个大概没望了）、一个身躯硕大的胖汉（如果艾蓝想为美丽露辛姐找个伴，或许他还有指望），还有一堆挂着愁容的人和狗。可是没有胸膛上长着一个婴儿的人。

艾蓝大叔挑选完新人之后，我们的工人便将另一家马戏团的帐篷通通拆掉，只留下马篷和兽篷。福斯兄弟其余的人手从此没了差事，坐着闲看周遭，将烟草汁吐向几丛长得高高的野胡萝卜、蓟草。

当艾蓝大叔察觉市府官员尚未列出福斯兄弟役马的清册，他们好些匹没有明显特征的马便被偷偷牵到我们的马篷，或者可以说是征收吧。艾蓝大叔不是惟一动这种脑筋的人，好些个庄稼汉在营地周边徘徊，还带着缰绳。

"他们就大剌剌把马牵出来带走？"我问彼特。

"大概吧。只要他们不碰我们的马，我就无所谓。不过，罩子得放亮一点。还要一两天一切才能拍板定案，团里一匹马也不能少。"

我们的役马干了双份的活，大马吐着唾沫，鼻息粗重。我说服一个官员打开一个水栓，让我们可以给牲口饮水，但它们仍旧没有干草和燕麦。

奥古斯特回来的时候，我们正为最后一个水槽注水。

"搞什么？马都坐了三天的火车啦，快把它们弄到路上活动一下，不然它们会萎掉。"

"萎你个头。你睁大眼睛四周看一下，你以为它们这几个钟头都在干吗?"彼特说。

"你用我们的马?"

"不然你是要我用什么马?"

"你应该用他们的马啊!"

"我才不知道他们的役马!反正横竖都得让团里的马活动活动,免得萎掉,干吗还要拖他们的马来干活!"

奥古斯特惊得合不拢嘴,然后闭上口,走得不见踪影。

不久卡车便驶进营地,一辆一辆来到伙房篷后面,车上卸下的食物数量难以置信。伙夫们立刻忙乱起来,顷刻之间锅炉便开始烹煮,如假包换的食物香气冒出来,飘散过营地。

动物的食物和垫草也旋即送到,载运来的工具是篷车而不是卡车。当我们用推车将干草送到马篷,马儿嘶鸣吵嚷,伸长了脖子,不等干草落地便先扯下满口草料,大嚼起来。

兽篷的动物见到我们一样欢天喜地,黑猩猩尖叫起来,在笼舍里的铁条上荡来荡去,不时可以瞥见它们笑得露出来的满口牙齿。肉食动物踱来踱去。吃草的甩着头,哼着气,长声尖叫,甚至急得咆哮。

我打开红毛猩猩的门,放下一锅水果、蔬菜、坚果。我一关上门,它的长臂伸出铁条,指指另一只锅子里的柳橙。

"那个?你要那个?"

它继续指着柳橙,两只紧靠在一起的眼睛对我眨呀眨。它的五官凹进去,大大的脸盘周围缀着一圈红毛。它是我见过最夸张、最美丽的生物。

"喏,给你。"我把柳橙递给它。

它接过去放在地上，手又伸出来。接着好几秒钟，我一直把其他动物的柳橙递给它。最后我伸出自己的手，它也用长长的指头握住，然后放手。它坐在地上剥柳橙。

我惊异地望着它。它是在跟我道谢呢。

"事情都忙完了。"奥古斯特说，我们离开兽篷，他一手搭在我肩上，"跟我去喝一杯吧，小兄弟。玛莲娜的梳妆篷有柠檬水，可不是果汁摊的那种臭果汁哦。我们会加一点威士忌进去，嘿嘿。"

"我待会儿就过去。我得去他们的兽篷看一下。"福斯兄弟他们的役马状况暧昧，整个下午数量不断减少，我已经亲自确认过它们有草料也有饮水，但我还不曾去看过他们的稀有动物和表演动物。

"不行，你现在就跟我走。"奥古斯特语气坚定。

我望着他，被他的语气吓一跳。"好吧，没问题。你知不知道它们有没有食物和饮水？"

"它们会有食物和饮水的，只是迟早问题。"

"什么？"我说。

"它们会有食物和饮水的，只是迟早问题。"

"奥古斯特，要命，现在气温几乎三十度，起码不能让它们没水喝。"

"谁说不行，我们就是不给水。艾蓝大叔就是这样做生意的。他跟市长两个还在较量谁的胆子大，市长会明白自己压根不知道该拿长颈鹿、斑马、狮子怎么办，然后他就会降低价码，到那个时候啊，一定要等到那个时候哦，我们才会接手。"

"很抱歉，我不能放任动物不管。"我转身要走。

他的手缠住我的胳膊，走到我面前，凑上前来，脸离我只有几公分，一只手指放在我脸颊上。"你可以不管动物死活的。动物会受到照料，只是时候未到，生意就是这样做的。"

"狗屁。"

"艾蓝大叔建立这个马戏团的办法已经是一门艺术了。我们能有今天的局面，就是凭了这套办法。天晓得那个兽篷里有些什么？倘若里面没有他要的动物，那就算了，谁在乎啊？万一里面有他要的动物，却因为你插手坏了他的生意，害他多付一笔钱，你最好相信艾蓝会向你讨回公道。你懂了没？"他咬牙切齿，一字一顿地复述，"你 —— 懂 —— 了 —— 没？"

我直视他眨也不眨的眼眸，说："彻底明白了。"

"很好。"他说，手指不再按在我脸上，向后退，又说一遍"很好"，点点头，让表情和缓下来，挤出一声大笑，"依我看就这样吧，咱们就喝威士忌喝个痛快。"

"我想还是省了吧。"

他看了一会儿，耸肩说："随便你。"

我在兽篷一段距离外坐下来，想着里面被弃之不顾的动物，目光越来越焦急。突然间，一阵强风将篷内壁吹得向内翻腾。连一丝对流的风也没有。我从不曾如此强烈地感受到热气炙着我的头，喉咙里好干涩。我脱下帽子，用沾着尘土的手臂抹过前额。

当伙房篷亮出橘、蓝旗帜，昭告团员晚餐就绪，好些个班齐尼兄弟的新成员加入排队，从他们手上抓着的红色粮票就看得出来了。那个胖汉吉星高照，胡子婆也交上好运，还有好几个侏儒也录取了。艾蓝大叔聘用的新人全是艺人，不过有个倒霉家伙才刚录取，却在离开艾蓝大叔车厢时多看了玛莲娜几眼，目光太热切了点，被奥古斯特逮到，于是又丢了差事。

几个其他的人也跟去排队，但没有一个蒙混过埃兹拉的眼睛。埃兹拉惟一的差事就是记住团里每个人的长相，老天哟，他还真出色。每当他朝某个倒霉鬼撇撇拇指，老黑便上前处理。其中一两个人在一头摔出伙房篷之前，还拼了老命抓了一把食物在手里。

邋遢静默的汉子们在炊事篷周边流连，目光饥渴。玛莲娜经过保温桌的时候，一个汉子跟她搭讪。他是个瘦竹竿，脸颊有深纹。倘若不是沦落至此，他应该也是个俊帅的男子。

"小姐——嘿，小姐，可以施舍一点吗？一片面包就好？"

玛莲娜停下脚步看他。他面容消瘦，目光绝望。她看看自己的盘子。

"噢，好嘛，小姐，行行好，我两天没填过肚子了。"他舌头舐舐干裂的嘴唇。

"继续走。"奥古斯特说，挽着玛莲娜的手肘，坚定地领她到篷子中央的一张桌子。那不是我们平日的桌位，但我注意到大家多半不跟奥古斯特争辩什么。玛莲娜默默无语地坐下，偶尔偷眼看一下篷外的汉子们。

"唉，我受不了。"她说，将刀叉扔到桌上。"那些人好可怜，我吃不下。"她站起来，端起盘子。

"你上哪儿？"奥古斯特尖声说。

玛莲娜居高临下注视他，"他们两天没吃了，我怎么还能坐在这里用餐？"

"你不能把你的食物给他，你给我坐下。"奥古斯特说。

好几张桌位的人转头来看，奥古斯特对他们绽出紧绷的笑容，然后凑向玛莲娜说："亲爱的。"他语音恳切，"我知道要你硬下心肠很难，可是你给他食物，他就会存心赖着不走，到时怎么办？艾蓝大叔已经把他要的人都挑出来了，而他并没有录取。他得走人，就是这样，越早走越好。这也是为他好，这样其实反而比较慈悲。"

玛莲娜睨起眼睛，放下盘子，用叉子戳起猪排，猛力放到一块面包上，又抄起奥古斯特的面包，猛力覆到猪排上，怒冲冲走了。

"你以为你在干吗？"奥古斯特嚷。

她直直走向那个高瘦汉子，抓起他的手，将猪排三明治塞给他，然后迈开大步离开。工人那一边的桌位响起一片掌声和口哨。

奥古斯特气疯了，太阳穴一条动脉扑扑跳。片刻后，他站起来，拿起盘子，将食物倒进垃圾堆，也离开了。

我瞪着自己的盘子，上面高叠着猪排、羽衣甘蓝、马铃薯泥、烤苹果。我一整天都做牛做马，却一口也吃不下。

尽管将近七点，太阳仍然高高挂在天上，空气沉重，地貌完全不像我们来的东北区。这儿地势平坦，干如枯骨。我们的营地覆着长长的野草，但草色槁黄，饱受摧残，脆得和草料一样，绵延到边上靠近铁路的地方。再过去就是高高的杂草，是一些强悍的植物，草茎很韧，叶片纤小，花也细巧，倾注全株的养分将花朵推向高处，争取阳光。

我经过马篷的时候，看到金科立在篷子的阴影里。昆妮蹲在他跟前泻肚子，每排出一摊液体便急急向前挪个几公分，继续拉稀。

"怎么了？"我说，在他身边停下脚。

金科怒视我。"你瞎了眼啦？它在闹肚子。"

"它吃了什么？"

"鬼才知道。"

我向前一步，细细检视其中一小摊秽物，察看有没有寄生虫的迹象，似乎没有。"去伙房篷看有没有蜂蜜。"

"啊?"金科说着站起来，眯眼看我。

"蜂蜜。要是你弄得到红榆粉，就掺一点进去。不过一匙蜂蜜应该就有效了。"

他蹙眉看我片刻，手叉着腰。"我知道了。"他怀疑地说，目光又回到狗身上。

我提脚继续走，最后坐在福斯兄弟兽篷一段距离外。帐篷被冷落在那里，笼罩着不吉祥的氛围，仿佛兽篷周边都成了地雷区，所有人都在二十公尺以外的距离。兽篷内的情况必定很要命，可是除非把艾蓝大叔和奥古斯特五花大绑，劫来运水篷车，不然我也无计可施。我越来越心焦，慌乱到无法再坐下去，索性起身去我们的兽篷。

即使水槽注得满满的，也有对流的徐风，动物们仍旧热得恍神。斑马、长颈鹿和其他草食动物仍然站着，但脖子低垂，眼皮半合。连牦牛也纹风不动，任凭苍蝇无情地在它耳朵、眼睛上嗡嗡侵扰。我挥走一些苍蝇，但它们旋即重新落回动物身上。根本没辙。

北极熊趴在地上，口鼻和头颅伸直在前方，大部分体重集中在身躯下面三分之一，静静卧着，看来仿佛人畜不伤，甚至还挺逗人怜爱的。它深沉缓慢地吸气，又呼噜噜吐出长长的咕哝。可怜的家伙。我怀疑极地的气温是否到过这么高。

红毛猩猩平躺着，手臂和双腿大开。它转头来看我，哀愁地眨眼，仿佛很抱歉自己没能坚强一点。

没关系的，我用眼神告诉它，我了解。

它再度眨眨眼，然后别开脸，又看着笼顶。

我来到玛莲娜的马群面前，它们认出了我，呼着气，嘴唇来碰我的手。我的手上仍然带着烤苹果的余香。当它们察觉我没带好料来，便失了兴致，恢复半恍惚的模样。

大猫们侧躺着，静止不动，眼皮没有完全合拢，若非胸腔稳定起伏，我会以为它们挂了。我额头抵着笼舍的栅栏，看了大半天才转身离开，走了约莫三公尺又霍然转回去，猛然醒悟到它们的笼舍地面干净得不像话。

玛莲娜和奥古斯特吵个不休，叫骂声大到我在二十公尺外都听得见。我在玛莲娜的梳妆篷外踟蹰，怀疑自己是否真的想打断他们。但我也不想再听他们吵下去，最后我心一横，把嘴贴在门帘上。

"奥古斯特！嘿，奥古斯特！"

争吵声压低，篷内传出脚步声，一个人叫另一个安静下来。

"什么事？"奥古斯特叫。

"克里夫喂过大猫没有？"

他的脸出现在门帘缝隙。"啊，对，嗯，我们是碰上一点难处，不过我已经解决了。"

"什么？"

"明天早上就会送来，别担心，大猫没问题的。"他伸长脖子朝我身后看过去，"哎，天哪，又怎么了？"

艾蓝大叔朝我们阔步而来。他身穿红背心配格子花呢裤，头戴高帽，跟班们小跑步尾随在后，不时冲刺几步，以免落后。

奥古斯特叹息，为我拉开门帘。"你最好也进来坐下，看样子你要听到你的一堂生意经了。"

我钻进去。玛莲娜坐在梳妆台前面，抱着手臂，双腿交叉，摇着脚发火。

"小亲亲，收敛一点。"奥古斯特说。

"玛莲娜？"艾蓝大叔就在帐篷门帘外，"玛莲娜！亲爱的，我可以进来吗？我有事得跟奥古斯特说。"

玛莲娜咂咂唇，两眼一翻，拉长音调说："进来吧，艾蓝大叔，当然没问题，快快请进吧，艾蓝大叔。"

门帘揭开，艾蓝大叔进来了，面上可见到汗珠，从左耳到右耳之间都泛着红光。

"交易谈成了。"他说，走到奥古斯特面前立定。

"这么说你把他拉到旗下了。"奥古斯特说。

"啊？什么？"艾蓝大叔说，惊讶得眨眼。

"那个畸形人啊，叫查理·某某某的那个。"奥古斯特说。

"呸呸呸，别管他了。"

"什么叫'别管他了'？我以为我们来这里就是为了他一个人。到底怎么回事？"

"什么？"艾蓝大叔含混吭一声。他身后一个跟班探出头猛摇，另一个用手比出割喉的动作。

奥古斯特看着他们，叹息说："噢，林铃把他网罗走了。"

艾蓝大叔答腔："别管他了。我有好消息，大消息！甚至可以说是特大号的消息！"他回头看那群跟班，得到一阵由衷的哄笑，又猛地转回头，"你猜猜看。"

"我压根没谱，艾蓝。"奥古斯特说。

他满怀期盼地看着玛莲娜。

"不知道。"她愠愠说。

"我们弄到一头大象啦！"艾蓝大叔嚷着，双臂欢喜地摊开，手杖敲到一个跟屁虫的头，那人向后跳。

奥古斯特的脸怔住，"什么？"

"大象！大象！"

"你有了一头大象？"

"不对，奥古斯特，是你有了一头大象。它的名字叫萝西，芳龄五十三，非常厉害的大象，最好的大象。我等不及看你能设计出什么表演了——"他闭上眼睛，以便幻想。他的手指在面前抖动，合着双目在狂喜中笑逐颜开，"我想玛莲娜可以和大象合作，在游行和大奇观的时候骑大象，然后表演一段重头大戏。喂，来人哪！"他转身，打着榧子，"东西呢？快呀，快呀，你们这群白痴！"

一瓶香槟应声出现，他送到玛莲娜面前，深深一鞠躬请她评鉴，然后旋开封口，拔掉软木塞。

他身后有人奉上几个槽纹酒杯，摆在玛莲娜的梳妆台上。

艾蓝大叔在每只杯子里都斟一点点香槟，递一杯给玛莲娜，一杯给奥古斯特，一杯给我。

他高举最后一杯，眼里泛着泪光，深深叹一口气，一只手握在胸膛前。

"各位都是我在世间最要好的朋友，能和你们一起庆祝这一刻，真是万分荣幸。"脚上套着鞋罩的他倾身向前，挤出真正的泪水，从胖脸淌下去。"我们不但有了兽医，一位康奈尔大学的兽医啊，而且还有了一头大象，大象啊！"他快乐地擤鼻，停下话头，重拾自持，"我等这一天已经等了好几年了。朋友们,今天只是一个开端,我们已经跻身大马戏团的行列了,是别人得另眼相看的马戏班子。"

他身后传来一片掌声。玛莲娜将酒杯搁在膝头,奥古斯特则僵直地举着酒杯。除了握住酒杯的手,他没移动半分筋肉。

艾蓝大叔将酒杯高举在天,嚷道:"敬班齐尼兄弟天下第一大马戏团!"

"班齐尼兄弟!班齐尼兄弟!"叫声从他身后传来。玛莲娜和奥古斯特静默不语。

艾蓝一饮而尽,将酒杯扔给离他最近的跟班,那人将杯子收入外套口袋,尾随艾蓝离开帐篷。门帘闭上后,篷内又只剩我们三个。

篷内阒无声息片刻,然后奥古斯特动一动头,仿佛苏醒过来。

"我猜我们最好去看看那只橡胶骡子。"他将酒一仰而尽,"雅各,你可以去看那些臭动物了,这下你可高兴了吧?"

我瞪大了眼睛看他,也一口喝干香槟。我从眼角余光瞥见玛莲娜也喝完了酒。

福斯兄弟马戏团的兽篷这会儿塞满了我们的工人。他们跑前跑后,注满水槽,铲干草给它们,清掉粪便。篷壁有些地方被拉高,让空气流动,形成对流风。我们走进去,我一边环顾兽篷,看有没有哪只动物需要紧急救治。谢天谢地,它们看来都活蹦乱跳。

大象立在另一头的篷壁边,这头庞然大物肤色有如乌云。

我们挤过工人,来到它面前。它真大呀,肩头起码离地三公尺,从鼻尖到硕大的脚的皮肤都有杂斑,像干河床般龟裂,惟有耳朵皮肤光滑。它打量着我们,眼睛出奇像人,是琥珀色的,深深嵌在头上,睫毛长得夸张。

"天哪。"奥古斯特说。

它的长鼻探向我们，仿佛有自主的意识似的。长鼻在奥古斯特面前晃一晃，然后挪向玛莲娜，最后挪向我。鼻尖上一个像手指似的软肉抖呀抖的，喘息着。它鼻孔开了又合，吸气又吐气。最后它收回长鼻，垂在脸下，钟摆似的晃着鼻子，像一条肥大多肉的巨虫。那肉指抬起落在地上的干草又丢掉。我盯着那动来动去的长鼻，暗自希望长鼻会再伸到我面前。我向它伸出手，但它鼻子没伸出来碰我。

奥古斯特看得一愣一愣，玛莲娜只是瞪大了眼，我则不知该作何感想。我从没跟这么大的动物打过交道。它比我高出将近一百五十公分。

"你是驯象师?"右边一个人开口说，他的衬衫污秽不堪，衣摆没塞进吊带裤。

"我是马戏总监和动物总管。"奥古斯特回答，挺直了腰杆。

"你们的驯象师呢?"那人说，从嘴角吐出一坨烟草汁。

大象伸出鼻子，敲敲他的肩膀。他猛力打大象一下，走到它碰不到的地方。大象张开它铲子形状的嘴，那模样只能说是在微笑，然后配合鼻子移动的节拍摇摆身躯。

"你想干吗?"奥古斯特问。

"只是要跟他说两句话，没别的事。"

"为什么?"

"要告诉他招惹上什么麻烦了。"那人说。

"你是指?"

"把你的驯象师带来，我就说。"

奥古斯特抓住我的胳膊，把我扯到前面。"这个就是驯象师，我们碰上什么麻烦了?"

那人看着我,将烟草深深塞到脸颊,继续对着奥古斯特说话。

"这个家伙是世界上最蠢最该死的畜生。"

奥古斯特一副惊呆了的模样。"我以为它是最棒的大象,艾蓝说它是最棒的。"

那人不屑地哼气,对着那头庞然大物吐出一道褐色的口水。"倘若它是最棒的大象,怎么会只剩它一个没被买走?你还以为你们是第一个跑来啃人家骨头的马戏班子?你们甚至拖了三天才来。哼,祝你们好运。"他转身离开。

"等等。再问一件事,它有什么缺陷没有?"奥古斯特连忙发问。

"没的事,只是笨得跟死猪一样。"

"它打哪儿来的?"

"一个带着大象四处表演的肮脏波兰鬼在自由市场突然翘掉,市政府就贱价把大象卖给我们。"

奥古斯特瞪着他,没了血色,"你是说它甚至没在马戏团待过?"

"喏,象钩给你,你会需要这玩意儿的,祝你好运啰。至于我嘛,这辈子死也不想再见到大象了。"他又吐口水,抬脚就走。

奥古斯特和玛莲娜愣望着他的背影。我回头时,恰恰瞥见大象将长鼻从水槽举起来,瞄准男人,用力喷出水柱,他的帽子就被水柱顶得飞出去。

他停下脚,头发和衣服都在滴水,一动不动片刻后抹抹脸,弯腰捡回帽子,向惊呆了的旁观兽篷工人一鞠躬,就这么走了。

十

奥古斯特气炸了，七窍生烟，脸红得其实接近紫色。然后他怒冲冲走了，大概是去找艾蓝大叔算账。

玛莲娜和我互望一眼，默然无语，心有灵犀地都没跟上去。

兽篷工人逐一离开。动物们总算有了食料和饮水，准备过夜。白昼的绝望已不复见，换成一派祥和的氛围。

玛莲娜和我单独在兽篷内，递各种食物给萝西什么都想试试的长鼻。当那古怪的柔软肉指从我手上拿走一缕干草，玛莲娜扑哧笑了。萝西摇头晃脑，也开口微笑。

我转身，见到玛莲娜凝望着我。兽篷里只有动物移动身躯、喷息、静静咀嚼的声音。外面远远传来口琴声，乐音飘飘忽忽，听得出是三拍子的曲调，却听不出来自何方。

也不知怎么的，究竟是我向她张开怀抱？还是她向我伸出手的呢？总之，她在我怀里，我们舞着华尔兹，在低悬的绳索前下腰，滑步转圈，转到一半时，我瞥见萝西举起长鼻，满脸笑眯眯。

玛莲娜忽地退缩离开。

我文风不动站着，手臂仍然微微上举，一时没了主意。

"呃，嗯，对，我们回去等奥古斯特回来，好吗？"玛莲娜双颊酡红，左看右看就是不看我。

我凝视她大半晌。我要吻她，打出娘胎以来，第一次这么想要亲吻一个人。

"好，好，回去等他。"我半晌才说。

一小时后，奥古斯特回到车厢。他火冒三丈地进来，砰地摔上门。玛莲娜立刻走向橱柜。

"那个没用的杂种付了两千块钱买那头没用的杂种大象。"他将帽子扔到角落，一把脱掉外套。"两千块该死的大洋啊！"他颓然坐上最近的一张椅子，双手支着头。

玛莲娜拿起一瓶调配威士忌，停下来看看奥古斯特，又将酒放回去，改拿纯麦的。

"这还不是最糟的，才不是咧。"奥古斯特说，粗鲁地拉松领带，又去扯衬衫领子。"想不想知道他干了什么？嗯？来呀，猜猜看。"

他注视着玛莲娜，她泰然自若，面不改色，兀自在三只大玻璃杯斟了四指深的威士忌。

"我叫你猜猜看！"奥古斯特咆哮。

"我只知道我一无所知。"玛莲娜沉稳地说，将酒瓶盖好盖子。

"他把剩下的钱全拿去买该死的大象车厢。"

玛莲娜转头，突然间专注起来。"他没招聘新的艺人？"

"当然有。"

"可是——"

"没错，完全正确。"奥古斯特说，打断了她的话。

玛莲娜递一杯酒给他，用手势示意我自己过去端一杯，然后她坐下来。

我牛饮一口，直到沉不住气了才开口。"呃，嗯，两位到底讲些什么你们两个都清楚，但我听不懂。可以麻烦解释一下吗？"

奥古斯特鼓着腮帮子呼出一口气，拨开落到前额的头发，倾身向前，手肘杵在膝头，然后抬头直视我的眼睛。"雅各啊，这个意思就是说团里又添了人手，却没有车厢容纳他们。雅各啊，这个意思就是说艾蓝大叔把工人的寝车数量缩减一个，宣称那是艺人的寝车。而因为他新聘了两个女人，这节车厢得分出隔间。雅各啊，这个意思就是说为了安置不到十几个艺人，我们现在得让六十四个工人睡在平板货车车厢的篷车下面。"

"这太驴了吧。那样的话，寝车还会空出很多位子，他应该让所有需要床位的人都住进去。"

"他不能那样做。"玛莲娜说。

"有何不可？"

"因为你不能把工人跟艺人安置在一起。"

"那金科跟我怎么就可以？"

"哈！"奥古斯特喷着鼻子，凑上前来，歪着嘴假笑。"请务必告诉我们，你们俩处得如何？我真的很想知道。"他歪着头微笑。

玛莲娜深呼吸一口气，翘起一只二郎腿。片刻后，那只红皮鞋开始上下摇晃。

我把整杯威士忌都灌进肚子，离开。

那是很大一杯的威士忌，酒精在厢房和普通车厢之间开始发威。我显然也不是惟一有酒意的人。现在"生意"已经成交，每个班齐尼兄弟天下第一大马戏团的成员都在找乐子，到处一片寻欢作乐的景象。有人在开庆祝晚会，欣赏收音机的爵士乐，笑语不断。离火车一段距离的地方，肮脏工人三五成群，勾肩搭背地轮流传喝各种酒精类饮品。我瞥见老骆，他举起一只手朝我挥一挥，这才把手中用酒精膏做的饮料传给别人*。

长长的野草堆沙沙作响，我停步察看，见到一个女人敞开赤裸裸的两条腿，当中有个男人。他哼哼唧唧，像发情的公山羊。他的裤子褪到膝盖，毛茸茸的臀部上下抽动。女人握拳抓住他的衬衫，随着男人的抽动呻吟。看了一会儿，我才意识到自己在看什么，旋即把目光移开，跟跟跄跄继续走。

走到表演马车厢，我看到敞开的门口坐了好些人，也有人在外面厮混。

车厢内的人甚至更多。金科凭着一瓶酒，成了众人之首。他脸上挂着醉汉的友善，一瞥见我，便东倒西歪地蹦过来。众人出手扶住他。

"雅各！我的伙伴！"他嚷着，目光灼亮，挣脱朋友站起来。"诸位朋友们！"他对着一群人叫道，他们约莫三十人，占用了平日安置玛莲娜马儿们的地方。他走过来，手臂环着我的腰说，"这位是我最最最亲爱的朋友雅各！"他停顿一下，啜了一口酒。"请大家热忱招待他，就当做是卖我人情。"

他的客人吹起口哨，哈哈大笑。金科笑到咳嗽，放开我的腰，手在紫色的面孔前挥呀挥，挥到停止咳嗽，然后将手臂搭在我们旁边的男人

---

* 做法是用布滤出酒精，掺入水，与其他饮品混合成饮料。

腰上。他们歪歪斜斜走开。

羊舍里挤得水泄不通，我走到车厢另一头，也就是原本安置银星的位置，倚着木条车厢壁瘫坐下去。

旁边的干草窸窸窣窣，我伸手戳探，可别跑出老鼠来呀。昆妮的白色短尾巴在我眼前晃了一下，又钻入干草深处，像沙地里的螃蟹似的。

接下来的事，我也搞不清先后顺序。我记得有人传了酒瓶过来，而我相当肯定我几乎每一瓶都喝过。不多时，眼前的东西都在飘游，我心底升起暖洋洋的温煦心情，对每个人、每件事都顺眼。有人搭着我的肩，我也搭着人家的肩膀。我们一起哄然大笑，但我不记得是笑些什么，一切都一团紊乱。

大家玩起游戏。你得拿东西对准目标扔过去，没扔中就罚酒。我失手很多次。到了后来，我好像快吐出来了，便爬出去，人人都觉得我好笑。

我坐到角落，记不太清楚是怎么跑去那里的。我后腰贴着车厢壁，头靠在膝头，暗自期盼世界停止旋转，但世界转个不停，所以我仰头靠着厢壁。

"嘿嘿，瞧瞧是谁呀？"一个性感的声音从非常近的地方传过来。

我蓦地睁眼。三十公分长的紧致乳沟在我正前方。我顺着乳沟往上看，直到看见一张脸。是芭芭拉。我猛眨眼，希望能把眼前的两个芭芭拉变成一个。噢，老天哪，根本没用。嘿，等等，我视觉正常，眼前不是两个芭芭拉，而是两个女人。

"嗨，蜜糖，你还好吧？"芭芭拉抚摸我的脸庞。

"嗯。"我说，试图点头。

她的指尖在我下巴流连，转向蹲在她身边的金发女郎说："好年轻，嗯，真俊哪，不是吗，奈儿？"

奈儿深深吸一口烟，从嘴角喷出。"一点也没错。我应该没看过他。"

"几天前他到库奇舞的场子来帮忙。"说完了，芭芭拉又转过头轻柔地问我："你叫什么名字，蜜糖？"她指背在我脸颊上下移动。

"雅各。"我说，避开烟。

"雅各。啊，我知道你是谁了。他就是华特讲的那个人。"她对奈儿说，"他才刚出来混的，菜鸟一只，在库奇舞的场子干得不错。"

她手拈住我的下巴，抬高我的脸，望进我眼底深处。我努力要礼尚往来，但目光就是聚不了焦。"你真是个好心人。嗯，雅各呀，你倒是说说看，你有没有跟女人相好过呢？"

"我……呃……呃……"我说。

奈儿咻咻笑起来，芭芭拉站直身子，两人叉腰。"你觉得怎么样？要不要好好欢迎他一下？"

"一只菜鸟兼处男？我们简直别无选择。"奈儿说着手滑到我双腿之间，覆上我的胯部，我的头原本在脖子上摇摇摆摆，这下猛地打直。"你想他那里的毛也是红的吗？"她手心贴着我的老二。

芭芭拉倾身掰开我握着拳的双手，拉起一只到她唇前。她将我的手翻过来，用长指甲划过我的手心，然后一边用舌头循着指甲划过的路线舔过去，一边直勾勾望进我眼底。接着她牵引我的手到她的左乳，那里必定是乳晕所在之处。

噢，天哪，天哪，我在抚摸一只乳房啊。虽然隔了一层衣服，不过终归——

芭芭拉站起来一会儿，抚平裙子，鬼祟地四下瞄了瞄，然后蹲下来。我还如堕五里迷雾，她便又握住我的手。这回她将我的手牵到裙子内，将我的手按在湿热的丝绒上。

我喘不过气。威士忌、私酿酒、琴酒、天晓得什么酒瞬间消散。她拉着我的手上下移动，抚弄那奇妙的沟涧。

哇呀，要命，我搞不好会射出来。

"唔？"她低吟，重新牵动我的手，让我的中指更深入她。温热的丝绒在我的手指两侧鼓胀，在我的触摸下颤动。她拉出我的手，放回我的膝头，然后捏我胯下一把试探看看。

她眼眸半闭。"嗯，他准备好了，奈儿。该死，我真爱这个年纪的男孩子。"

接下来的后半夜便犹如癫痫般片片断断。我知道她们两个女人架着我走，但我好像在表演马车厢外面倒下来。起码，我知道脸颊曾贴在尘土上。然后我又被拖起来，在黑暗中推拉前进，直到我挨着床缘坐下。

这时眼前确实有两个芭芭拉，另一个女人也一分为二。那女人是叫奈儿吧？

芭芭拉向后退，双臂举起来，头向后仰，双手抚过身躯，就着烛光轻舞。我很感兴趣，绝对毋庸置疑，偏偏不能继续坐直，扑通便向后倒下。

有人来扯我的裤子。我嘴里咕哝着，也不晓得在说啥，但应该不是鼓励她们更进一步。我忽然觉得不舒服。

噢，天哪。她在碰我，或者该说是那话儿。她试探地抚摸着，我用手肘撑起上半身，垂眼一看，那话儿软趴趴的，像一只粉红色的小乌龟藏在壳里，而且好像粘在我腿上了。她把我的老二从腿上拉下来，双手滑进我胯下，掰开我合拢的大腿，然后探向我的蛋蛋，用一只手托着，仿佛耍弄两颗鸡蛋似的把玩，同时审视我的老二。任她如何挑逗，那话儿仍旧无可救药地瘫软。我看到不免怔住。

至于另一个女人嘛，现在又变回一个了，到底该怎样把话说清楚呢？她偎着我躺在床上，从衣服里掏出一只瘦瘪瘪的乳房，送到我唇边，磨蹭我整张脸。现在她搽了口红的嘴向我覆过来，像一个伸出一根舌头的大大无底洞。我把头转到右边没有人的地方。然后我感觉到一张嘴含住了龟头。

我倒抽一口气。两个女人咯咯笑，不过是一种低唞，为我打气，两人不曾停止挑逗我。

噢，天哪，天哪，她吸吮起我的老二。吸吮啊，看在老天分上哼。

我没办法——

噢，我的天哪，我得——

我转头，把胃袋里那些倒霉的杂七杂八酒液一股脑吐到奈儿身上。

我听见可怕的搔刮声响，然后一道银辉划破眼前的黑暗。

金科低头打量我。"起床啰，阳光少年，你的顶头上司在找你。"

他的手扶着木箱盖子，不让盖子落下来。我开始搞得清楚情况了。抽痛的身躯一察觉大脑开张运转，便很快发现自己是被塞在一只木箱内。

金科让盖子开着，自己走了。我挣扎着让歪扭的脖子伸直，让自己坐起来。木箱是在帐篷内，周遭有一整架一整架的鲜艳秀服、道具和好些附着镜子的梳妆台。

"这是哪里？"我沙哑地问。我咳着清清干涩的嗓子。

"后台。"金科说，拨弄着一只梳妆台上的油彩罐。

我举起一只胳膊为眼睛遮蔽光线，察觉手臂裹在丝绸内。讲明确一点，是披着一件红色丝绸睡袍，是一件前襟大开的红色丝绸睡袍。我往下看，发现有人刮掉了我的耻毛。

我一把合拢睡袍前襟，思忖金科有没有看到。

天哪，我昨晚干了什么啦？我毫无头绪，只记得一些残存的片断，而且——

噢，天哪，我吐在一个女人身上。

我东倒西歪地爬起来，系好睡袍带子，揩揩前额。额头油腻得出奇，手都变白了。

"搞什么——？"我瞪着自己的手。

金科转过身，递给我一面镜子。我抖得厉害，接下镜子，举到面前，只见一个小丑从镜子里看着我。

我将头探出帐篷，左看看，右看看，然后拔腿飞奔回表演马车厢，哄笑声和嘘声追随着我。

"哇，瞧瞧那个风骚大娘！"

"嘿，佛莱德，看看我们新的库奇舞娘！"

"唷，蜜糖，今天晚上有没有空呀？"

我闪进羊舍，砰地摔上门，倚在门上喘大气，拉长耳朵，直到外面的笑声消退，这才抄起一块布，重新擦脸。我在离开后台篷子之前，就把脸揩得红通通了，但不知怎么的，我就是不相信都擦干净了。我不相信自己的任何部位可以重拾干净了。最糟的是我甚至不晓得自己干了什么么。我只记得一些零星的片断，尽管那些已经很吓人了，更吓人的是我不知道在片断和片断之间发生了什么事。

我突然想到，我压根不晓得自己破了处男之身没有。

我手伸进睡袍，搔搔私处，那里摸来像砂纸。

金科几分钟后回到房间，我躺在铺盖上，胳膊搁在头上。

"你还是快快滚出去吧。他还在找你。"他说。

有个东西在蹭我的耳朵。我抬起头，撞上一个湿鼻子。昆妮仿佛被弹弓弹出去似的，向后蹦开。它从一公尺开外的距离打量我，戒慎地嗅着。哎呀，我敢打赌，今天早上我身子一定五味杂陈。我猛地放下头。

"你是想被炒鱿鱼吗?"金科说。

"现在我真的不在乎。"我低喃。

"什么?"

"反正我要闪人了。"

"你在胡扯些什么?"

我开不了口。我说不出自己非但丢脸丢到家，丢脸到不可原谅的地步，还搞砸生平第一次的上床机会，这可是过去八年来无时无刻不想要的机会呀。更别提我把那个自己送上门的女人吐得一身都是，接着昏死过去，让人剃了阴毛，画成了个大花脸，塞进一口木箱内。既然他晓得该上哪儿找我，他一定多少知道一点昨晚的事，而且八成甚至跟着别人一起哄整我。

"别像个娘儿们。你想跟那些可怜的流浪汉一样，沿着铁路走到镇上吗? 现在你给我出去，别被炒鱿鱼了。"

我不动如山。

"我说起来啦!"

"你在乎个鬼? 别吼我啦，我头痛。"我嘟哝。

"你给我起来就对了，不然包你不光是头痛，而是全身都痛。"

"好嘛好嘛！拜托别再嚷了！"

我爬起来，恶狠狠瞪他一眼。我的头在抽痛，浑身关节都像绑了铅块。他一直盯着我，我便转身面对墙板，直到套上裤子才脱掉睡袍，以免他瞧见我那里没有毛。尽管如此，我的脸依旧发烫。

"对了，给你一个忠告。给芭芭拉送点花准没错。另一个只是婊子，但芭芭拉是个朋友。"金科说。

我羞惭极了，一个恍神，差点没栽倒。等我回过神，便瞪着地板，心想这辈子再也抬不起头见人了。

福斯兄弟的列车已经从铁道移开，惹出满城风雨的大象车厢正接在我们的火车头后面，也就是整列火车最平稳的地方。大象车厢不是用木条钉出来的透风车厢，而是有通风口的铁皮车厢。飞天大队的人手正忙着拆下帐篷，大的帐篷几乎都放平了，乔利埃特的市街遥遥在望。一小群当地人聚过来，看我们的一举一动。

我在兽篷找到奥古斯特。他立在大象前方。

"走啊！"他大吼，象钩在它面前挥舞。

它摇摇长鼻，眨眼。

"我叫你走啊！走啊，死大象！"他走到大象后面，狠力打它腿后方。他睨起眼，大象的耳朵平贴着头。

奥古斯特瞥见我，伫在那里，一把扔开象钩，揶揄我说："昨天晚上很难挨啊？"

一片红潮从我后颈横扫整个头。

"算了，去找根棍子来，帮我把这头笨大象弄到火车上。"

彼特来到他身后，手里绞着帽子。"奥古斯特。"

奥古斯特转过身，肺都气炸了。"嗜，看在老天分上，又怎么啦？彼特，你看不出来我在忙吗？"

"大猫的肉运来了。"

"那很好啊，去喂大猫，手脚快一点，时间不多了。"

"可是你要我拿那些肉怎么办？"

"你以为我叫你去干什么？"

"可是老大——"彼特说，显然丧了胆。

"天杀的！"奥古斯特说，太阳穴的血管爆凸，"什么事都得要我一手包办吗？喏。"他把象钩往我身上一推，说："教教这个畜生做点什么事情，什么都好。依我看，它只懂得拉屎撒尿，白吃白喝。"

我接下象钩，看着他怒冲冲离开帐篷，还在看的时候，象鼻摆过我面前，朝我耳朵吹出热气。我霍地转身，迎上一只琥珀眼珠，这只眼睛在跟我眨眼。我的目光从象眼移到手上的象钩。

我目光又挪回那只眼睛，它又眨眼了。我弯腰把象钩放在地上。

它长鼻扫过眼前的地面，耳朵有如巨大树叶般扇呀扇，开口笑了。

"嗨，萝西，我是雅各。"

迟疑片刻后，我伸出手，只伸出一点点。象鼻嗖地挥过去，吹着气。我胆子大了，整条胳膊都伸出去，手搁在它肩上。它的皮肤毛毛的、粗粗的，出奇温热。

"嗨。"我又说，拍拍它，看它有何反应。

它一只耳朵前后扇动，长鼻收回来。我试探地碰碰它的鼻子，抚摸起来，心里满是柔情，沉醉其中，直到奥古斯特忽然停在我面前，我才注意他回来了。

"你们这些人今天早上都吃错药啦？彼特赖着不干正事，而你嘛，你先演了一场无端失踪的戏码，然后跑来跟大象亲热，我应该把你们这些短命鬼通通开除，象钩在哪里？"

我弯腰捡起象钩，奥古斯特一把抢过去，大象耳朵又贴回头上。

"喂，公主殿下。"奥古斯特对我说，"我有个差事你大概做得来，你去找玛莲娜，绊住她一段时间，别让她到兽篷来。"

"为什么？"

奥古斯特深吸一口气，将象钩牢牢握在手里，指节都发白了。"因为我说了算，可以吧？"他咬牙切齿。

我当然乖乖出了兽篷，打算去看到底有什么事情不能让玛莲娜见到。我拐了个弯，撞见彼特一刀划开一匹老灰马的脖子。那匹马嘶鸣起来，血从颈项上的口子喷出两公尺。

"老天爷啊！"我惊呼，倒退一步。

马的心跳慢下来，踢蹬的力道也小了。最后膝盖软了，向前倒地，前蹄犹在地面挪移，直到完全静止，眼睛圆睁，血从脖子流出，成了一摊暗红的血泊。

彼特迎上我的目光，仍然压着仍在抽搐的马。

一匹消瘦的枣红马拴在他身旁的木桩上，满眼惊恐。它鼻孔大张，露出红肉，口鼻直指向天，绳索被它拉得紧紧的，似乎随时会绷断。彼特跨过死马，手探向枣红马的头部，抓住系绳，抹它脖子。它血喷出来，临死前一阵抽搐，成了一具颓倒的尸体。

彼特站在那里，手臂无力下垂，袖子卷到上臂，仍然握着染血的刀。他看着马，等它断气了才抬头面对我。

他揩揩鼻子，啐口水，继续忙他的差事。

151

"玛莲娜？你在这里吗？"我说，敲着他们厢房的门。

"是雅各吗？"里面传来低低的声音。

"是啊。"我说。

"进来吧。"

她站在一扇开着的窗户前，看着列车的车头。我进去的时候，她转过头，眼睛睁得大大的，面无血色。

"噢，雅各……"她的嗓音打颤，泫然欲泣。

"怎么了？发生什么事了？"我说，穿越厢房。

她手捂着口，转回去面对窗户。

奥古斯特和萝西正吵吵闹闹地走到列车前面。他们的速度慢得令人难以忍受，营地每个人都驻足旁观。

奥古斯特在后面一阵猛打，萝西才向前快快走了几步。等奥古斯特跟上它，便又是一阵打，这回痛得它扬起鼻子低吼，向旁边奔跑。奥古斯特骂不绝口，跑到大象身边，举起象钩，将钩子的尖端砸向它的肩。萝西悲嗥起来，一寸也不肯移步。尽管它离我们这么远，我们仍能看出它在发抖。

玛莲娜咽下呜咽，我不假思索，握住她的手。等我察觉自己做了什么，她已经握痛了我。

萝西又受了几回皮肉之苦，瞥见列车前段的大象车厢，便举鼻呼啸，如急雷般飞奔。奥古斯特的身影消失在萝西激起的尘烟中，吓了一跳的杂工们连忙让路给萝西。它爬上车厢，显然松了一口气。

烟尘消退，奥古斯特的身影又出现了，嘴里嚷嚷着，挥舞手臂。钻石乔和奥提兹小跑到大象车厢，慢慢地、戒慎地动手关门。

十一

前往芝加哥的头几个钟头车程，金科都在拿小块牛肉干教昆妮用后腿站立行走。昆妮的腹泻显然康复了。

"起来！起来，昆妮站起来！好样的，太棒了！"

我躺在铺盖上，蜷着身子面向墙壁，浑身上下每一寸筋肉都和心绪一样苦不堪言，这必定是个教训。历历往事在我脑海盘旋，仿佛线球似的缠混成一团。我父母亲在世时送我去念康奈尔大学。我父母过世后尸身下方的绿、白地面。玛莲娜和我在兽篷跳华尔兹。玛莲娜今天早上在窗边把泪水往肚里吞。萝西什么都想碰碰、试试的长鼻。三公尺高的萝西不动如山，在奥古斯特的殴打下哀号。奥古斯特在行驶的列车顶上跳踢踏舞。奥古斯特仿佛跟象钩合而为一，气得疯魔起来。芭芭拉在舞台上摆荡两只木瓜奶。芭芭拉和奈儿对我施展专业的魅功。

昨夜的事像大铁锤一般重重打击我。我将眼皮闭得死紧，努力净空脑袋，但脑袋就是空不了。回忆愈是痛苦，愈是挥之不去。

昆妮兴奋的尖嚷终于停歇。几秒后，金科床铺的弹簧吱吱响了几声，又归于沉寂。感觉得出来，他在打量我。我翻身面对他。

他坐在床缘，光着脚丫，交叉双腿，红发凌乱。昆妮爬上他的大腿，后腿宛若青蛙一般在身后摊平。

"你到底怎么搞的?"金科说。

阳光从他身后的木条缝隙射进来，一闪一闪有如刀锋。我遮住眼睛，摆出苦瓜脸。

"我是真心想知道。你打哪儿来的?"

"从石头蹦出来的。"我翻回去面对墙壁，把枕头盖在头上。

"你在气恼什么，昨晚的事吗?"

光是听他提起昨晚，胆汁都涌到喉咙了。

"你觉得丢脸还是怎么啦?"

"哎，看在老天分上，能不能饶了我?"我没好气。

他沉默不语。几秒后，我又翻身面对他。他仍旧盯着我，抚弄昆妮的耳朵。小狗舔着他另一只手，摇着短尾巴。

"我无意对你失礼，只是我这辈子没干过那种事。"我说。

"嗯，是喔——其实，一眼就看得出来了。"

我双手抓着发疼的脑袋。我愿意付出一切来换四公升水梳洗——

他继续说:"听着，那没什么大不了的。下次你就知道喝酒要有节制，至于另一桩事嘛——唔，之前你撞见我，我总得将你一军嘛。照我看来，咱们这样就算扯平了。其实，我甚至欠你一次人情哪。昆妮吃了蜂蜜就不泻肚子了，那蜂蜜简直跟塞子一样。喂，你识字啊?"

我眨了眨眼。"啊?"

"我是说，也许你想看看书，省得老是躺在那里生闷气?"

"我还是继续躺在这里生闷气好了。"我紧紧合目，用手遮住眼皮。我的脑子太大，头盖骨太小，双眼发疼，搞不好会呕吐，而且蛋蛋发痒。

"随你。"他说。

"也许下一次吧。"我说。

"当然，随便啦。"

静默。

"金科啊!"

"嗯?"

"谢谢你借我书。"

"不客气。"

更长的静默。

"雅各啊!"

"嗯?"

"你可以叫我华特。"

我的眼睛在手下面瞪大。

他的床吱吱作响。他换了姿势。我手指张开一条缝偷看。他将枕头对折，躺在上面，从木箱取了一本书出来。昆妮在他脚边安顿下来，望着我，担忧地挑动眉头。

薄暮时分，火车抵达芝加哥。尽管脑袋胀痛，筋骨酸疼，我仍站在车厢敞开的大门前，伸长脖子好好看个清楚。毕竟，芝加哥是情人节大屠杀*的发生地，也是爵士乐、黑帮、地下夜总会之都。

远方有不少高耸的楼房。正当我努力估量哪一栋是传闻中的阿勒顿酒店，火车行经屠宰场汇集的地区。这个地带绵延数公里，列车速度减

---

* 指 1929 年的黑帮火拼事件。

缓成爬行。这些建筑平板而丑陋，畜栏里挤满动物，牛儿惊恐地哞哞叫，脏兮兮的猪猛力吸气，屁股都抵着围栏了。但这不算什么，建筑物里传出的吵嚷和气味才骇人。不出几分钟，血腥味和刺耳尖叫便让我飞逃回羊舍房间，将鼻子埋进发霉的鞍褥，只求能不闻到那死亡的气味。

我的胃够脆弱了，即使我们的营地离屠宰场很远，我仍在车厢内窝到营地完全搭建好。之后，我想和动物相伴，便进入兽篷，沿着篷壁巡视。

看着鬣狗、骆驼一干动物，甚至看着北极熊坐在地上，背抵着笼壁，用十公分长的牙齿啃十公分长的脚掌都令我爱怜不已。很难说得清我内心陡然滋生的柔情。这股情感忽然充盈我心，汹涌如洪水，坚实如方柱，细密如流水。

我父亲收不到诊疗费许久之后，仍然觉得有责任继续诊治动物。尽管不收钱无异自断生路，他就是无法眼睁睁任马儿闹疝气，也受不了看着胎位不正的牛生产。照奥古斯特、艾蓝大叔的生意手段，我是团里惟一能替动物尽心力的人。倘若换成是我父亲，或者说，倘若我父亲在这里，他必然会要求我照顾它们，一定的，对这一点，我有十成的把握。无论昨晚如何，我不能抛下动物不管。我是它们的牧者，是它们的保护人。看顾动物不仅仅是职责所在。对父亲来说，这份工作就是与动物的盟约。

有一只黑猩猩需要抱抱，所以我让他挂在我后腰，就这么巡视兽篷。我走到一大块空地，意识到那是大象的位置。奥古斯特一定是没法子让萝西离开车厢。倘若我对他有一丝丝好感，我会去看看我能不能帮上忙。但我没那个心。

"喂，医生。奥提兹觉得长颈鹿受了风寒，你要去看看吗？"彼特说。

"当然。"我说。

"来吧，波波。"彼特说，手伸向黑猩猩。

黑猩猩毛茸茸的胳膊和双腿紧抱着我。

"好啦，我还会再来的。"我试图把它的手臂掰开。

波波赖着不动。

"好啰。"我说。

它无动于衷。

"好吧，再抱一次就要下来了哦。"我说，将脸贴在它的黑色毛发上。

黑猩猩笑得露出满口牙，在我脸颊亲一下，然后爬到地上，一只手塞进彼特的手心，缓步走了。

长颈鹿长长的鼻腔流出少量鼻涕。如若是马匹，我不会担心。但我不了解长颈鹿的生理，不怕一万，只怕万一，于是我决定在它脖子上敷上膏药。我爬到梯子上，奥提兹在下面为我递东西。

长颈鹿温驯又美丽，很可能是我见过最奇异的生物。它的腿和颈项都很纤细，身躯斜斜的，覆满拼图似的纹理。三角形的头部凸起古怪的毛茸茸肉瘤，就在大耳朵的上方。它的眼睛又大又黑，还有马匹那种如丝绒般柔软的嘴唇。它套着笼头，我抓着笼头以便上药，但大多数时候它都静静不动，让我为它清鼻孔，还用布把它脖子包起来。我弄好后，爬下梯子。

"我得开个小差，你能不能罩我？"我问奥提兹，一边用破布揩手。

"可以呀，你要干吗？"

"我得去一个地方。"我说。

奥提兹睨起眼。"你该不会是想闪人吧？"

"啊？不是啦，当然不是。"

"你最好从实招来。你要是打算开溜，你溜的时候我可不要罩你。"

"我没有要溜呀，我干吗溜？"

"因为你……呃，你知道的嘛，因为某些事情。"

"不会啦！我没打算溜。那档子事就别再提了，行吧？"

还有谁没听说我出大糗吗？

我步行出去，走了三公里来到住宅区。房屋年久失修，很多窗户都用木板封死。我经过等着领救济品的长长队伍，衣衫褴褛的人无精打采，等着进入救济中心。一个黑人男孩问我要不要擦鞋，我有心应允，却没有一文钱可以付。

好不容易，我看到天主教教堂。我在靠近后面的长椅良久，注视圣坛后方的彩绘玻璃。尽管我渴盼得到赦免，却无法向神父忏悔。最后，我离开椅子，去为父母点祈福蜡烛。

正当我转身要走，却瞥见玛莲娜的身影。她一定是在我点蜡烛时来的。我只能看见她的背影，但那绝对是她。她坐在前面的长椅，穿着一件淡黄色洋装，戴着同色系的帽子。她的颈项白皙，挺着肩膀，几绺茶色秀发从帽檐下溜出来。

她跪在软垫上祈祷，我的心紧紧揪起来。

我离开教堂，不让自己进一步毁坏灵魂。

我回到营地，萝西已经在兽篷了。我不知道它是怎么过去的，我也没过问。

当我走近，它对我微笑，长鼻的尖端卷成一颗肉球来揉眼睛。我望着它两分钟，然后跨进圈住它的围索。它的耳朵贴着身体，眼睛眍起来。看来它对我有了戒心，我的心往下沉。然后，我听到了他的声音。

"雅各!"

我多看了萝西几秒，才转身面对他。

"你听我说，这两天我待你有点不客气。"奥古斯特说，靴子鞋尖在地上搔划。

我应该要说两句话，让他心里舒坦一点，但我不开口，无心跟他尽释前嫌。

"我只是想告诉你，我对你有点儿过分。你知道的，是因为工作压力的关系。压力会让人变了个样。"他伸出手，"我们还是朋友?"

我沉吟几秒才和他握手。他可是我的顶头上司，既然决定留下来，就不能做出会让他炒我鱿鱼的事，否则就未免太不明智了。

"好样儿的。"他说，紧紧握住我的手，用另一只胳膊搂我的肩。"我今天晚上带你和玛莲娜出去玩玩，补偿两位。我知道一家很棒的小店。"

"晚上的场子怎么办?"

"今晚没必要开场，又还没人知道我们在这里。不按照预定行程，横冲直撞乱闯，就是会有这个问题。"他叹息，"不过艾蓝大叔懂得怎么做最好。显然如此。"

"是吗? 昨天晚上有点……不愉快。"

"那只是鸡毛蒜皮，雅各! 鸡毛蒜皮。你九点过来。"他绽出灿烂的笑容，迈开大步走了。

我看着他离开，暗暗心惊我多么憎恶跟他在一起，而我又多么想和玛莲娜为伴。

他们厢房的门开了，是玛莲娜应的门。她穿着红缎料子，美极了。

"怎么了?"她低头看自己。"衣服沾到什么东西了吗?"她扭身，检视身躯和双腿。

"没有。你看起来很漂亮。"

她抬眼迎上我的目光。

奥古斯特从绿帘后面出来，打着白领带。他瞥我一眼说："你不能穿成这样去。"

"我没别的衣服。"

"那你得借，去吧，不过你得快一点，出租车在等了。"

我们穿越停车场，通过后街小巷，仿佛走迷宫似的。突然间，出租车在工业区一隅停下。奥古斯特下了车，递给司机一张卷起的钞票。

"来吧。"他说，带着玛莲娜出了后座，我跟上去。

我们在一条小巷内，两旁都是巨大的红砖仓库。街灯照亮了粗糙的柏油路面。风将垃圾刮得贴在巷道一侧的墙上，另一边则停了一些车辆，有敞篷跑车、双座式轿车、小轿车、甚至礼车，全是些闪亮亮的车，全是簇新的车。

奥古斯特走到一扇凹入墙面的木门前，轻快地敲门，然后等在那里，脚踩着拍子。一个长方形的门孔拉开了，孔内出现一双男人的眼睛和浓密的一字眉。他身后传来派对的律动声响。

"什么事?"

"我们来听歌。"奥古斯特说。

"什么歌?"

"怎么，法兰基的歌呀，不然还有谁。"奥古斯特说，笑眯眯的。

门孔关起来，先是咔嗒一声，再来是哐当一声，一听就知道是开防盗锁的声音。门开了。

那人上下瞟我们一眼，然后招呼我们进去，砰地摔上门。我们穿过一个瓷砖玄关，让穿着制服的店员检查衣服，之后步下几阶阶梯，来到一个大理石舞厅。豪华的水晶吊灯从高高的天花板垂下来，一只乐团在平台上演奏，舞池中尽是双双对对的舞客。桌位和 U 型的包厢座环绕着舞池。舞池再过去几步，在靠墙的地方有一个木质吧台，酒保们穿着无尾小礼服，雾面镜子前的架子上排列无数酒瓶。

玛莲娜和我坐在一个皮面包厢座，奥古斯特去点酒。玛莲娜看着乐团，叉着腿，随着音乐的节拍在摇脚，转动脚踝。

一杯酒砰地搁在我面前，一秒后奥古斯特在玛莲娜身边一屁股坐下。我探看杯子里的东西。是苏格兰威士忌加冰块。

"你还好吗?"玛莲娜说。

"还好。"我说。

"你脸色有点发青。"她继续说。

"我们雅各只是有点宿醉。我们给他一杯，看看能不能解酒。"奥古斯特说。

"嗯，要是我坐在这里会打扰二位，再跟我说一声。"玛莲娜不无怀疑，目光回到乐队。

奥古斯特举起他的酒杯。"敬友谊!"

玛莲娜移回目光，一瞥见酒杯位置，便移开目光。她拿起酒杯，和我们碰杯子，轻巧地用吸管啜饮，搭了丹蔻的指甲拨弄吸管。奥古斯特一仰而尽。当酒液沾上我嘴唇的那一刻，舌头便本能地阻挡酒液入喉。奥古斯特在看我，所以我装出吞咽的动作，才将酒杯搁下。

"就是这样呀，好兄弟。再多喝几杯，你就通体舒畅啦。"

我个人怎样我是不清楚，不过玛莲娜喝下第二杯泛着泡泡的白兰地亚历山大，她整个人都活了起来，拖着奥古斯特进入舞池。奥古斯特带着她转圈，而我探身向前，将我的酒倒入棕榈盆栽。

玛莲娜和奥古斯特回到包厢，跳舞跳得脸颊红润。玛莲娜叹息着，拿起一张曲目单扇风。奥古斯特点燃一根烟。

他的目光落在我的空酒杯。"哎呀，瞧我都疏忽了。"他站起来，"再来一轮一样的？"

"噢，管他的。"我说，提不起劲。玛莲娜只是点头，整个人又被舞池吸引住了。

奥古斯特离开三十秒之后，她蹦起来，抓住我的手。

"干吗呀？"我笑起来。她在扯我胳膊。

"来嘛！我们去跳舞！"

"什么？"

"人家爱死这支曲子了！"

"不行啦——我——"

可是没有用，我已经站起来了。她把我拖入舞池，摇头摆脑，打着榧子。当我们周遭都是舞客，她转身面对我。我深呼吸一口气，将她揽入怀里，等了两个拍子，开始跳起来，在舞池里的人海中载浮载沉。

她轻灵如空气，一个拍子也没弄错，真不是盖的，而我舞步却笨拙得可以。我不是不会跳舞，我确实能跳。只是不晓得哪根筋不对劲，我肯定自己确确实实没醉酒呀。

她一个回转离开我，又转回来，从我的手臂下溜过去，背抵着我。我的前臂倚着她的锁骨，肌肤相触。她的胸脯在我胳膊下起伏，头在我的下巴下方，秀发飘香，舞得身体热乎乎的。然后她又离开我的怀抱，像一条彩带般舒展身躯。

当音乐停止，舞客吹着口哨，手举在头上拍着，没有人比玛莲娜的反应更热烈。我瞥一眼我们的包厢座。奥古斯特瞪着眼睛，手臂交叉。我吃了一惊，拉开和玛莲娜的距离。

"警察突袭啊！"

大家僵住片刻，然后第二声叫嚷传来。

"突袭啊！快跑！"

人潮挤得我向前冲。人们尖叫着，你推我挤，慌乱地想逃出出口。玛莲娜在我前方，和我隔了几个人。她回头看，视线穿过晃动的头颅和惊恐的脸庞。

"雅各！雅各！"她嚷着。

我挣着向她前进，挤过其他人。

我在一片人海中抓住一只手，瞧玛莲娜那表情，我知道握到的是她的手。我紧紧抓住她，扫视群众，寻找奥古斯特的身影，但我只看到了陌生人。

玛莲娜和我在门口时被挤散了。几秒后，我被挤出一条巷道。人们在尖叫，爬上车子，发动引擎，按着喇叭，轮胎嘶鸣起来。

"快呀！快呀！快走呀！"

"车子快开走啦！"

玛莲娜不晓得打哪儿冒出来，抓住我的手。我们并肩奔逃，警笛大作，哨声响起。当枪声传来，我揪着玛莲娜闪到一条窄巷。

"等等。"她低呼，停下来，蹦着脱下一只鞋子。然后抓住我的手臂，脱下另一只鞋。"好了。"她一手拎着两只鞋。

我们跑了又跑，直到听不见警笛、人声和嘶鸣的轮胎。我们在后街小巷中东奔西跑，最后停在一架铁制消防逃生梯下面喘气。

"老天爷。老天爷，就差一点点呢。不知道奥古斯特有没有逃出来。"玛莲娜说。

"但愿是有。"我说，也喘不过气。我腰着弯，两手杵在大腿上。

片刻后，我抬头看玛莲娜。她直视着我，用嘴巴呼吸，开始狂笑。

"怎么了？"我说。

"喔，没什么。没什么。"她笑个不停，却是泫然欲泣。

"怎么啦？"我说。

"噢，只是在笑人生真疯狂，没什么啦。你有手帕吗？"她说，吸着鼻子，一只手指探上眼角。

我拍拍口袋，掏出一条手帕。她接过去，先揩揩前额，又把整张脸都拍按一遍。"噢，我真是一团糟。哎呀，瞧瞧我的袜子！"她尖嚷，指指没有穿鞋的脚。脚趾都从袜子破损的地方跑出来了。"唉，这是丝袜呀！"她的嗓音高得不自然。

"玛莲娜，你还好吗？"我柔声说。

她双手握拳，举在唇前低吟。我向她的胳膊伸出手，但她转过身。我本来以为她会对着墙壁，但她却继续转，像伊斯兰托钵僧那样回旋一圈又一圈。转到第三圈的时候，我抓住她的肩膀，将嘴覆上她的唇。她怔住，倒抽一口凉气，等于是从我的双唇之间吸气。片刻后，她软化下来，指尖探向我的面庞。然后她猛地离开我的怀抱，一连倒退数步，用惊骇的眼睛望着我。

"雅各，天哪——雅各。"她嗓音开岔。

"玛莲娜，对不起，我不该轻薄你的。"我向前一步，停下脚。

她注视着我，一只手按着嘴，眼里一片黑暗的虚空。然后她倚着墙，穿上鞋子，看着柏油地面。

"玛莲娜，别这样。"我伸出双手，心里好无助。

她调整一下第二只鞋，接着拔腿奔跑，跌跌撞撞向前冲。

"玛莲娜！"我说，追了几步。

她愈冲愈快，一手掩着脸，不让我看见。

我停步。

她继续走，叩叩叩地走出小巷。

"玛莲娜！别这样！"

我看着她转弯，手仍捂在脸上，显然是不想让我看见。

我摸索好几个钟头才回到营地。

在路上，我见到人家的腿从门口伸出来，见到散发救济品的告示。我见到橱窗上标着"歇业"，而且一眼就看得出他们结束营业了。我见到"不缺人手"的告示，还有二楼的窗户标着"培训阶级斗争"的告示。我见到一家杂货店的告示写着：

没钱？

那你有什么？

我们什么都收！

我经过一个售报箱。头条是"帅哥弗洛伊德再度行抢：银行失金四千元，民众欢呼"。

离马戏团一公里多的地方，我经过了一群游民。空地中央生着火，大家聚在火边。有些人不曾入睡，坐在那里凝望火焰。有人躺平在折叠起来的衣服上歇息。我离他们够近的了，看得清他们的面孔，而且看出他们多半年纪轻轻，岁数比我小。那里也有一些女孩。有两个人在亲热，甚至没躲到草丛后面，只是待在离火远一些的地方。一两个男孩漠然看着他们。已经入睡的人鞋子是脱掉了，但鞋带却系在足踝。

一个年纪大一些的男人坐在火边。他的下巴覆着胡茬，或是皮癣，或是两者兼而有之。他的面颊和无牙的人一样凹陷。我们四目相接，对望良久。我寻思他眼里的敌意为何浓得化不开，后来才记起自己穿着晚礼服。他决计不可能知道我一身行头都是借来的，我们俩其实半斤八两。我按捺下向他解释一切的不理性冲动，继续上路。

总算回到马戏团营地了。我伫立着凝望兽篷。夜空映衬出兽篷巨大的轮廓。几分钟后，我察觉自己立在大象前。我只能看得出一个黑影，而且是在眼睛适应光线后，才看出它的。它在睡觉，庞大的身躯静止不动，只有沉缓的呼吸声。我想摸它，想把手放在那粗糙温暖的皮肤上，但我舍不得吵醒它。

波波躺在它笼舍的角落，一手搁在头上，另一手放在胸膛。它深深叹息，咂着唇，然后翻身侧躺。真像人呀。

最后，我回到表演马车厢，窝在铺盖上。昆妮和华特都没被我进来的声响吵醒。

我躺到破晓也不能成眠，听着昆妮打呼，觉得自己凄惨绝顶。不到一个月之前，我只差几天就能拿到长春藤名校的学历，并且跟在父亲身边，经营事业。而现在呢？我的处境跟流浪汉没两样，窝在马戏团当差，自取其辱不止一次，而是两天连着两次。

昨天，我还不相信会有比吐在奈儿身上更丢脸的事，但昨晚便破了功。我到底在想什么？

不知道她会不会告诉奥古斯特。被象钩砸中脑袋的简短影像不时掠过脑际，在随后更简短的影像中，我见到自己起身，在此时此刻走回游民那里。但我没有起身。我割舍不下萝西、波波和其他动物。

我会振作。我会戒酒。我再也不和玛莲娜独处。我会向神父忏悔。

我用枕头一角拭掉泪水，然后紧紧闭上眼睛，幻想母亲的容颜。我努力让母亲的脸庞停驻在心头，但不久那张脸便由玛莲娜取而代之。她先是疏冷地看着乐团摇脚，接着她神采飞扬和我在舞池中回转，再来是在巷道中，她由歇斯底里变为惊恐的神色。

但我最后的思绪则关乎触觉。我的前臂下侧贴着她鼓凸的乳房。她的唇在我的唇下，既柔软又丰满。还有一个我想不透也挥不走的细节缠着我进入梦乡，也就是她的指尖轻触我面庞的感觉。

几个钟头后，金科——华特——唤醒我。

"嘿，睡美人，升旗啰。"他摇着我。

"好，谢啦。"我一动不动。

"你不起来。"

"真天才呀，你怎么知道的？"

他的嗓音高了差不多八度。"嘿，昆妮——来这边，妹妹！这边呀，妹妹！来，昆妮，舔他，乖！"

昆妮跳到我头上。

"嘿，别闹了！"我说，扬起一只胳膊来防卫。昆妮的舌头伸进我耳朵，脚在我脸上动来动去。"别闹了！乖！"

但它就是不肯停，所以我霍地坐起来，结果昆妮飞到地上。华特看着我哈哈大笑。昆妮蠕动着攀上我的大腿，两条后腿站在地上，舔着我的下巴和脖子。

"乖妹妹，昆妮，乖宝贝。雅各啊——你看来好像又碰上了——呃——有趣的一夜。"华特说。

"也不尽然。"我回答。反正昆妮都在我大腿上了，索性抚摸起它来了。这是它第一次让我摸。它的身躯温热，毛发如铁丝。

"你很快又会头重脚轻的，去吃点东西，食物可以让你肚子舒服一点。"

"我昨晚没喝酒。"

他打量我片刻。"啊。"他点点头，一副了然于心的模样。

"什么意思？"我说。

"跟女人闹别扭了。"他说。

"不是。"

"才怪。"

"才不是咧！"

"我很惊讶芭芭拉这么快就原谅你了，还是，她根本没原谅你？"他凝视我的脸几秒，又开始点头。"嗯，我敢说我看出一点端倪了。你没送她花，是吧？你以后得听我的建议呀。"

"你少插手别人的事啦。"我怒道，把昆妮放到地上，站起来。

"哇，你的脾气还真不是普通的大呢。这样吧，咱们去吃点东西，走吧。"

当我们盘子上都装满了食物，我跟着华特往他的桌位走。

"你干吗？"他停步。

"我以为我们要一起吃。"

"不行啦。每个人都有自己的桌位。再说，你跟我坐，地位会被拉下来的。"

我迟疑着。

"你这人到底哪里有毛病啊?"他说，瞥瞥我平日的桌位。奥古斯特和玛莲娜静静地吃早餐，各自瞪着盘子。华特的目光闪烁。

"什么——不会吧。"

"我什么屁都没告诉你。"我说。

"还用你说吗? 一眼就可以看破了。听着，小子，有些事是绝对不能越雷池一步的，听到了没? 这只是打个比方。而照字面意思呢，就是你得过去那一桌，装着没事的样子。"

我又看看奥古斯特和玛莲娜。他们显然对彼此视而不见。

"雅各，你听我说，他是我见过最歹毒的狗杂种，所以不管你们在搞什么名堂——"华特说。

"什么名堂都没有，绝对没有——"

"——反正你不能再搞下去了，不然你会赔上一条小命。你要是走狗运，你会去见红灯，而且大概会是在火车过桥的时候。我是说真的。现在快过去他们那一桌。"

我低头怒视他。

"快呀!"他说，朝那一桌迅速挥一下手。

我走近桌位的时候，奥古斯特抬眼看我。

"雅各! 你没事呀，太好了，我都不知道你昨晚有没有找到回来的路。万一我得到监牢里保你出来，恐怕不太好，你知道的，可能会给团里惹上麻烦。"奥古斯特嚷道。

"我也在担心你们两个呢。"我落座。

"是吗?"他装出万分惊讶的样子。

我抬眼看他。他的目光炯炯,歪着嘴微笑,神情透着一丝古怪。

"噢,我们顺利找到路回来,是吧,亲爱的?"他说,瞟玛莲娜一眼。"雅各啊,请你务必告诉我,你们两个怎么会走散了呢?你们在舞池……贴得很近呀。"

玛莲娜迅速抬头,双颊燃着红晕说:"我昨晚就跟你说过了,我们被人潮挤散了。"

"我是在问雅各,亲爱的,不过谢谢你回答。"奥古斯特用夸张的动作掯起吐司,抿着唇笑嘻嘻的。

"当时真是人挤人。"我说,拿起叉子,将叉子伸进蛋下面,"我是想跟着她啊,但就是没办法。我跑到后面找你们两个,找了一回,我觉得还是走为上策。"

"聪明呀,好兄弟。"

"你们两个后来有会合吗?"我问,将叉子往口里送,装出浑不在意的口吻。

"没有,我们各自搭出租车回来,所以多花了一份车钱。不过,只要能确保我心爱的老婆大人平安无事,多花一百倍的钱我也甘愿,是吧,亲爱的?"

玛莲娜盯着她的盘子。

"我说,是不是呀,亲爱的?"

"是的,当然。"她平平板板地说。

"倘使我以为她有任何危险,天晓得我会做出什么事来。"

我迅速抬眼,奥古斯特正死死瞪着我。

十二

一等没人注意，我便逃入兽篷。

我为长颈鹿的脖子换药。一头骆驼的脚似乎有脓肿的征兆，我给它泡冷水。我为大猫执行第一次治疗，由克里夫轻抚雷克斯的头，而我解决它爪子逆长的问题。接着我绕去找波波，带它一起巡视其他动物。只有役马我不看也不碰，不过那是因为它们随时都在干活，一有病征，自然会有人来叫我过去。

到了十点多十一点，我不过是一个兽篷里的工人。清扫笼舍啦，剁切食物啦，还跟其余工人一起拖出粪便。我的衬衫湿透，喉咙焦干。等伙房的旗子终于升起，我跟钻石乔、奥提兹一同踱出大篷，朝伙房前进。

克里夫跟上来并肩走。

"尽可能离奥古斯特远一点。他又发作了。"他说。

"怎么会？又怎么了？"乔说。

"他气炸了。艾蓝大叔要让大象参加今天的游行，奥古斯特把气出在每个人身上，像那边那个可怜虫就是了。"他指指三个穿过营地的人。

比尔、格雷迪搀着老骆穿过营地，到飞天列车。他们两个把老骆架在中间，老骆的脚落在后面拖着。

我霍地转向克里夫。"奥古斯特没揍他吧？"

"没有。只是让他吃了顿排头。都还没晌午呢，他就烂醉如泥。至于另一个盯着玛莲娜看的家伙嘛，啧啧，他这阵子不会再敢多看她一眼了。"克里夫摇摇头。

"那头臭大象要怎么游行啊。奥古斯特连叫它从车厢走到兽篷都有问题。"奥提兹说。

"这个你知我知人尽皆知，可是艾蓝大叔显然不知道。"克里夫说。

"艾蓝干吗那么急着让大象游行？"我问。

"因为他等了一辈子，就是等着有朝一日可以说'停下马！象群来啰！'"克里夫说。

"活见鬼啦。这年头谁家还有马呀？再说，我们也没有象群，就是那么一头。"乔说。

"他干吗那么巴望着说那句话？"我问。

他们一齐转头看我。

"好问题。"奥提兹总算说到，但他显然觉得我脑袋坏了。"因为林铃兄弟马戏团都是这么说的呀。当然啦，他们的大象真的不止一只。"

我遥望着奥古斯特试图将萝西和游行篷车排在一起。马匹们向侧边蹦开，在鞍具下紧张兮兮地踢踢踏踏。车夫们牢牢抓住缰绳，吼着威胁它们安静。结果恐慌蔓延开来，不久牵着斑马和骆马的那些人都得拼了老命，拉住它们。

这么过了几分钟，艾蓝大叔来了。他朝着萝西大打手势，骂个不休。等他终于闭上嘴巴，换奥古斯特开口了。他也朝着萝西比手画脚，挥舞象钩，猛打它的肩头。艾蓝大叔转向跟班，其中两人调了头，飞奔过营地。

不久之后，六匹极度犹疑的佩尔什马拖着河马篷车来了，停在萝西身旁。奥古斯特狠狠揍萝西，直到它爬上篷车。

一小时后，他们回来了。很多当地人也跟着来，待在营地边缘徘徊。马戏团有大象的风声传扬出去，群众也愈来愈多。

萝西搭的篷车直直驶到大篷后方，这时大篷已经和兽篷连接起来了。奥古斯特带着它走到兽篷的老位子。直到它站到绳索后方，一腿链在铁桩上，兽篷才开放参观。

我敬畏地看着大人、小孩簇拥着萝西。它绝对是最受欢迎的动物。它的大耳朵前后扇动，从大家手里接下糖果、爆玉米花，甚至口香糖。有个人挺大胆的，他探身向前，将一整盒的爆玉米花抛进它张开的嘴里。它也礼尚往来，拈起他的帽子戴到自己头上，然后卷起长鼻摆姿势。群众欢声雷动，然后萝西不慌不忙地将帽子还给人家。奥古斯特拿着象钩站在它旁边，像个得意的父亲似的神采飞扬。

怎么会这样，萝西压根儿不笨嘛。

当群众悉数离开兽篷，进入大篷，而艺人们就定位，准备表演大奇观，艾蓝大叔将奥古斯特拉到一边。我从兽篷另一侧看着奥古斯特先是惊得合不拢嘴，接着火冒三丈，哇哇嚷叫埋怨。他的面色转为阴沉，挥动高帽和象钩。艾蓝大叔目不转睛瞪他，完全无动于衷。最后他举起一只手，摇摇头走了。奥古斯特瞪着他的背影，愣住了。

"你想他们两个在搞什么名堂?"我问彼特。

"天晓得。不过看样子，谜底马上就会揭晓了。"

原来艾蓝大叔见到萝西在兽篷大受欢迎，心里十分欢喜，非但坚持让它参与大奇观，还要求一开场便让萝西在舞台中央表演全套节目。等我听到消息，后台团员已经在疯狂下注，打赌大象表演会如何收场。

我心心念念只有玛莲娜。

我调头拼了老命奔到大篷后面，艺人和动物都在那儿准备大奇观。萝西排在第一个。玛莲娜跨坐在萝西头上，身穿粉红亮片衣，抓住萝西丑不拉叽的皮革头部挽具。奥古斯特立在萝西左肩旁边，面露阴霾，象钩在手上一抓一放。

乐队沉静下来。艺人们赶在上台前，再拉整一下舞台服装，驯兽师们再检查一下各自的动物。然后大奇观的配乐响起了。

奥古斯特欺身向前，对着萝西的耳朵吼。大象犹豫不决，奥古斯特便挥起象钩打下去，于是萝西飞奔进入大篷的表演场地。玛莲娜平贴象头，以免撞上大篷的支柱，掉下象背。

我倒抽一口凉气，顺着篷壁向前跑过去。

萝西跑到表演区内大约六公尺的地方停下。接着玛莲娜做出种种不可异议的动作。一会儿斜挂在萝西头侧，身子平贴大象，一会儿又蹦起来，绽出笑靥，还将一条胳膊高举在天。她弓着背，踮起脚尖站立。观众为之疯狂，站在位子上鼓掌吹口哨，将花生扔进场子。

奥古斯特追上去，高高举起象钩便定住不动，转头环视观众，发丝忽地落到前额。他咧嘴笑着放低象钩，摘下高帽，深深哈腰鞠躬，向不同方位的观众一共行了三次礼。当他再度面向萝西，脸色便严峻起来。

他用象钩戳刺萝西腿部内侧各处，指引它绕着表演区走。他们有时会相持不下，然后又开始动，停顿的次数多到其余的大奇观表演只得随机应变，见他们来便让出路来，有如水流碰上石头便从两侧分流一样。

观众看得欢喜极了。每回萝西小跑步到奥古斯特前方又停步，便惹来哄堂大笑。每回奥古斯特靠近萝西，面红耳赤地挥动象钩，观众又爆笑起来。最后，绕完四分之三圈的时候，萝西举着卷起的长鼻，开始奔跑，放起一连串雷鸣般的响屁，冲向大篷后方。我人在入口处，被推向观众席。玛莲娜双手紧抓笼头，他们越来越接近我了，我也接不上气了。除非她设法脱身，否则她会被篷柱打下来。

离入口一公尺时，玛莲娜放掉笼头，拼命将身子倾向左侧。萝西离开了帐篷，玛莲娜则吊在篷柱上。观众鸦雀无声，不再肯定这是不是表演的一部分。

玛莲娜无力地吊在那里，离我不到三公尺。她气喘连连，合目垂下头部。我正要上前抱她下来，她却睁开眼皮，放掉左手，优雅地荡一下，面孔正对观众。

她的脸色焕出神采，脚尖朝地。乐队指挥正在留心这边，见状连忙下令打鼓。玛莲娜开始摆荡身子。

鼓声愈来愈急，她动作愈来愈大。不多时，她身躯便荡得和地面平行。我正在寻思她打算这么荡多久，而她这么荡又到底想干吗，她便忽然放掉篷柱，飞向空中，将身子蜷成一球，向前滚了两圈，然后向侧面翻身，稳稳地在扬起的木屑烟尘中立定。她看着脚，挺直腰杆，双臂举起来。乐队奏起胜利的乐声，群众疯狂叫好。片刻后，铜板如雨点一般落在表演区。

她一转过身，我便看得出她受伤了。她跛着脚离开大篷，我冲去追她。

"玛莲娜——"

她回过头，倒在我怀里。我扶住她的腰身，撑住她的身躯。

奥古斯特追上来。"亲爱的——我的心肝！你太棒了，太棒了！我没看过更——"

他见到我搂着她，半途收口。

她抬起头哀号。

奥古斯特和我四目相对，然后我们四臂相接，两手在她背后，两手在她膝下，做成一张人肉椅子。玛莲娜呜咽着，头倚着奥古斯特的肩膀，穿着鞋子的脚塞在我们臂膀下面，痛得绷紧肌肉。

奥古斯特亲着她的发丝。"没事了，亲爱的，有我在呢，嘘……没事了，一切有我在。"

"该去哪里？她的梳妆篷?"我问。

"那边不能躺人。"

"回火车?"

"太远了。我们去库奇舞娘的帐篷。"

"芭芭拉的帐篷?"

奥古斯特的目光掠过玛莲娜的头顶，瞪我一眼。

我们直接闯进芭芭拉的帐篷。她坐在梳妆台前的一张椅子上，身上一袭深蓝便袍，正在吞云吐雾。一见到我们，她百无聊赖的轻鄙神态顿时消失无踪。

"天哪，出什么事了？"她说，按熄香烟跳起来，"来，让她躺到床上。快，就在这边。"她在前面急急领路。

我们放下玛莲娜，她翻身侧躺，攫住脚，面孔扭曲，咬紧了牙。

"我的脚——"

"好了，甜心。没事的，一切都会没事的。"芭芭拉说着弯腰解开玛莲娜鞋子的缎带。

"哎哟，哎哟，好痛……"

"最上面抽屉的剪刀拿来。"芭芭拉回头瞥我一眼。

我听命拿来剪刀，芭芭拉剪开裤袜的脚趾部分，将袜子卷到腿上，然后将玛莲娜的光脚丫移到自己的大腿上。

"去伙房要冰块。"她说。

"我马上回来。"我说。

正当我向伙房飞蹿的时候，艾蓝大叔在我背后嚷道："雅各！等等！"

我停下脚，等他过来。

"他们呢？跑哪去了？"他说。

"在芭芭拉那里。"我喘息。

"啊？"

"那个库奇舞娘。"

"干吗呀？"

"玛莲娜受伤了，我得去拿冰块。"

他转身吼一个跟班说："你去拿冰块，送到库奇舞女的帐篷，快点！"又转向我说："你去把那个臭大象给我弄回来，不然我们会被赶走。"

"它在哪里？"

"跑去人家的后院吃菜了，那个太太很不高兴。在营地西边。趁着条子还没到，你快把它带回来。"

萝西站在一片狼藉的菜圃里，慵懒地用长鼻扫过菜畦。我走上前，它直视我的眼睛，拔了一颗紫色的包心菜，扔进铲子形状的嘴巴，又去

177

摘黄瓜。

这一家的主妇将门打开一条缝，尖叫："把那玩意儿弄走！快啊！"

"太太，真是对不起，我一定尽力。"

我站在萝西肩旁。"该走啰，萝西，好吗？"

它的耳朵向前扇，然后停下来摘一颗西红柿。

"不可以！坏坏！"我说。

萝西将红西红柿抛进嘴里，一边嚼一边笑。无疑是在揶揄我。

"天啊。"我完全拿它没辙。

萝西用鼻子卷起一些芜菁的叶子，将芜菁从土里拉出来。它仍旧盯着我，将芜菁送到嘴巴，开始嚼。我转过身，对着仍在呆望的家庭主妇摆出绝望的笑脸。

两个人从马戏团过来了。一个穿着西装，戴着日常礼帽，挂着笑容。我认出他是团里的其中一个律师，大大松了一口气。另一个人穿着黑乎乎的工作服，提着一只桶子。

"午安，夫人。"律师说，略略举举帽子，小心翼翼地穿过凌乱的菜圃。菜圃看来仿佛被坦克车辗过。他爬上通往后门的水泥阶梯。"看来您已经见过萝西了。它是世界上最大、最漂亮的大象哦。您真是好福气，它通常不会登门拜访的。"

妇人的脸仍然留在门缝内。"啊？"她哑然。

律师笑得灿烂。"没错，这的确是一种荣幸。我敢打赌，您的左邻右舍，嘿，大概整个芝加哥市的人都没有大象上门呢。当然喽，我们的人会带走它，整顿好您的菜圃，并赔偿您损失的蔬果。要不要帮您和萝西照张相呢？这样才可以拿给家人和朋友欣赏？"

"我……我……什么？"她结结巴巴。

"夫人，容我斗胆，"律师微微颔首，像在行礼，"或许我们进屋里谈比较方便？"

妇人迟疑一下，不甘愿地开了门。律师进入屋子，我转身面对萝西。

另一个人站在它正前方，提着水桶。

它欢喜极了，长鼻在桶上移动，嗅着，试图钻过他的手，将鼻子伸入那透明液体。

"Przestań！（停下来！）"他说，推开它，"Nie！（不行！）"

我瞪大了眼。

"怎么，看不顺眼吗？"他说。

"没的事，我也是波兰人。"我慌忙接腔。

"噢，不好意思。"他挥开流连不去的长鼻，右手在大腿揩揩，然后伸向我说，"我是格雷格·葛堡斯基，叫我格雷格就可以了。"

"我是雅各·扬科夫斯基。"我说，握他的手。他缩回手，护住桶子里的液体。

"Nie！Teraz nie！（不行！还不行！）"他气呼呼地说，去推那努力不懈的长鼻。"雅各·扬科夫斯基呀？啊，对，老骆跟我提过你。"

"桶子里到底是什么？"我问。

"琴酒加姜汁啤酒。"他说。

"你开玩笑。"

"大象喜欢喝酒，瞧？有了这个，它就对青菜失了兴趣。嘻！"他将长鼻打走。"Powiedziałem przestań！Później！（还要我跟你说不行吗！等一下！）"

"你怎么会知道这种事情？"

"我待的上一个马戏团有十二只大象，其中一只每天晚上都会假装闹肚子，好啦我们给它一点威士忌。好了，去拿象钩来好吗？它为了酒，大概会乖乖跟我们回去，是不是呀，mój małutki paczuszek？（我的小玫瑰？）不过还是去拿象钩，以防万一。"

"当然。"我摘下帽子搔头，"奥古斯特知道吗？"

"知道什么？"

"知道你这么懂大象？我敢打赌，他要是知道了，一定雇你来——"

格雷格的手飞快举起，"不行不行，绝对不行。雅各，我无意冒犯，但我打死也不在那个人手底下当差。我不干。再说，我也不是驯象师，只是喜欢这些大块头。好了，麻烦你跑回去拿象钩好吗？"

当我带着象钩回来，格雷格和萝西已经不在了。我调头扫视营地。

在远方，格雷格正朝着兽篷走。萝西跟在后面几尺的地方。他不时停下脚，让萝西把象鼻伸入桶子，然后再把象鼻拔出来，继续走。而萝西就像乖狗狗一样亦步亦趋。

萝西安然回到兽篷后，我回到芭芭拉的帐篷，象钩还握在手里。

我立在放下的门帘外。"呃，芭芭拉，我能进去吗？"

"进来吧。"她说。

她一人独自坐在椅子上，叉着赤裸的双腿。

"他们回火车去等医生了。"她深深吸了一口烟，"还有别的事吗？"

我脸红了，看看篷壁，看看篷顶，看看自己的脚。

"哎，见鬼了，你真可爱。"她说，将烟灰抖落在草地上，又将烟送到唇边，深深抽了一口。"你脸红了。"

她注视我良久，显然觉得我的窘态很有意思。

"你走吧。"她总算说，从唇角将烟喷出来，"你快走，以免我改变心意，再跟你玩一把。"

我跟跟跄跄出了芭芭拉的帐篷，迎头撞上奥古斯特。他的面色阴沉如暴雨。

"她怎么样了？"我问。

"医生还没来。大象弄回来啦？"

"在兽篷里了。"

"很好。"他说，从我手上抢过象钩。

"奥古斯特，等等！你去哪里？"

"我要好好教训它一顿。"他脚步停也不停。

"奥古斯特！"我在他后面嚷，"等等！它很乖！它是自己回来的。再说，你现在也不能做什么，大篷里表演还没结束呢！"

他忽地停步，一蓬烟尘暂时遮蔽了他的脚。他纹风不动立在那里，盯着地面。

过了大半晌，他说："太好了，那它的叫声会被音乐盖掉。"

我瞪着他的背影，惊得合不拢嘴。

我回到表演马车厢，躺在铺盖上，一想到萝西正在兽篷挨打便作呕到无以复加，再想到我没设法阻止奥古斯特更是作呕。

几分钟后，华特和昆妮回来了。他舞台服还没换掉，身上一袭五彩圆点的蓬蓬白色玩意儿，搭配一顶三角帽，脖子上套着伊丽莎白式的圆领圈。他正在用布抹脸。

"那是在搞什么名堂啊？"他站着说，我看着他那双太大的红鞋。

"什么？"我说。

"在大奇观的时候。那是原本就安排好的桥段吗?"

"不是。"我说。

"哇,那样的话,抢救得真漂亮。玛莲娜真不简单,不过你应该知道吧?"他咂咂舌,弯腰来戳我肩膀。

"别跟我闹了行不行?"

"怎样?"他双手一摊装无辜。

"这不好玩。她受伤了,懂了吧?"

他敛起傻笑。"噢,嘿,兄弟,抱歉,我并不知道。她会康复吧?"

"还不知道。他们在等医生。"

"要命,对不起,雅各,真的很抱歉。"他转向门,深深吸了一口气,"但那头可怜大象会比我后悔两倍。"

我迟疑一下。"它已经很后悔了,华特,相信我。"

他凝视门外。"啊,妈呀。"他双手叉腰,望着场子,"妈呀,想必如此。"

我待在表演马车厢,没出去吃晚餐,晚间表演时也没出去,害怕一见到奥古斯特,我会干掉他。

我讨厌他,讨厌他这么粗暴,讨厌自己在他手下干活,讨厌自己爱上他的老婆,讨厌自己对那头大象有几乎同等浓烈的情感,尤其讨厌我让玛莲娜和萝西失望了。不知道萝西是否聪慧到明白它受惩和我脱不了干系,进而纳闷我为何没阻止它挨揍。但我知道自己得负责。

"是脚踝。"华特回来后说,"来吧,昆妮,上来!来!"

"什么?"我低喃。在他外出的时间里,我身子始终不曾移动。

"我是说你大概想知道玛莲娜是伤到脚踝,两个礼拜就好了。"

"谢啰。"我说。

他坐在床上，注视我良久。

"唔，你跟奥古斯特之间到底怎么回事?"

"你的意思是?"

"你们俩闹僵啦?"

我撑起身子坐起来，倚着墙，总算说："我讨厌那个王八。"

"啊哈!"华特喷着鼻息，"好，你总算有点脑筋，那你干吗老跟他们厮混?"

我不答腔。

"噢，抱歉，我忘了。"

"你完全误会了。"我说，挺直上半身。

"怎么说?"

"他是我的顶头上司，我别无选择。"

"话是不错，但那娘儿们脱不了干系，这个你自己心里有数。"

我抬头怒目相视。

"好好好。"他举起双手投降，"我闭嘴，反正真相如何你自己有谱。"他转身在木箱里翻找。"喏。"他扔来一本黄色漫画，漫画滑过地面，停在我身边。"这个不是玛莲娜，但聊胜于无。"

他翻过身，我捡起来翻看。尽管那漫画露骨而夸大，我就是提不起兴致看大导演和马脸的瘦巴巴明日之星大战三百回合。

十三

我一个劲儿眨眼，试图认出自己身在何处。马脸瘦看护在大厅另一头失手打翻一托盘的食物，吵醒了我。原来我打盹了呀。这些天常常这样往返穿梭时空。要么我终于老疯癫，要么这是我潜意识排遣平淡生活的方法。

看护蹲下收拾散落地上的食物。我不喜欢她。她就是那个千方百计不让我走路的看护。我猜，她大概受不了看我巍巍颤颤的步伐吧，可是就连拉席德医生也承认走路对我有益，只是不能走太多，也不能落单。

看护把我的轮椅安放在我房门外的走廊，可是还要好几个钟头我家人才会来，我想先去看看窗外。

我大可叫看护推我过去，但那有什么意思？

我将臀部挪到轮椅边缘，伸手抓助行器。

一、二、三——

她苍白的脸从我面前冒出来。"扬科夫斯基先生，需要我帮忙吗？"

嘿。我就知道事情没那么容易。

"怎么，我只是想去看一下窗外。"我佯装惊异。

"要不你在轮椅上坐好，我推你去？"她说，双手牢牢握住轮椅的把手。

"噢，好吧，你真好心。"我向后靠着椅背，将脚拉回踏脚板上，手搁在大腿上。

看护一脸困惑。天啊，她的齿列不合问题还真严重。她站起身，等着，大概是想看看我会不会奋力一搏试图自己走吧。我愉悦地笑着，目光游到大厅另一头的窗户。好不容易，她走到我后面，握住轮椅的把手。

"嗯，扬科夫斯基先生，坦白讲，我有点讶异。你平常都……唔……坚持自己走呢。"

"噢，我是可以自己走啦。我让你推，是因为窗口没放椅子。这是怎么回事呀？"

"因为窗外没什么好看的，扬科夫斯基先生。"

"有马戏团呀。"

"那也只有这个周末，平常就只有一个停车场。"

"万一我就是想看停车场怎么办？"

"那你就看吧，扬科夫斯基先生。"她说，将我直直推到窗前。

我蹙眉。她应该和我斗嘴的呀，怎么没有呢？啊，我懂了。她以为我只是一个脑袋坏掉的糟老头。不可以惹院民发火，不可以哦，尤其是扬科夫斯基那个老家伙，不然他会把坑坑巴巴的果冻射到你身上，还声称一切纯属意外。

她举步走了。

"喂！我的助行器还没拿来呀！"我向她嚷道。

"等你不想看外面了就叫我。我会来推你走。"

"不要，我要助行器！助行器一向都放在我旁边的，把助行器拿来！"

"扬科夫斯基先生 ——"她抱着胳膊，深深叹息。

萝丝玛莉从侧厅出来，仿佛天使下凡。

"有什么问题吗?"她说，看看我，看看马脸女孩，目光又落回我身上。

"我要助行器，她不肯拿。"我说。

"我又没说不去拿，我只有说——"

萝丝玛莉举起一只手，阻止她说下去。"扬科夫斯基先生喜欢把助行器放在身边，一向如此。如果他说要助行器，请你照办。"

"可是——"

"别可是了，去拿吧。"

怒火窜烧过马脸女孩的面孔，但几乎在转瞬间便换成充满敌意的顺从。她先朝我投来杀气腾腾的目光，这才去拿助行器。她大剌剌地将助行器举在面前，气冲冲跺过大厅来到我跟前，砰地搁在我前面。若不是助行器的脚包着橡胶，那声势会惊人一点，发出刺耳的哐啷声，而不是砰一声。

我绽出假笑。我就是克制不住。

她站在那里，两手叉腰瞪我，无疑是在等我向她道谢。我慢慢别过头，仿佛埃及法老王似的高抬下巴，目光飘向红白条纹大篷。

那条纹看了真刺眼。在我们那个年代呀，只有饮食摊子才有条纹，大篷是素净的白色，起码一开始是白的。到了一季终了，白篷子可能会染上泥巴和草汁，但绝不会有条纹。这个马戏班子和往年马戏团的差异还不止这一处。这一团甚至连杂耍的场子都没有，只有一个大篷，入口的地方有个票亭，票亭边有个卖零食、纪念品的摊子。看样子，他们仍旧卖传统玩意儿，有爆玉米花、糖果、气球，不过小孩拿闪光刀剑和其他从养老院这边看不清楚的闪光玩具。我敢打赌，他们父母一定奉上了

186

大把白花花的银子。有些事是永远不会变的。土包子就是土包子，你还是可以一眼就认出谁是艺人，谁是工人。

"扬科夫斯基先生！"

萝丝玛莉俯身看我，目光搜寻我的眼睛。

"啊！"

"要吃午餐了吗，扬科夫斯基先生？"她说。

"还没中午吧，我才刚刚到这里。"

她看看自己的表，是正宗的手表，有指针的那一种。电子表三两下就坏了，谢天谢地。你有能耐做出来的东西，未必真的应该做出来。世人要到什么时候才学乖？

"再三分钟就十二点了。"她说。

"啊，好，今天星期几？"

"怎么，是星期天呀，扬科夫斯基先生，今天是主日，是恳亲日。"

"这个我知道，我的意思是今天吃什么？"

"我敢打包票，今天的菜单一定不合你胃口。"她说。

我抬头，打算动怒。

"嘿，好啦，扬科夫斯基先生。只是开个玩笑。"她笑说。

"我知道啊。喂，我不能表现一下幽默感吗？"

但我心里确实在犯嘀咕。我可能真的失去幽默感了。我啥都不肯定了。我太习惯别人训斥我，把我放在轮椅上推来推去，照顾我，一切为我代劳，如今突然有人真的把我当人看待，我都不知道该怎么应对进退了。

萝丝玛莉想把我推到平日的桌位，但我抵死不从。只要那个老屁蛋麦昆迪在座，一切免谈。他又戴着纸帽了。铁定一早起床便吩咐看护为他戴上纸帽，死白痴，搞不好连睡觉都没摘下来咧。氢气球还系在他轮椅后面。这会儿气球开始瘪了，飞不太动，欲振乏力地在线尾飘着。

当萝丝玛莉将我的轮椅推向他，我吼说："哼，想都别想，那边！去那边！"我指着角落的一张空桌，那是离我老桌位最远的桌子。希望在那边听不到老桌位的交谈声。

"哎，别这样，扬科夫斯基先生。"萝丝玛莉说，停下轮椅，来到我面前。"你总不能跟他闹一辈子别扭。"

"谁说的，我的一辈子说不定只到下个礼拜。"

她双手叉腰。"你还记得是什么事情惹得你大动肝火吗？"

"当然记得，是因为他撒谎。"

"又是那件大象的事？"

我嘟着嘴，算作回答。

"你知道他并不认为自己在胡说。"

"荒谬，说谎就是说谎。"

"他老了。"她说。

"他小我十岁。"我倨傲地挺直腰杆。

"扬科夫斯基先生啊。"萝丝玛莉说，叹息着仰望上方，仿佛寻求帮助。然后蹲在我轮椅前，握住我的手。"我以为你跟我有默契呢。"

我皱眉，平常看护雅各的戏码不是这样演的啊。

"他或许是记错了细节，但他无意扯谎。他真心相信他曾经提水给大象喝，他是真心相信的。"

我不答腔。

"有时候，当人老了——我不是在说你哦，我是指一般的情况，因为每个人变老的症状是不一样的——有时候，当人老了，朝思暮想的事情和愿望就变得仿佛确有其事，然后你开始相信那些都是真的，就在不知不觉中，幻想的事成了你的往事。如果这时有人反驳你，说那些都是假话，嘿，你就会觉得受到冒犯，因为你不记得一开始那只是幻想，你只知道有人骂你说谎。所以呢，就算你是对的，你能不能理解麦昆迪先生为何动怒？"

我低头绷着脸。

她继续柔声说："扬科夫斯基先生，让我推你去朋友的桌位吧，好啦，就算是帮我一个忙吧。"

嘿，帅呆了。这么多年来第一次有女人要我帮忙，偏偏却是我咽不下气的一件事。

"扬科夫斯基先生！"

我抬眼看她。她光滑的面庞离我半公尺。她直视我的眼睛，等待响应。

"哎，好啦。但别指望我跟人讲话。"我嫌憎地摆摆手。

我在席间始终没开口，耳朵听着老骗子麦昆迪大谈马戏团的精彩表演和童年往事，眼睛看着银发老太太们向他凑近，听他口沫横飞，眼里放射出崇拜的如梦似幻眼神。我气翻了。

正当开口欲言，我瞥见萝丝玛莉。她在食堂另一头俯身帮忙一个老妇人，将餐巾塞进她的领口。但她盯着我。

我又闭上嘴，但愿她明白我费了多大劲儿在按捺脾气。

她确实明白。一个淋着食用油制品的茶色布丁坐到我面前，静置一会儿又撤下之后，她弯下腰和我咬耳朵："我就知道你办得到，扬科夫斯基先生，我就知道。"

"嘿，嗯，那可不容易啊。"

"总比一个人坐一桌好吧?"

"大概吧。"

她又翻白眼。

"好嘛好嘛，跟人坐大概是比单独坐好。"我不情愿地说。

十四

　　玛莲娜出事已经六天了，还不见她离开车厢。奥古斯特不再到伙房用餐，所以我坐在我们那一桌的时候，很难不注意到自己形单影只。有时我在照料动物的时候碰见奥古斯特，他有礼而疏远。

　　至于萝西呢，我们在每个城镇都将它放在河马篷车中游街，然后送进兽篷展示。它学会了跟着奥古斯特从车厢走到兽篷，而奥古斯特也不再卯起来狂打它。它会拖着沉重的脚步和他并肩同行，而奥古斯特则把象钩紧紧抵着萝西前腿后方的皮肉上。有一回在兽篷，它站在围绳后面，欢快地逗弄观众，收下糖果。尽管艾蓝大叔没有明言，但是似乎没有打算立刻恢复大象表演。

　　日子一天一天过去，我愈来愈记挂玛莲娜。每一回到伙房，我都暗自希望见到她。而每一次没见到她，我的心便往下沉。

　　又在一个不知名的烂地方度过漫长的一天。从铁路上，那些城镇看来全都一个样。飞天大队正准备上路。我窝在铺盖上读《奥赛罗》，华特在床上读华兹华斯的诗集，昆妮贴着他蜷缩起来。

　　它抬起头低吼，华特跟我都霍地坐直。

厄尔的大秃头从门框探进来。"医生！喂！医生！"

"嗨，厄尔，怎么啦？"

"我需要你帮忙。"

"没问题，是什么事？"我把书放下，朝华特瞥了一眼。他让局促不安的昆妮紧紧倚着他。昆妮仍在低鸣。

"是老骆，他麻烦大了。"厄尔粗嘎地说。

"哪种麻烦？"

"他的脚怪怪的，软趴趴使不上力。他说什么也不让旁人靠近，他的手也不怎么听使唤。"

"是喝醉酒吗？"

"这一次不是喝醉，但跟醉了没差别。"

"要命，厄尔。他得看医生。"

厄尔皱起额头。"是啊，所以我才来找你嘛。"

"厄尔，我不是医生。"

"你是兽医。"

"那不一样啦。"

我瞄华特一眼。他在假装看书。

厄尔满怀期待地望着我。

我最后说："听好，倘若他状况不妙，就让我去和奥古斯特或艾蓝大叔谈谈，看看我们到达杜标克的时候，能不能请个医生帮他看病。"

"他们不会帮他请医生的。"

"为什么？"

厄尔不快地打直腰杆："该死，你啥都不知道？"

"他要是真的闹重病，他们当然就会——"

192

"就会直接把他扔下火车。"厄尔斩钉截铁地说,"好啦,倘若他是动物……"

我脑筋一转,便明白他是对的。"好,那我自己去找一个医生过来。"

"怎么找?你有钱吗?"

"呃,没有。"我羞赧地说,"老骆有吗?"

"要是他有钱,你想他还会喝姜汁药酒跟酒精膏做的饮料吗?哎,你走不走啊,难不成你连帮他看一下也不肯?当初老家伙可是拼了命帮你忙呀。"

我连忙出声:"这个我知道啊,厄尔。但我不晓得你指望我做什么?"

"你就是医生,就帮他看一下嘛。"

远方传来哨声。

"快啦。再五分钟就发车了,我们得过去了。"厄尔说。

我跟着他到载运大篷的车厢。楔子马已经全部就位了,每个飞天大队的成员都在拆卸斜坡道,爬上车厢,将车门关上。

"嘿,老骆,我带医生来了。"厄尔朝着敞开的车门嚷。

"雅各?"里面传来沙哑的嗓音。

我跳上车,一会儿后眼睛才适应里面的幽暗,看见老骆待在角落的身影。他蜷缩在饲料袋上。我走过去跪下来。"怎么啦,老骆?"

"我也摸不着头脑哇,雅各。几天前起床的时候,脚就软趴趴的,就是没有感觉。"

"你能走路吗?"

"一点点,但我得把膝盖举得高高的,因为我的脚掌都瘫掉了。"他的嗓音降成低喃,"还不止这样哪,另一个家伙也是。"

"什么家伙？"

他的眼睛圆睁，射出恐惧的目光。"男人的家伙啊。我……前面那一根完全没感觉了。"

火车颤震着，慢慢向前行，拉紧了车厢的挂接处。

"要发车了，你得下去了。"厄尔说，拍拍我肩膀。他去为我拉开车门，挥手招我过去。

"这一段路我跟你们一起坐。"我说。

"不可以。"

"为什么？"

"因为会有人听说你跟杂工交情不错，而且很可能就是这些家伙，然后就把你扔下车。"

"妈的，厄尔，你不是保镖吗？叫他们闪开。"

"飞天大队列车不归我管，这里是老黑的地盘。"他说，更加急迫地招我过去，"快走啦！"

我直视老骆的眼睛。他的眼瞳透出恐惧和哀求。我说："我得走了。等我们到了杜标克，我再来找你。我们会帮你弄来医生，你会好起来的。"

"我一毛钱也没有。"

"没关系，我们会想出法子的。"

"走啦！"厄尔叫道。

我一手搭着老人的肩膀。"我们会想出法子的，好吗？"

老骆带着眼屎的眼睛泛出泪光。

"好吗？"

他点头，只点了一下。

我站起来，走到门口。"该死。"我盯着快速飞逝的景物，"我还以为火车加速没这么快。"

"而且还会越来越快哦。"厄尔说，一手抵着我的后背中心，把我推下去。

"搞什么！"我叫道，像个风车似的挥动手臂，撞上碎石地，滚成侧躺。砰一声，另一个人落到我身边。

"你看吧。"厄尔站起来，拍掉背后的尘土。"我就跟你说他状况不妙。"

我惊讶地望着他。

"干吗？"他看来茫惑不解。

"没什么。"我说，爬起来，拍掉身上的尘土和细石。

"来吧，最好在别人看到你跑这儿来之前快回去。"

"跟他们说我来检查役马就好啦。"

"噢，好借口。对，难怪你是医生而我不是，嗯？"

我猛摇头，但他的神情坦率不移。我放弃，开始走向我们的列车。

"怎么啦？"厄尔在我后面叫，"你干吗摇头，医生？"

"是什么事情呀？"华特见我进门便问我。

"没什么。"我说。

"是哦，他来的时候，我也在旁边诶。招了吧，'医生'。"

我迟疑着。"是飞天大队的一个工人啦，他身子不对劲。"

"显然如此。你觉得他怎么样呢？"

"很害怕，而且坦白讲，也怪不得他。我想帮他请个医生，可是我一文钱也没有，他也是。"

"你很快就有钱啦，明天就发钱了，不过他有什么病征?"

"他的手脚跟……嗯，其他玩意儿失去知觉。"

"什么玩意儿?"

我目光向下移，"你知道的嘛……"

"哇，要命。"华特说，坐直了身子，"我就知道。不用请医生啦，他是得了药酒腿。"

"得了什么?"

"药酒腿，药酒腿，跛脚，不管怎么称呼，反正都是同一个症状。"

"从来没听说过。"

"有人做了一大堆的烂药酒，就是在药酒里加了可塑剂还是啥的进去。这批酒销到全国去，喝到一瓶，你就完蛋了。"

"'完蛋'? 什么意思?"

"瘫痪啊，那种要命玩意儿下肚两个礼拜内就发病。"

我惊呆了。"你怎么知道的?"

他耸肩。"报纸上写的。大家才刚刚发现这种病打哪儿来的，可是已经很多人遭殃了，搞不好有上万人哪。大半是南部的人。我们去加拿大的路上，有经过南部，也许他就是在那里买药酒的。"

我停顿一下，才开口问下一个问题。"医得好吗?"

"不行。"

"完全束手无策?"

"我跟你说过啦，他完蛋了。不过，你要是想白白花钱找医生确认这个病没药医，那就随便你。"

黑、白火花在我眼前爆开，变幻无常的闪烁形状令我看不见任何东西。我扑通倒在铺盖上。

"嘿，你没事吧？哇，朋友，你脸色有点发青，你该不会想吐吧?"

"没有啦。"我的心扑扑跳，血液咻咻流过耳朵。我刚刚记起我来到马戏团第一天，老骆曾经拿着一小瓶恶心液体要请我喝。"我没事，谢天谢地。"

第二天，早餐刚过，华特和我到红色卖票篷车跟着大家一块排队。九点整的时候，篷车内的人招第一个人上前，是一个杂工。片刻后，他怒气冲天踱步出来，诅咒着啐了一口唾液到地上。第二个人也是杂工，也是气鼓鼓离开。

排队的人你看我，我看你，用手遮着嘴交头接耳。

"不妙。"华特说。

"怎么了?"

"看来是艾蓝大叔扣钱法。"

"什么意思?"

"大部分的马戏班子在发饷的时候，会扣一点薪水，到一季结束才补。可是艾蓝大叔缺钱的时候，他是扣留全部的薪水。"

"该死!"我说。第三个人火冒三丈冲出去。两个工人满脸阴郁，嘴里叼着手卷烟，离开了队伍。"那我们干吗继续排队?"

"扣钱也只扣得到工人的钱，艺人和领班的钱照例是不会扣的。"华特说。

"可是我既不是艺人也不是主管。"

华特打量我两秒。"确实，我也不晓得你到底该算啥，我只知道不管谁跟总管坐在同一桌用餐，都绝对不是工人。"

"他们常常扣钱吗?"

"是啊。"华特说，百无聊赖地用脚拨弄尘土。

"艾蓝大叔有补发过吗？"

"我听说啊，不过我想从来没人试过啦，我听说倘使他一连四个礼拜都没发钱给你，你最好就别在发薪日出现了。"

"为什么？"我又看见一个脏兮兮的人怒骂不止地咚咚咚走掉。我们前面三个工人也走了，垮着肩膀回火车。

"简单讲，不能让艾蓝大叔觉得你是他的财务负担，要不然哪，哪天晚上你就会失踪。"

"什么？会去见红灯吗？"

"你他妈的对极了。"

"感觉有点离谱。我是说，让他们留在原地不就结了？"

"要是他欠工人钱，风声传出去会有多好听？"

我前面只剩一个人了，就是绿蒂。她的金发弄成指头粗细一鬈一鬈的，在阳光下闪闪发亮。红篷车窗口内的人招她上前，两人愉快地闲聊。男人从钞票叠中抽出几张递给她，她用口水沾湿指头数钞票，数好了卷起，从领口塞进衣服里。

"下一个！"

我上前。

"姓名？"那人看也不看地说。他是个小个子，秃头上只剩一圈稀疏的发丝，挂着一副铁框眼镜。他盯着面前的账本。

"雅各·扬科夫斯基。"我目光溜到他后方。篷车内部嵌着雕花木板，天花板有上漆。后面有一张办公桌和保险箱，一边墙上附着一个洗手台。后墙上有一幅美国地图，上面钉着彩色图钉，大概是我们巡回演出的路线吧。

男人的指尖划过账本，划到底了又移到最右边的那一栏。"抱歉。"

"'抱歉'是什么意思？"

他抬眼看我，一派诚挚。"艾蓝大叔不希望一季告终的时候有人破产。他一向扣留四个星期的薪水。等这一季结束你就能领钱了。下一个！"

"可是我现在要用钱。"

他盯着我，一副没得商量的模样。"这一季结束你就能领钱了。下一个！"

华特走向窗口，我朝地上啐一口口水，快步离去。

我在替红毛猩猩切水果时，想到筹钱的办法。一个影像掠过我心头，是一张告示：

    没钱？

    那你有什么？

    我们什么都收！

我在第四十八号车厢前踱来踱去起码五次，才爬上去敲三号厢房的门。

"谁呀？"奥古斯特说。

"是我，雅各。"

片刻的停顿。"进来吧。"

我开门，踏进去。

奥古斯特站在一扇窗前，玛莲娜坐在一张长毛绒椅上，光脚丫搁在踏脚凳上。

"嗨。"她说，红了脸，将裙子拉下盖住膝盖，抚平大腿上的裙子。

"哈啰，玛莲娜。你的伤好点了吗?"

"好些了，可以走一点路了，再不久就能完好如初了。"

"你来有什么事? 倒不是说我们不高兴见到你。我们很想念你呢，是不是呀，亲爱的?"奥古斯特插嘴。

"呃……是啊。"玛莲娜说，抬眼看我。我面红耳赤。

"哎呀，我真失礼，你要不要喝一杯?"奥古斯特说，目光出奇严厉，嘴角僵硬。

"不用了，谢谢。"他的敌意出乎我意料之外，"我不能待太久，我只是要问你一件事。"

"什么事?"

"我得找个医生。"

"为什么?"

我犹豫着。"我情愿不要说。"

"这样啊，我明白了。"他朝我眨眨眼。

"什么?"我惊恐起来，"不是，不是我。"我瞟一眼玛莲娜，她连忙把头转向窗户。"是我的朋友要看病。"

"是是是，当然如此。"奥古斯特在微笑。

"不是，真的，而且也不是……哎，我只是在想，不知道你有没有认识的医生。算了，我自己进城找好了。"我转身要走。

"雅各!"玛莲娜叫我。

我在门口停步，看着狭窄走廊的窗外深呼吸两口气，这才转身面对她。

"明天到达芬波特的时候，有个医生会来看我。等他帮我看好之后，要不要我叫人去找你过来？"她沉静地说。

"那就太感谢了。"我说，略略举一下帽子，走了。

第二天一早，在伙房排队的人议论不休。

"都是那个臭大象害的。反正它什么把戏都不会。"我前面的人说。

"可怜哦。人命还不如一只畜生值钱。"他朋友说。

"不好意思，插个话。你说是大象的关系，这话怎么说呢？"我说。

第一个人瞪着我。他肩膀宽阔，穿着脏兮兮的咖啡色外套，脸上皱纹很深，一副饱经风霜的模样，皮肤黑得像葡萄干。"因为它那么贵呀，而且他们还买了大象车厢。"

"不是，我是指什么事情是大象害的。"

"昨晚好些人不见了，起码六个，说不定还不止呢。"

"什么，就从车上不见？"

"正是。"

我把半盘食物放在保温桌上，走向飞天大队。迈开几个大步，我撒腿跑起来。

"喂，朋友！你还没吃呢！"那人叫我。

"别烦他，贾克！他大概得去看看朋友是不是不见了。"他的同伴说。

"老骆！老骆，你在吗？"我站在车厢前，试图看清昏暗的车厢内部。"老骆！你在吗？"

没有回答。

"老骆！"

阒无声响。

我回转身子，面对营地。"要命！"我踢一脚碎石地，再踢一脚。"要命！"

说时迟那时快，车厢内一声低哼。

"老骆，是你吗？"

一个幽黑的角落传来含混的声音。我跳上车厢。老骆正倚着最里面的厢壁躺着。

他不省人事，犹自抓着一只空瓶。我弯腰从他手里取下瓶子。是柠檬汁。

"你是哪一号人物，你又以为你在干吗？"背后一个声音问我，我转身。是格雷迪。他站在敞开的车门外，抽着一根烟。"噢——嘿，不好意思啊，雅各。刚刚没认出你的背影。"

"嗨，格雷迪。他状况怎么样？"

"看不太出来。他打从昨天晚上就醉茫茫的。"

老骆打着呼，想要翻身，左臂软软瘫在胸口。他咂咂舌，开始打鼾。

"我今天会找医生过来。你先看着他，好吗？"

"这个还用你说。你以为我是哪种人？老黑吗？你以为他是怎么平安度过昨天晚上的？"格雷迪反讥。

"我当然不认为你是——哎，要命，算了。听着，如果他清醒过来，想办法别让他再喝酒了，好吗？我晚点再带医生过来。"

医生伸出胖手接下我父亲的怀表，戴着夹鼻眼镜翻来覆去地检看，又打开盖子查看表面。

"行，这个可以。你哪里不舒服？"他说，将怀表放进背心口袋。

我们在奥古斯特和玛莲娜厢房外的走廊。厢房门仍然开着。

"我们得到别的地方。"我说，压低音量。

医生耸耸肩。"没问题，走吧。"

我们一到外面，医生便向我说："我们要去哪里看诊？"

"我没有要看病，是我的一个朋友。他的手脚不太对劲，还有别的地方怪怪的。等你见到他，他会告诉你的。"

"原来如此。我听罗森布鲁先生说，你有一些……私人的问题。"

医生跟着我沿铁路走，面上露出异色。等我们将漆得闪亮亮的车厢抛在背后，他看来起了戒心。等我们走到飞天大队的破旧车厢，他满脸嫌憎。

"他在这里。"我跳上车厢。

"麻烦借问一下，我要怎么上去？"

厄尔从阴暗处冒出来，拿着木箱跳下车，将木箱放在车门前，用力拍两下。医生瞪着木箱片刻，才举步爬上来，将黑皮箱傲然抱在胸前。

"病人在哪里？"他眯着眼睛扫视车厢内部。

"在这边。"厄尔说，老骆缩在角落。格雷迪和比尔在他身边。

医生走向他们。"请让一让。"

他们散开了，惊讶地喃喃低语。他们移到车厢另一头，伸长脖子拼命要看医生的一举一动。

医生靠近老骆，蹲在他身边。我不禁注意到，他没让膝盖碰到地板。

几分钟后，他站起来说："牙买加姜汁药酒瘫痪，不会错的。"

我从齿缝间倒抽一口气。

"什么？那是什么病？"老骆嘶哑地问。

"病因是姜汁药酒。"医生特别加强最后四个字。

"可是……怎么会？为什么？"老骆说，眼睛慌忙搜寻医生的脸孔，"我不明白，我都喝了好多年了。"

"是啊，我猜也是。"医生说。

怒火有如涌上我喉咙的胆汁。我走到医生身旁。"我想你还没回答他的问题。"我尽量让语气平静。

医生转过头，隔着眼镜打量我。停了几拍之后，他说："这种病是一家制造厂商添加的甲酚复合物造成的问题。"

"天哪。"我说。

"一点也不错。"

"他们干吗添加那种东西？"

"是为了规避姜汁药酒必须难以下咽的法条规定。"他转回老骆身上，提高嗓门说："这样人家才不会拿药酒来当酒类的替代品。"

"这个病会好吗？"老骆的音调很高，嗓音开岔。

"不会，恐怕好不了了。"医生说。

我身后的其他人都倒抽一口凉气。格雷迪走上前，直到和我肩贴着肩才停下来。"且慢——你是说你啥都帮不上忙？"

医生打直腰杆，拇指插在口袋里。"我？一点忙也帮不上。"他像只狐狸般五官揪成一团，仿佛想单单靠着面部肌肉的力量就关闭鼻孔。他拿起皮箱，朝着车门走。

"你再等一下。假如你不会医这个病，那有没有哪个医生能医？"格雷格说。

医生转过身，只向我一个人回话，大概是因为诊疗费是我付的吧。"这个嘛，有很多人会收钱告诉你怎么治疗，什么浸在油里面啦，电击啦，可是那些疗法通通不济事。过上一阵子，他的肢体可能会恢复部分

204

功能，但那也很有限。说真的，他当初根本不该喝那玩意儿的。你晓得的，喝酒根本就违反联邦法律啊。"

我哑口无言。我想，我的嘴巴可能是开着的。

"还有别的事吗？"他说。

"麻烦再说一遍好吗？我没听清楚。"

"还——有——别——的——事——吗？"他的语气活似我是白痴。

"没有了。"我说。

"那么就告辞了。"他稍稍扬一下帽子，戒慎地步下木箱，踏上地面。走了十来公尺，将皮箱放在地上，从口袋抽出手帕，小心翼翼地擦手，一个指缝也不放过。然后他拎起皮箱，呼一口气走了，带走老骆最后一线希望和我父亲的怀表。

当我回过身，厄尔、格雷迪、比尔都跪在老骆身边。泪水汩汩淌落在老人的脸颊。

"华特，我得跟你商量。"我冲进羊舍房间。昆妮抬起头，一见是我，头又搁回脚爪上。

华特放下书。"怎么啦？什么事？"

"我得请你帮忙。"

"那就说吧，怎么回事？"

"有个朋友状况不妙。"

"就是那个得了药酒腿的人？"

我停顿一下，"是的。"

我走到铺盖前，却心焦得无法坐下。

"嗯，说下去啊。"华特不耐烦地催我。

"我要把他带来这里。"

"啊?"

"不然他会去见红灯的。昨天夜里,他的朋友把他藏在一捆帆布后面,才让他逃过一劫的。"

华特惊骇地望着我。"你一定是在开玩笑。"

"听着,我知道我搬进来的时候,你一点也不开心。我也知道他是一个工人,可是他年纪大了,而且状况不妙。他需要帮助。"

"那我们到底该拿他怎么办?"

"只要别让老黑看到他就行了。"

"要躲多久?一辈子?"

我扑通坐到铺盖边上。他说得有理。我们不能藏着老骆一辈子。"要命。"我用掌根打前额,一遍又一遍。

"喂,别打了。"华特说,倾身向前,合上书本。"这是很严重的事情,我们该拿他怎么办?"

"不知道。"

"他有家人吗?"

我猛地抬头看他。"他提过有个儿子。"

"好,这下有点眉目了。你知道这个儿子住在哪里吗?"

"不知道。我看他们没有联络。"

华特瞪着我,手指敲着腿。经过半分钟的沉默,他说:"好吧,带他过来。别让人看到你们,不然我们就倒大霉了。"

我惊奇地抬眼看他。

"怎样?"他说,挥走额头上的一只苍蝇。

"没什么。不对,我是说谢谢你,太感谢了。"

"喂，我也是有良心的。"他说，身子向后躺，拿起书本，"我可不像某些我们爱戴的人哪。"

华特和我趁着下午演出结束而晚场尚未开始的空当轻松一下，这时门上响起一阵轻敲。

他蹦起来，踢翻了木箱，不禁骂骂咧咧，连忙接住煤油灯，以免落到地上。我走到门口，紧张地瞥一眼几只大衣箱。那些衣箱从左到右，堆在靠近后壁的地方。

华特扶正煤油灯，微微向我颔首。

我开门。

"玛莲娜！"我门一拉，打开的门缝比我原先盘算的更大。"你来干吗？不是，我是说，你的脚好了吗？要不要坐下？"

"不用了。"她说，脸孔距我几公分，"我没事，只是有几句话想跟你说。你一个人吗？"

"呃，不是，不尽然。"我说，朝华特瞄一瞄，他正在拼命摇头摆手。

"那你能到我们厢房吗？一下就好。"

"好啊，当然。"

她转身，小心翼翼地走到车厢门口。她脚上穿着便鞋，不是正式的鞋子。她坐在车厢边上，慢慢放下身子。我看了一会儿，见她跛脚的情况不明显，松了一口气。

我关上房门。

"妈呀。差点把我吓出心脏病。要命，老哥，咱们俩到底在干吗？"华特说。

"喂，老骆，你在箱子后面还好吗？"我说。

"很好啊，她看到我了吗?"衣箱后面传来低语。

"没有，你很安全，暂时。不过，我们得非常小心。"

玛莲娜坐在长毛绒椅上，叉着两条腿。我刚进去的时候，她正俯身在揉一只脚的足弓。当她见到我，便停下手，靠回椅背。

"雅各，谢谢你过来。"

"哪里的话。"我说，摘下帽子，不自在地抓在胸前。

"请坐。"

"谢谢。"我就近挨着一张椅子的边上坐下。我环视厢房说："奥古斯特呢?"

"他和艾蓝大叔在和铁路公司的人谈事情。"

"这样呀，有什么大不了的事情吗?"

"只是谣传，说是我们把人送去见红灯了。我肯定他们会搞定的。"

"谣言啊，是哦。"我说，帽子抓在大腿上，玩弄帽檐，等她开口。

"我……呃……在担心你。"她说。

"是吗?"

"你身体没问题吧?"她沉静地问。

"当然没问题。"我忽然意识到她在问什么，"天哪 —— 不是你想的那样。看医生的人不是我。我是找他来帮一个朋友看病，而且那个病也不是……不是那种病。"

"噢。"她干涩地赔笑，"很高兴知道这一点。很抱歉，雅各，我不是要让你发窘。我只是担心你的身体。"

"我很好，真的。"

"那你的朋友呢?"

我屏住气片刻。"不太好。"

"你的女朋友会好起来吗?"

"女朋友?"我抬眼看她,吓了一跳。

玛莲娜垂下眼帘,手搁在大腿上,绞着手指。"是芭芭拉吧?"

我咳了一下,然后呛到。

"哎呀,雅各——天呀,我连问个话也问得一团糟。我不该过问的,真的,请原谅我。"

"不是啦,我跟芭芭拉根本不熟。"我脸红得连头皮都发痒了。

"没关系的,我知道她是一个……"玛莲娜尴尬地扭着手,没有接完话,"唔,尽管如此,她并不是坏女人,其实,她人挺不错的,只是你要——"

"玛莲娜。"我的音量大到让她停下话头。我清清嗓子,继续说:"我没有跟芭芭拉交往。我几乎不认识她。我这辈子跟她讲过的话应该还没超过十句。"

"啊,小奥说……"

我们坐着,令人难以忍受的沉默持续将近半分钟。

"这么说,你的脚好些了?"我问。

"是啊,多谢关心。"她的手交握得好紧,指节都白了。她咽咽口水,盯着大腿。"还有一件事我想谈一谈,就是在芝加哥巷子里的事。"

我连忙接腔:"一切都是我的错。不知道我是哪里出了毛病,大概是一时的鬼迷心窍吧。真的很抱歉,我向你担保,那种事绝对不会再发生了。"

"噢。"她静静说。

我抬眼,怔了。除非是我会错意,否则我刚刚真的冒犯到她了。"我不是指……倒不是说你不……我只是……"

"你是说你那时不想吻我?"

我放掉帽子,举起双手。"玛莲娜,请你帮帮我,我不晓得你要我说什么。"

"假如你本来就无意,事情就简单多了。"

"无意什么?"

"无意吻我。"她镇定地说。

我移动下颚,但过了好几秒才发出声音。"玛莲娜,你在说什么?"

"我……我也不知道。我都不知道该怎么想了。我一直无法停止惦念着你。我知道不该对你有这份心,但我就是……嗯,我只是在想……"

当我抬头,她的脸蛋红如樱桃。她的手一握一松,目光死死盯着大腿。

"玛莲娜。"我起身,向前一步。

"我想你该走了。"她说。

我注视她几秒。

"拜托你走。"她说,没有抬眼。

于是我便离开了,但身体内的每一块骨头都嘶嚷着不愿走。

十五

　　老骆就这么躲在衣箱后面。华特跟我在那里铺了些毯子，让他瘫痪的身体不至于和地板硬碰硬。他瘫得厉害，即使有心爬出来，恐怕未必爬得动。不过，他惧怕暴露行迹，从没试图出来。每一夜火车驶动，我们便拉开衣箱，要么扶他靠着角落坐着，要么把他放到便床上，端看他是想坐抑或想继续躺平。华特坚持把床让给老骆，于是我坚持把铺盖让给华特，所以我又回去睡角落的鞍褥。

　　跟我们同住还不到两天，老骆便抖得厉害，连说话都成问题。华特中午回火车给老骆送食物，见他情况很糟，便跑到兽篷跟我说，但奥古斯特盯着我，我不能回火车。

　　时近午夜，华特和我并肩坐在床上，静待火车激活。等火车一动，我们便将几只衣箱拉离墙壁。

　　华特跪下，手插进老骆胳肢窝，把他拉成坐姿。然后从口袋里掏出一只瓶子。

　　老骆目光落到瓶身，又霍地移到华特脸上，泪水已然盈眶。

　　"那是什么？"我连忙问。

　　"还会是什么？当然是酒啰，真正的酒，好酒。"

老骆颤抖的手伸向酒瓶。华特仍然撑着他的身体，一边打开瓶盖，将瓶口送到老人唇边。

又过了一周，玛莲娜仍然在厢房隐居。我心焦极了，只想见到她，不时思忖如何偷窥窗内的动静才不会被人撞见。幸好，我还有一点理智，没做出糊涂事。

每一夜，我都躺在角落的臭鞍褥里，重温我们的最后一次谈话，每句宝贵的话都不漏。我循着同样的轨迹折磨自己，先是迎向那难以置信的狂喜，旋即又跌落谷底。我明白她只能要求我离开厢房，即便如此，我仍然难受得紧，一想到便恼得翻来覆去，直闹到华特叫我安静，别吵他睡觉。

车队走了又走。一个城镇多半停留一天，不过碰上星期天的时候，我们通常会待两天。在从柏灵顿到基奥卡克的途中，华特动用大量威士忌，终于套出老骆儿子的姓名，以及父子上回联络时他的住处。随后在团里停留的几个地方，华特总是吃完早餐便进城，直到表演时间迫近时才回来。等我们到了春田，华特已经联络上老骆的儿子。

起初他不愿意承认老骆是他父亲。但华特坚持不懈，一天又一天进城，拍电报和他沟通。再下一个礼拜五，这个儿子答应在普洛维登斯见我们，并将老人接去同住。也就是说，目前的住宿方式还得持续好几周，但终归是条出路，而且是截至今日最好的安排了。

在特雷霍特，美丽露辛妲暴毙。艾蓝大叔哀恸极了，但很快便平复心情，着手为"我们挚爱的露辛妲"筹划告别仪式。

死亡证书签发下来一小时后，露辛妲的尸首便安置在河马车厢的水槽，车厢配上二十四匹黑色佩尔什马，马的头带上装饰羽毛。

艾蓝大叔和车夫一起爬上座位，悲伤得几乎崩溃。须臾，他摇摇指头，示意露辛妲的告别游行开始。于是，马拉着车缓缓穿过市街，而班齐尼兄弟天下第一大马戏团所有长相还上得了台面的成员都步行尾随。艾蓝大叔郁着一张脸，一会儿啜泣，一会儿用红手帕捂脸恸哭，偶尔眼睛也往上偷瞄，估量游行速度是否能把民众引来，人越多越好。

女人家直接跟在河马篷车后面，一身素黑，不时用蕾丝手帕按按眼角。我在稍稍后面的地方，四面八方全是哭号的男人，每一张脸上泪水都交织成闪亮一片。艾蓝大叔曾经应允过，表演最出色的人可以领到三块钱和一瓶加拿大威士忌。你绝对没见过那么哀凄的场面，连狗群也在嗥叫。

将近一千位镇民跟着我们回去。当艾蓝大叔从篷车站起来，他们安静下来。

他摘下帽子抱在胸前，掏出一条手巾按按眼睛，发表令人心碎的致词，凄怆到他几乎失去自制。末了，他说倘若他有权作主，便会为露辛妲取消晚场表演，偏偏他不能取消，这件事由不得他。他是信守承诺的人，而露辛妲临终时曾经握着他的手，说自己眼看行将就木，请他务必答应，不，是发誓绝不因此打乱团里的作息，让盼着来看马戏团的成千上万人失望。

"毕竟……"艾蓝大叔话头一顿，一手按着心窝，一边凄惨地擤鼻子，仰望天际，任凭泪水滚落面颊。

人群里的妇女和孩子在大庭广众下哭泣。一个靠近前排的女人一手举在前额，倒了下去，两旁男人慌忙搀住她。

一望可见，艾蓝大叔费了一番劲才稳定住情绪，但下唇的颤抖仍旧止不住。他缓缓点头，继续说："毕竟，正如我们挚爱的露辛姐所深谙的道理……戏总得唱下去！"

那一夜的场次大爆满，一般的座位都卖掉了，杂工们在场内铺上干草，供座位容纳不下的观众坐，也就是所谓的"干草场"。

艾蓝大叔以沉默开场。他垂下头，挤出如假包换的泪珠，将今晚的表演献给露辛姐；露辛姐的伟大无私是我们在面临死亡大事却继续演出的惟一原因，我们要让她引以为荣——噢，没错，我们对露辛姐的爱比山高，比海深，因此尽管我们哀恸不已，柔肠寸断，但我们会振作精神，完成她的临终遗愿，让她以我们为荣。各位大叔，各位大婶，我们将献上您一辈子不曾见过的惊奇表演，且让我们从天地四方网罗来的节目和艺人为您带来欢笑，有走钢丝，有杂技，还有顶尖的空中飞人……

表演进行差不多四分之一的时候，她走入兽篷。不待周边的人惊讶地喃喃低语，我便感觉到她来了。

我将波波放进它笼舍的地面，转身一看，果然不错，她人就在那里，身穿粉红亮片衣，配上羽毛头饰，明艳照人。她卸下马儿们的笼头，放到地上。只有一匹仍然系在那里，它是黑色的阿拉伯马，叫做波兹，应该就是银星的搭档。它显然闷闷不乐。

我倚着波波的笼舍，看痴了。

原本这些马每天夜里都和搭同一节车厢，行过一个城镇又一个城镇，看来就像寻常的马儿，但这会儿它们不再相同了。它们呼气、哼鼻子，脖子高举，尾巴翘起。它们排成两个舞群，一群黑，一群白。玛莲娜面对它们，一手一条长鞭。她举起一条鞭子，在头上挥动，接着后退，领它们出兽篷。这些马儿完全不受羁绊，没有配戴笼头，没有缰绳，没有肚带，什么都没有。它们只是跟着她，摇头晃脑，腿向前踢，仿佛有人骑在背上似的。

我从未见过她的表演。我们在幕后当差的人没那好命，没有那种闲工夫。但这回没人可以阻止我了。我栓上波波的门，溜进连接兽篷和大篷的无顶帆布甬道。预留座位的售票郎瞟我一眼，见我不是条子便没理睬了。他的口袋叮当响，胀满了钱。我站在他身边，看着靠近大篷后侧的三个表演区。

艾蓝大叔介绍她上场，她便上前一个回身，双鞭高举在上，挥动其中一条，后退几步。两群马连忙跟着她走。

玛莲娜滑步进入中央表演区，马儿跟着她，腿踢得高高的，腾跃成一片黑云和一片白云。

她在表演区中心就位，朝空中轻轻挥动鞭子。马儿们小跑步绕场，先是五匹白马，五匹黑马跟在后面，整整绕完两圈后，她抖起鞭子。黑马加快速度，直到每匹黑马都小跑步到和一匹白马并肩。鞭子又是一抖，它们放慢速度，排成一列，成了黑白相间的队伍。

她动作微小，粉红亮片在明亮的灯光下闪烁。她在表演区中心绕了一小圈，挥动双鞭，下达指令。

马儿们继续绕圈，先是白马绕过黑马，然后是黑马绕过白马，最后总是回归成黑白相间的队形。

她喝一声，它们便停止。她说了些什么，它们便调头走，直到前蹄踩上表演区外围的枕木。它们向侧边走，尾巴朝着玛莲娜，前蹄始终在枕木上。它们足足绕完一圈，她才又下令停止。它们放下前蹄，回身面对她。然后她唤午夜上前。

午夜是一匹俊伟的黑马。它是纯种阿拉伯马，只有前额一方白毛。她对午夜说话，两条长鞭都握在一只手里，另一只手则伸向午夜。它将口鼻贴上她的手心，脖子弓起，鼻孔大开。

玛莲娜向后退，扬起鞭子。其他马儿看着她，就地跳起舞来。她扬起另一条鞭子，让尖端前后摇摆，午夜便用后腿人立，前腿缩在胸前。她嘴里嚷着什么，这是表演中首度拉开嗓子，然后她大步后退。午夜便跟着她，用后腿行进，而前腿则对空挥动。她让午夜用后腿绕场一周，然后示意它放下前腿站立。鞭子再挥一圈，午夜便低头行礼，一条前腿跪下，另一条前腿则伸到一边打直。玛莲娜深深行礼，群众为之疯狂。午夜仍然维持行礼的姿势，玛莲娜举起两条鞭子一挥，其余的马便以后腿为轴心，就地转起圈圈。

更多的欢呼，更多的喝彩。玛莲娜双臂高举，逐一转向不同的方位，让每一区的观众都有机会致意。然后，她转向午夜，行云流水地翻上它低下的背部。它站起来，弓着脖子载玛莲娜离开大篷，其余马儿尾随在后，再度以颜色分成两半，彼此挨蹭着要靠近它们的女主人。

我的心狂跳。虽说人群欢声雷动，我还是感觉到血液奔流过耳朵。爱意油然而生，满溢出来，都快把我的心胀破了。

那一夜，老骆威士忌喝到烂醉如泥，华特在铺盖上打鼾，我离开斗室，站着注视表演马的马背。

我天天照料这些马，打扫它们的马房，为它们张罗饮水和食料，为它们刷毛，让它们可以上场表演。我检查它们的牙齿，梳理鬃毛，摸它们的腿查看蹄温是否正常。我给它们点心，拍它们脖子。它们就和昆妮一样，成了我看习惯了的动物。但是见过玛莲娜的表演，我看它们的眼神永远改变了。这些马是玛莲娜的一部分，她的一部分在此时此地和我在一起。

我的手伸过隔板上方，搁在午夜闪亮的黑臀上。它原本在睡觉，被我这么一碰咕哝着醒过来，转头来看。

一见只有我站在那里，它便把头转回去，耳朵垂下，眼睛闭起来，移动重心，让一条后腿歇息。

我回到羊舍，看看老骆还有没有呼吸。然后躺在鞍褥上，迷迷糊糊做起大概会让我灵魂沦丧的梦境，一个有玛莲娜的梦。

第二天早上，在保温桌前面：

"你瞧那个。"华特说，举起手臂戳我肋骨。

"看什么？"

他指给我看。

奥古斯特和玛莲娜正坐在我们的桌位。自从她意外受伤，这是他们首次来伙房用餐。

华特打量我说："你应付得来吧？"

"那还用说。"我快快不快。

"行行行，只是关心一下嘛。"他说。我们走过永远机警的埃兹拉面前，各自走向各自的桌位。

"早安，雅各。"奥古斯特说。我将盘子放在桌上，坐下。

"奥古斯特。玛莲娜。"我一一向他们点头，算作招呼。

玛莲娜抬眼瞟一下，目光又落回盘中。

"天气真好，你好吗？"奥古斯特说，朝一堆炒蛋进攻。

"还好，你呢？"

"棒呆了。"他说。

"你好吗，玛莲娜？"我问。

"好多了，谢谢关心。"她说。

"昨天晚上我看到你的表演了。"我说。

"是吗？"

"是啊。"我说，抖开餐巾，铺在大腿上，"那真是……不知道该怎么形容，太神奇了，这辈子没见过这样的表演。"

"是吗？"奥古斯特说，挑起一边眉毛，"从来没见过吗？"

"没有，这是头一遭。"

"真的啊。"

他凝视我，眼睛眨也不眨。"我还以为你当初是看了玛莲娜的表演，才决定加入马戏团的，雅各。我记错了吗？"

我的心在胸膛内猛跳。我拿起刀叉，左手拿叉，右手拿刀，这是欧式拿法，我母亲也是这样拿的。

"我骗人的。"我说。

我戳住香肠尾端，开始切，等待他答腔。

"麻烦你再说一遍，我没听清楚。"他说。

"我骗人，我是骗人的啦！"我砰地放下刀叉，一截香肠犹在叉子上，"有问题吗？在我跳上你们火车之前，我当然从来没听过什么班齐尼兄弟。到底有谁听过班齐尼兄弟的名号啊？我这辈子惟一见过的马戏团就是林铃兄弟，他们真是棒呆了，棒呆了！听见没有？"

周遭静得诡异。我环顾四下，吓坏了。伙房内每个人都瞪着我。华特嘴巴大开，昆妮耳朵平贴头上，远方一头骆驼低鸣。

最后，我目光回到奥古斯特身上。他也在瞪我，八字胡的边缘颤动着。我将餐巾压在盘子边缘，寻思他会不会越过桌子来扑我。

奥古斯特的眼睛瞪得更大了。我的手在桌下握拳。接着奥古斯特哈哈大笑，笑得好用力，脸上泛起红潮，一手按着肚子，笑岔了气。他又笑又叫，直到眼泪流下脸颊，嘴唇因为喘息而颤抖。

"哎哟，雅各，"他揩揩脸颊，"哎哟，雅各，我想我是看错你了。没错，就是看错你了。"他高声喧谈，擤擤鼻子，用餐巾擦脸。"天哪，"他叹息，"天哪。"他清清嗓子，拿起刀叉，用叉子舀起一些蛋又放下，再度笑起来。

其他人恢复用餐，但不甚情愿，就像我在团里当差第一天，把一个人赶出场子，围观的群众也不舍离去一样。我不禁注意到，当他们重新进食，他们脸上挂着一抹忧惧。

露辛妲这么一死，我们团里的畸形人阵容便出了大洞，而这个洞一定得填起来。所有的大型马戏团都有胖女郎，因此我们也得有一个。

艾蓝大叔和奥古斯特四处搜寻告示牌，每回停车都去打电话，拍电报，试图网罗一位新的胖女郎。无奈人家知道的胖女郎要么满意自己的生活，要么信不过艾蓝大叔的名声，总是不肯来。这么过了两星期，跑了十个地方之后，艾蓝大叔已经心急如焚，索性直接找上观众席中一位颇有吨位的女人。不幸的是，她是警司夫人，结果艾蓝大叔没有带回一个胖女郎，只带回一个紫亮的黑眼圈以及勒令离城的指示。

警察给了我们两小时。艺人们立刻遁入车厢。杂工们一被叫醒，便奔忙得有若无头苍蝇。艾蓝大叔上气不接下气，脸色红得发紫，一见谁脚下不够快，手杖便打下去了。帐篷一下便拆倒了，把人困在里面，然后正在拆其他帐篷的工人便得放下手头的活儿，先过去解救他们，以免人在那一大片帆布里闷死。不过，艾蓝大叔更担心那些人会用小刀把帆布割个洞口来呼吸。

所有马匹都上车之后，我便回到表演马车厢休息。当地人聚在营地边缘徘徊，我不喜欢他们的模样。他们很多人都携带枪械，我心底泛起不祥的感觉。

我还没看到华特。我在敞开的车厢门前面踱来踱去，扫视营地。黑人们早早躲回飞天大队的车厢上，我恐怕那些暴民会改拿红发侏儒来开刀。

收到撤营令一小时五十五分钟之后，华特的脸出现在门口。

"你死哪去了？"我嚷道。

"华特回来啦？"老骆从衣箱后面嘶哑地问。

"是他没错。快上来。"我招呼华特上车，"这些人看起来不是好惹的。"

他没动，脸色红通通，气喘吁吁。"昆妮呢？有没有看到它？"

"没有，怎么了？"

他不见踪影。

"华特！"我跳起来，追他到了门口，"华特！你还想上哪去？五分钟的哨音已经吹过了！"

他顺着火车边跑，弯下头查看车轮之间。"昆妮，快来！妹妹快来！"他站直，在每一节动物车厢前都停一下，朝着木条缝隙呼唤昆妮，等待响应。"昆妮！这里，妹妹！"他声声呼唤，焦虑一分分地增加。

哨音再度响起，长长的警告哨音之后，便是火车头的嘶鸣和冲刺。

华特的嗓音开了岔，嚷得哑了。"昆妮！你到底在哪里？昆妮！来呀！"

前方，还没上车的零星几个人跳上了平板货车车厢。

"华特，好了！别找了，再不上车来不及了。"我叫道。

他充耳不闻。他上了平板货车车厢，窥看篷车轮子下面。"昆妮来！"他大叫，然后停下来，忽地站直身子，茫然无措的模样。"昆妮？"他并没对着谁讲话。

"要命。"我说。

"他要不要回来啊？"老骆问。

"好像不打算回来。"我说。

"那就把他弄回来！"他骂道。

火车向前移，车头拉动了车厢之间的连接处，车厢一震。

我跳到碎石地上，往前朝平板货车车厢跑。华特面对火车头伫立。

我碰他的肩膀。"华特，该走啰。"

他转向我，满眼哀求。"它在哪里？你看到了吗？"

"没有，走吧，华特。我们得回车上了。"

"不行。我不能抛下它，我办不到。"他茫无表情。

火车开始喀啦喀啦驶动，动力增加。

我向后瞄。当地人带着来福枪、棒球棒、木棍，正向前涌过来。我转回头看火车，时间长到可以估量速度，然后数数，并且祈祷自己没弄错：一、二、三、四。

我把华特像一袋面粉似的兜起来扔进车厢。车厢内传来碰撞声，他落地时叫了一声。我窜到火车边，抓住门边的铁杆，让火车拉着我跑了三大步，然后借力使力翻进车厢。

我的脸掠过地面。当我意识到自己平安无事，便寻找华特的身影，以防他揍我。

他缩在角落哭。

华特痛不欲生，窝在角落，任我独力拉开衣箱，带出老骆。我勉强为他刮了胡子，平常都是三人合作完成这桩差事的。接着我把他拖到马匹前面的地方。

"哎哟，好啦，华特。"老骆说。我的手插在他胳肢窝，巍巍颤颤地要把他的光屁股放到一只桶子上。华特称呼那只桶子蜂蜜桶。"你已经尽力了。"他回头看我说，"嘿，把我放低一点行不行？别让我摇来摇去吹凉风。"

我移脚把腿张得更开，试图一边放低老骆，一边维持不让他上半身歪倒。华特的身高用来扶住老骆下半身正好，平常都是他负责下半身，我管上半身。

"华特，来帮我一下。"一阵痉挛扫过我的背。

"闭嘴。"他说。

老骆又往后看，这回眉毛扬起来了。

"不打紧的。"我说。

"什么不打紧，才怪。"华特从角落咆哮。"一切都完了！昆妮是我仅有的一切，你懂不懂？"他的音量陡降成低喃，"它是我仅有的。"

老骆向我挥手，示意他完事了。我拖着他移开半公尺，让他侧卧躺下。

"喂，不会吧。"老骆让我为他擦拭干净。"像你这样的年轻小伙子，一定还有什么人在什么地方惦念你。"

"你有所不知。"

"你在家乡没有母亲？"老骆说，不放弃。

"只有一个百无一用的母亲。"

"别讲这种话。"老骆说。

"为什么不行？我十四岁的时候就把我卖来这里。"他怒目相视。"别摆出可怜我的表情。"他恶声恶气。"反正她老奸巨猾，谁需要她啊。"

"你说卖掉是什么意思？"老骆说。

"那个啊，我这副德性不是做庄稼汉的料吧？你们别烦我了行不行？"他翻身背对我们。

我为老骆系好裤子，手插入他腋下，将他拉回房间。他的腿在后面拖着，脚跟刮过地面。

"乖乖，竟然有这种事？"他说。我将他弄上便床。

"要吃东西吗？"我试图改变话题。

"不用了，还不想吃。能来点威士忌就太好了。"他悲伤地摇头，"从没听说过心肠这么狠的女人。"

"喂，我听得到你的话哦。再说，老家伙，你没资格说三道四，你上回见你儿子是什么时候的事？"华特咆哮。

老骆没了血色。

"咦？答不出来，对吧？"华特继续在外面说，"你的作为跟我妈有什么差别？"

"当然有差，差别可大了。你又知道我做过什么了？"老骆大叫。

"有一晚你喝醉酒，曾经提过你儿子的事。"我静静地说。

老骆注视我片刻，面孔扭曲起来。他抬起一只无力的手遮住前额，别开他的脸。"要命，要命，我压根不知道你们知道，你该告诉我的。"

"我以为你记得。再说，他也没说什么，只说你去流浪。"

"'他只说'？"老骆的头霍地转向我，"'他只说'？什么意思？你跟他讲过话吗?"

我咕咚坐到地上,头靠着膝盖。看样子,今天晚上很难挨了。

"你说'他只说'是什么意思? 喂,我在问你问题!"老骆厉声说。

我叹息。"没错,我们联络上他了。"

"什么时候?"

"一阵子了。"

他瞪着我,惊呆了。"为什么找他?"

"他答应在普洛维登斯见面,接你回去。"

"噢,他才不会呢。他才不会来呢。"老骆一个劲儿猛摇头。

"老骆——"

"你们干吗那样做! 凭什么?"

"我们别无选择!"我吼回去,随即噤声合眼,稳定自己的情绪。"我们别无选择。"我复述。"我们总得替你找条出路。"

"我不能回去! 你们不知道我的事,他们不要我了。"

他的唇颤抖着,嘴巴闭起。他别开脸。须臾,他的肩膀开始一抽一抽。

"要命。"我说,接着拉开嗓门,对着敞开的房门外面吼:"嘿,谢啦,华特! 你今天晚上帮了大忙了! 真是感激不尽啊!"

"闭上你的臭嘴!"他回答。

我熄掉煤油灯,爬回鞍褥,躺在鞍褥粗糙的表面上,又坐起来。

"华特! 喂,华特! 你不进来的话,我就去睡铺盖了哦。"我嚷道。

没有回答。

"你听见没有? 我说我要去睡铺盖。"

我等了一两分钟,然后爬过地板。

华特和老骆两个这一夜不断发出忍着不哭的声响，而我则把枕头捂在耳朵上，努力不去听他们的声音。

我听见玛莲娜的声音，清醒过来。

"叩叩叩，我可以进去吗?"

我的眼睛倏地睁开。火车停了，不知道我怎么睡得都没发觉。吃惊的另一个原因是我梦见了玛莲娜，有那么一瞬间我疑心自己是否仍在睡梦中。

"哈啰，有人在吗?"

我霍地用手肘撑起上身看老骆。他躺在便床上动弹不得，双眼圆睁，满是惊恐。内门整晚都没关。我蹦起来。

"啊，你等一下!"我冲出去见她，连忙掩上门。

她已经在往车上爬了。"噢，哈啰。"她看着华特，华特仍然窝在角落。"其实我是来找你的，这不是你的狗吗?"

华特的头立刻就转过来了。"昆妮!"

玛莲娜弯腰要放下小狗，但不待她放开手，昆妮便挣脱了，砰一声落地，连滚带爬飞奔投入华特的怀抱，舔着他的脸，猛摇尾巴，结果重心不稳，向后摔个仰八叉。

"噢，昆妮! 你跑哪去了嘛? 坏坏。害我担心死了，你坏坏!"华特伸出头让它舔，昆妮则欢快地扭来扭去。

"它跑哪去了?"我问玛莲娜。

"昨天发车的时候，它在火车旁边跑。"她目光落在华特和昆妮身上，"我从窗户看到它，叫小奥把它弄上车。小奥趴在车厢平台上，把它兜上来的。"

"奥古斯特会做这种事？真的？"我说。

"真的，小奥帮了它，它却反咬小奥一口。"

华特双臂搂紧小狗，脸埋在小狗的皮毛中。

玛莲娜多看了一下，才转身向门走。"好啦，那我去忙我的了。"

"玛莲娜。"我手伸向她的臂膀。

她停步。

"谢谢你。"我垂下头，"你绝对不知道这对他、对我们意义有多重大。真的。"

她投来电光火石的一瞥，只微微泛出笑意，然后转头看她的马。"是是是，我想我是知道的。"

我的眼睛濡湿了。她出了车厢。

"啧啧啧，真意想不到啊。也许他终归还是个人。"老骆说。

"你说谁？奥古斯特吗？"华特倾身抓住一只衣箱的把手，将衣箱拖过地板。我们把衣箱排回白天的摆法，不过华特坚持一手搂着昆妮，做什么速度都只有平日的一半。"他才不是人。"

"把狗放下来吧，门是关着的。"我说。

"他救了你的狗啊。"老骆说。

"他要是知道狗是我的，铁定袖手旁观。昆妮很清楚这一点，才会去咬他。没错，你看透他了对不对，宝贝？"他抬起小狗的下巴，让狗面对他，然后用对奶娃儿说话的口吻说："没错，昆妮是聪明妹妹。"

"你怎么会以为他不知道？玛莲娜就知道啊。"我说。

"我就是知道嘛，那个犹太鬼浑身上下没有一根人骨头。"

"小心你的臭嘴！"我吼。

华特停下来看我。"什么？噢，哎，你该不会是犹太人吧？听着，我很抱歉，我没那个意思，那只是一句骂人话。"

"是是是，只是一句骂人话。"我还在吼，"全都是骂人话，我实在听到要烦死了。艺人就拿工人开刀，工人拿波兰人开刀，波兰人拿犹太人开刀，而侏儒呢，嘿，你倒是说说看哪？你只讨厌犹太人和工人吗？还是你也讨厌波兰人？"

华特面红耳赤，垂下头。"我不讨厌他们啊，我谁也不讨厌。"片刻又补一句，"唔，好嘛，我确实很讨厌奥古斯特，但我讨厌他是因为他是个王八疯子。"

"这话倒是无从反驳。"老骆嘶哑地说。

我看看老骆，看看华特，再看看老骆。"嗯，我想你说得没错。"

在汉米顿，温度攀升到三十几度。阳光无情地荼毒大地，柠檬水消失无踪。

卖果汁的人不过离开搅拌桶几分钟，柠檬水便不见了。他气冲冲去找艾蓝大叔，坚信是杂工们干的好事。

艾蓝大叔吩咐人去叫杂工们集合。杂工们从马篷和兽篷后面出来，睡眼惺忪，干草倒插在发丝里。我在一段距离外打量他们，很难不觉得他们挂着无辜的神情。

显然艾蓝大叔不作如是想。他大步踱来踱去，活似成吉思汗扯开嗓门校兵。他向他们嘶吼，细数柠檬水失窃的成本，不止是原料费，连因而减少的贩售利润也列入计算。他说，柠檬水要是再不见就扣他们薪水。他敲了几个人的头，解散他们。他们钻回各自休憩的地方，揉着头，狐疑地打量彼此。

只差十分钟就要开门迎客的时候，果汁摊的人用动物水槽的水重做柠檬水。他们挑出水内残存的燕麦和干草，用小丑捐赠的紧身裤过滤一下，扔进"漂浮物"，也就是用蜡做的柠檬切片模型，让人误以为柠檬水真的含有新鲜的柠檬。这时一海票土包子已经走近场子了。不知道那条紧身裤干不干净，但我确实注意到团里每个人那天都对柠檬水敬谢不敏。

在达顿的时候，柠檬水再度上演失踪记。团里也再一次用动物水槽的水重做一批，在土包子进场前一刻才准备妥当。

艾蓝大叔照例把杂工当成嫌疑犯集合在一起。他没扣人薪水，反正威胁扣钱本来就不痛不痒，杂工们都超过八个星期没领到半毛钱了。他硬逼他们掏出挂在脖子上的钱袋，交出五十分钱当罚款。这回杂工们可真是吹胡子瞪眼了。

柠檬水大盗就这么成了杂工们的肉中刺。他们打算采取行动。当我们到了哥伦布格，几个工人躲在搅拌桶附近，等待贼子现身。

在快要开场演出的时候，奥古斯特召我到玛莲娜的梳妆篷看一张广告。广告内容是帮玛莲娜找一匹无人马术表演用的白马。她还要一匹马，跟原本的凑成十二匹，才能变出比十匹马更神奇的花样，而神奇就是一切。再说，玛莲娜觉得波兹每次都被单独留在兽篷，不能随同别的马一齐上台，它开始沮丧了。这些是奥古斯特说的，但依我看，我要么是在伙房大发雷霆后重新得宠，再不然就是奥古斯特觉得人不能只亲近朋友，更要亲近敌人。

我坐在一张折叠椅上，告示榜搁在腿上，一瓶汽水在手。玛莲娜在镜前调整舞台服装，而我努力不张大眼看她。我们的视线曾在镜中对上一次，我倒抽一口气，她双颊飞红，我们俩立刻别开眼睛。

奥古斯特没有察觉，扣着背心扣子，笑语闲聊。艾蓝大叔忽然从门帘闯进来。

玛莲娜扭身，气愤难平。"嘿，没听说过进女人的梳妆篷，得先开口问一下吗？"

艾蓝大叔压根不睬她，直直迈步到奥古斯特面前，用手指戳他胸坎。

"是你的那头短命大象！"他咆哮。

奥古斯特垂眼看那根犹戳在胸膛上的指头，呆了几拍，傲然用拇指和食指捏着移开艾蓝大叔的手，然后从口袋掏出手帕，揩掉艾蓝大叔喷出来的唾沫。

"对不起，我刚刚没听清楚。"揩完脸后他问。

"就是你的短命贼头大象。"艾蓝大叔吼起来，再度喷得奥古斯特满脸口水，"它把拴它的铁桩拔起来带着走，喝掉该死的柠檬水，然后回去，把铁桩再插回地上！"

玛莲娜连忙用手捂住口，但太迟了。

艾蓝大叔一个回身，肺都气炸了。"你觉得好笑吗？好笑吗？"

她没了血色。

我起身上前一步。"嗯，这件事确实——"

艾蓝大叔转身，两手搭上我胸口猛力一推，让我向后倒到衣箱上。

他扭身面对奥古斯特。"那个死大象花了我一大笔钱！它害我发不出钱给工人，害我不得不想办法，闹得混账铁路公司找麻烦！结果咧？这个天杀畜生不上台表演，还偷那劳什子柠檬水！"

"艾蓝！嘴里放尊重点，请你记住，这里还有女士在场。"奥古斯特锐利地说。

229

艾蓝大叔猛摇头。他毫无悔意地打量玛莲娜，又转向奥古斯特。

"我会吩咐伍迪算出损失的总额，从你的薪水扣掉。"他说。

"你已经让杂工他们赔你钱了。"玛莲娜沉静地说，"你打算还钱吗？"

艾蓝大叔怒目瞪她，一脸嫌憎，恼得我走上前，挡在他们中间。他目光遛到我身上，气得咬牙切齿。然后他转过身，迈开大步离开。

"真是浑蛋。"玛莲娜回到梳妆台，"乱闯乱闯的，万一撞见我换衣服可怎么好。"

奥古斯特一动不动杵着，然后伸手拿了高帽和象钩。

玛莲娜从镜中看到他的举动。"你要去哪里？奥古斯特，你要做什么？"她说得很快。

他朝外面走。

她攥住他的手臂。

"小奥！你要去哪里？"

"不是只有我一个要为柠檬水付出代价。"他摇掉她的手。

"奥古斯特，不要哇！"她再度攥住他的手肘，这回使了力，试图不让他离开。"奥古斯特，等等！看在老天分上，它又不懂，下回我们把它栓紧一点——"

奥古斯特挣脱她，玛莲娜摔到地上。他用嫌憎至极的目光看着玛莲娜，然后戴上帽子，调头就走。

"奥古斯特！别走！"她尖嚷。

他推开门帘走了。玛莲娜仍然坐在她摔倒的地方，愣住了。我目光从她身上游到门帘，又游回她身上。

"我去追他。"我朝外面走。

"不要去！等等！"

"去了也没用，拦不住他的。"她的声音既空洞又微小。

"我可以放手试试看。上回我袖手旁观，我永远也原谅不了自己。"

"你不了解状况！越拂逆他，他越凶暴！雅各，求求你！你不了解！"

我猛地回身面对她。"对！我是不了解！什么事都不了解！什么都不懂！可以麻烦你开个金口，为我说明吗？"

她眼睛圆睁，嘴巴也圆张，然后把脸埋在手里大哭。

我瞪着她，怔了。然后我跪下来，把她搂在怀里。

"噢，玛莲娜，玛莲娜——"

"雅各。"她对着我的衬衫低喃，牢牢抓住我，仿佛我能阻挡她被卷进旋涡似的。

十六

"我不叫萝西，叫萝丝玛莉，这个你是知道的呀，扬科夫斯基先生。"

我一惊回过神，眨动眼皮。眼前的光线显然来自日光灯。

"啊？什么？"我的嗓音又小又尖。一个黑人女孩弯着腰，把某种东西塞到我腿边。她的发丝飘香而柔顺。

"我不叫萝西，我叫萝丝玛莉。"她站直身子，"好啦，这样是不是舒服多了？"

我凝望她。天哪，对呀，我老了，而且我是在床上。等等，我叫她萝西？

"我刚刚讲话了？讲出声音了？"

她呵呵笑。"哎哟喂呀，是啊，扬科夫斯基先生。午餐后从食堂出来，你就说个不停，我耳朵都听得要长茧了。"

我脸红了，瞪着搁在大腿上的鸟爪手。天晓得我跟她说了些什么。我只知道我说过话，而且还是突然发现自己人在养老院，才意识到自己开口了。我本来以为我在那里。

"咦，怎么了？"萝丝玛莉说。

"我有没有……有没有……你知道的嘛，就是有没有说什么丢脸的话？"

"老天哪，没有！这两天大家都去看了马戏团，我不明白你怎么没跟其他人提那些事。我敢说，你从来没跟人透露过吧？"

萝丝玛莉满心期待地等我回答。然后她皱眉，拉过一张椅子，坐在我身边，柔声说："你不记得你跟我说话，是吗？"

我点头。

她握住我的双手。她的手温热热的，皮肉紧实。"扬科夫斯基先生，你没有说出任何丢人现眼的事。你是一位温文的绅士，我很荣幸认识你。"

我泪水盈眶，垂下头，不让她瞧见。

"扬科夫斯基先生——"

"我不想谈。"

"你是指马戏团的事？"

"不是啦，我是指……该死，难道你看不出来吗？我甚至不知道自己讲了话。我已经踏上人生的最后一程了，从今以后，一切都是下坡，没剩多少路要走了。我很希望脑筋不要坏掉，真的，但现在我脑筋已经糊涂了。"

"你的脑袋还很清楚，思路和针一样犀利，扬科夫斯基先生。"

我们默默静坐一分钟。

"我好害怕，萝丝玛莉。"

"要我和拉席德医生说吗？"

我点头，一颗泪珠从眼眶溜下来，滴到大腿。我睁大眼睛，希望能将其余泪珠都噙在眼眶内。

"还有一小时你才要出去，要先休息一下吗？"

我再度点头。她拍拍我的手，放低我的床头，离开。我躺回去，倾听嗡嗡作响的电灯，盯着低矮天花板的方形瓷砖，那像一大片压平的爆玉米花，无味的米饼。

要是我老老实实面对自己，其实已经有一些脑筋不济的迹象了。

上星期家人来访的时候，我不认得他们是谁，只是假装知道。他们往我这儿走，我意识到他们是来看我的，便绽出微笑，说说一切让人听着安心的话，例如"是啊"和"天哪"，反正这些日子，我和家人讲的话大概不出这么几句。本来我以为自己装得很逼真，直到那个母亲身份的人脸上掠过古怪的神情。那是惊愕的表情，她皱起额头，嘴巴微开。我连忙回溯最后几分钟的谈话内容，发现自己说错话了，我应该说出完全相反的话才对。我好窘，我不是不喜欢依莎贝尔，只是不知道她是谁，注意力才会乱跑，搞不清她的独舞表演时的惨况。

这个依莎贝尔别过头，呵呵笑起来。那一刻，我依稀见到我太太的影子，鼻头便发酸。他们偷偷摸摸互使眼色，不久便说他们该走了，让我这个做爷爷的歇一歇。他们拍拍我的手，将被子密密实实盖在我膝头，就这么走了，回到外面的世界，将我留在这里。到今天，我仍然完全不知道他们是些什么人。

别误会，我是认得自己小孩的。可是这批人并非我的小孩，而是我小孩的小孩以及他们的小孩，搞不好连玄孙也包括在内。他们还是奶娃儿的时候，我逗弄过他们吗？把他们抱在膝上玩过吗？我育有三子二女，当真是枝繁叶茂。而他们对于结婚生养也不是很节制的人，所以总人数就是五乘四再乘五，难怪我分辨不出谁谁谁是谁谁谁了。而且他们都是轮流来访，就算我设法记住其中一批人，同一批人可能要八九个月之后才会再来看我，到那个时候我早就把一切遗忘得一干二净。

可是今天的情况完全不一样，而且吓人得多。

看在老天分儿上，我到底说过什么？

我合上眼，探索心灵的幽远角落。这些角落的界线已然不再明晰。我的大脑有如一个愈到外缘气体愈稀薄的宇宙，但这个宇宙的尽头并非虚空。我可以感觉到外头有些什么，恰恰在我够不到的地方盘旋、等待。天可怜见，别再让我飘向那宇宙的边缘，惊惶无措了。

十七

天晓得奥古斯特会怎么修理萝西。在他不在的时候，玛莲娜和我蜷缩在梳妆篷内的草地上，仿佛蜘蛛猴一般彼此依偎。我几乎不发一言，只是将她的头揽在胸前，听她急促地低喃往日云烟。

她说出和奥古斯特相遇的故事。她十七岁的时候，单身男子川流不息地来家里进晚餐，一天她赫然明白原来父母将那些人当成女婿人选。其中一人是银行家，中年，短下巴，头发渐稀，手指细长。他来得委实太勤快了点，而她依稀看见未来的出路一条一条被硬生生截断。

银行家抽着鼻子说出令玛莲娜面色苍白的话，令她惊恐地瞪着自己的牡蛎浓汤，而马戏团海报正在全城大肆张贴。命运之轮已然转动。就在那一刻，班齐尼兄弟天下第一大马戏团正朝他们前进，带来一个太过真实的幻想，而对玛莲娜来说，那是一条出路，一条既浪漫又骇人的出路。

两天后，在一个美丽的艳阳天，他们合府去看马戏团。玛莲娜来到兽篷，立在一排俊秀的黑、白阿拉伯马前面。这时奥古斯特首度接近她。她父母晃去看大猫，丝毫没有察觉一股即将改变一切的力量已经悄悄罩顶。

奥古斯特就是力量的化身。他风度翩翩，八面玲珑，英俊如魔鬼。他穿着白得炫目的马裤、高帽、礼服，浑身散发着威严，魅力无边。不出几分钟，他哄得玛莲娜答应和他秘密相会，在拉契夫妇来找女儿之前走开。

稍后，他们在美术馆相见。他便展开热烈追求。奥古斯特年长她十二岁，具备只有一个马戏总监才能有的风采。不待约会结束，他已经向玛莲娜求婚。

他既迷人又不屈不挠。他拒不退让，非要迎娶玛莲娜不可。他娓娓说出艾蓝大叔多么心焦，而艾蓝大叔也代奥古斯特向她恳求。他们已经错过了两段行程，一个马戏团不照既定行程巡回是会垮的。没有错，婚姻是终身大事，但她一定明白她不肯嫁给奥古斯特，将会如何影响团员。无数人的生计就仰仗她作出正确决定了。

十七岁的玛莲娜一连三晚审视自己在波士顿的前途，第四天收拾了行李。

说到这里，她成了泪人儿。我仍然抱着她，仍然轻轻前后摇着她。最后，她退缩了，用手擦掉泪水。

"你该走了。"她说。

"我不要。"

她呜咽着，伸出玉手，用手背抚触我的脸颊。

"我要再和你见面。"

"你天天都看得到我啊。"

"你知道我的意思。"

漫长的沉默。她目光垂落地面，张口了几次才说出声音。"不行。"

"玛莲娜，看在老天分儿上——"

"我就是不能见你。我已经嫁人了，生米既然成了熟饭，就得咽下去。"

我跪在她跟前，凝望她的脸庞，寻找她要我留下的迹象。我等她点头等得心焦，明白她是不会答应的。

我吻了她的头额，离开。

我才走四十公尺不到，便听说萝西为柠檬水付出什么代价。我委实不想知道那种细节。

显然奥古斯特气呼呼杀进兽篷，将所有工人驱赶出去。工人们摸不透他想干吗，好些人就立在兽篷外面，耳朵贴在帆布接缝上，只听见怒叫汹汹。那声响吓得其余动物惊恐起来，黑猩猩尖嘶，大猫低吼，斑马啸鸣，听得外面这群听众心惊。在这一片嚣嚷中，犹听得见象钩打在皮肉上那种闷响，一声一声又一声。

萝西起初是低鸣着哀哭，哭着哭着哭成了尖声长嗥。很多人听不下去，转身离开。其中一人跑去叫厄尔，厄尔便到兽篷，手插进奥古斯特胳肢窝，不管他又踢又打，硬把他拖去艾蓝大叔的车厢。

留着没走的人见到萝西侧躺在地，浑身发抖，脚仍链在铁桩上。

"我讨厌那个家伙。"华特说。我爬上表演马车厢，他坐在便床上，抚弄昆妮的耳朵。"我真的真的讨厌他。"

"谁要告诉我出什么事了？"老骆在那排衣箱后面叫，"我知道一定出事了。雅各，你来告诉我吧，华特都不讲。"

我一言不发。

华特继续说："根本没必要发狠嘛，完全没必要。他差点把动物吓

238

得冲出来，那样可是会踩死很多人的。你那时候在场吗？你有没有听到什么？"

我们视线相遇。

"没有。"我说。

"喂，我也想知道你们在讲什么，你们好像把我当外人了。咦，现在不是晚餐时间吗？"

"我不饿。"我说。

"我也是。"华特说。

老骆火了。"可是我饿了。我敢打包票，你们两个压根没顾念到我的肚皮。我也敢打赌，你们两个连片面包也没帮我这个老人家拿。"

华特和我对望。他说："我倒是在场，你想不想知道我听到什么？"

"不想。"我凝视昆妮，它看到我的目光，短尾巴拍打被子几下。

"真的吗？"

"真的。"

"还以为你会想知道呢，毕竟你是兽医啊。"

"我是想知道啊，只是我怕我听了之后会干出什么事。"我出声说。

华特和我对望良久。"那谁要去帮那个老废物拿吃的，你还是我？"

"喂！讲话放尊重点！"老废物叫道。

"我去。"我转身离开车厢。

在去伙房的半路上，我意识到自己咬牙切齿。

我帮老骆拿回食物，华特不在房内。几分钟后才看到他一手拎着一大瓶威士忌回来。

"哇，上帝保佑你的灵魂。"老骆咯咯笑。他倚在角落，用一只无力的手指着华特说："你从哪里弄来的？"

"一个在交谊车厢的朋友欠我一个人情，我想我们三个今晚都可以解解愁。"

老骆接腔："那敢情好，还等什么？废话少说，把酒给我。"

华特和我不约而同转头瞪他。

老骆臭脸上的皱纹更深了。"哎哟喂呀，你们俩还真是一对讨厌鬼，是吧？到底怎么了嘛？有人在你们汤里啐口水吗？"

"来，别理他。"华特把一瓶威士忌推到我胸口上。

"什么叫'别理他'？在我那个年代啊，每个人从小就得学着尊敬长辈。"

华特没吭声，只拎着另一瓶酒蹲到他身边。老骆伸手要拿，华特把他的手打掉。

"才不给你呢，老家伙。要不然打翻了，这里就会有三个讨厌鬼了。"

他将瓶口送到老骆唇边，拿着瓶身让他一连喝下六口，活像奶娃儿吸奶瓶。华特转身，倚墙坐下，牛饮一大口。

"怎么了？你不喜欢威士忌？"他揩揩嘴，指指我手中未开的酒瓶。

"我喜欢哪。听着，我现在一毛钱也没有，也不晓得日后会不会有钱，不过，可以整瓶都给我吗？"

"我已经给你啦。"

"不是啦，我需要送礼，这个酒……"

华特打量我片刻，眼睛眯得鱼尾纹都出来了。"是女人吧？"

"不是。"

"骗人。"

"才没有。"

"我跟你赌五块钱，是个女人。"他又啜饮起来，喉结上下移动，瓶中琥珀色的酒液低了两公分多。他跟老骆两个把穿肠黄汤灌下肚肠的速度真惊人哪。

"确实是个娘儿们。"我说。

"哈！你最好别让她听见你这么称呼她。不管她是谁还是什么东西，她都好过你最近搁在心上的那个人。"华特嗤声说。

"我今天让人家失望了。得去赔罪。"我说。

华特抬眼看我，霎时悟出我送酒的对象是哪一个。

老骆不耐烦起来："再多来一点酒如何？他要一滴不沾是他家的事，可是我想喝啊。我倒不是怨这小子想追女孩子，一生只年轻一次呀。依我说，能弄上手就别放过。没错，老大，能搞上手就别错过了，就算得耗掉一瓶烈酒也不可惜。"

华特笑吟吟，再度把瓶口送到老骆唇边，让他牛饮好几口，这才盖上瓶盖，屁股不离地板地倾身递给我。

"这瓶也拿去。你顺便帮我传话，就说我也很抱歉，很对不起。"

老骆大叫："我呸！世间没有哪个女人值得两瓶威士忌！别闹了！"

我站起来，将酒瓶塞进外套口袋，一边放一瓶。

老骆哀求："不要胡来！喂，这样不公平。"

他一下谄媚，一下埋怨，我走到听不见他说话的地方。

薄暮时分，艺人那一头的车厢已经有好些人聚在一起作乐。我不禁注意到，玛莲娜和奥古斯特那节车厢也聚了一群人。即使他们邀我，我也不会去的。但重点是我不曾受邀。我猜，奥古斯特和我又井水不犯河水了。或许应该这么说吧，既然我这辈子不曾对谁如此深恶痛绝，我才是跟他决裂的人。

萝西在兽篷另一头。等眼睛适应了幽暗，我看到有人立在它身边。是格雷格，就是从菜圃把萝西带回来的人。

"嘿。"我边说边上前。

他转过头，一手拿着一管氧化锌软膏，正在为萝西的穿刺伤口搽药。光是这一侧的躯体，就有二十几个白点。

"天哪。"我上上下下打量它。一滴滴的血珠和组胺从药膏下渗出。

萝西的琥珀眸子直勾勾地盯着我的眼睛，眨动那长得不得了的睫毛叹息，"呼"地吐了一大口气，震动整条长鼻。

我内心满溢罪恶感。

"你来干吗?"格鲁格没好气，继续上药。

"只是想看看它的伤势。"

"喔，那你看到了吧? 麻烦你让开。"他要我走开，自顾自对大象说，"Nogę. No，daj nogę！(脚)"

大象听了，不一刻便乖乖抬起一只脚，举在面前。格雷格跪下，在它腋窝搽一点药，就抹在它古怪的灰色乳房正前方，那乳房从胸膛垂下，跟女人一样。

"Jesteś dobrą dziewczynka。(乖女孩。)"他说着站起来，旋上药膏的盖子，又说："Połóż nogę。(放下脚。)"

萝西脚放下来。"Masz，moja piękna（这才是我的俏姑娘）。"他手伸进口袋掏东西。萝西摆动长鼻探查他在拿什么。他掏出一颗薄荷糖，揩掉绵绒，递给它。它轻巧地从他手上接下，丢进嘴里。

我惊得瞠目结舌，搞不好嘴巴也张开了。在两秒时间内，我记起它拒绝表演的事，记起它跟着驯象师走天涯的经历，再记起柠檬水失窃案，最后想到菜圃的情景，思绪就这么九弯十八拐地转了一圈。

"天啊。"我说。

"怎样？"格雷格说，抚摸它的长鼻。

"它听得懂你的话。"

"是啊，怎样？"

"什么叫'怎样'？我的天，你知道那代表什么吗？"

"你给我站住。"格雷格说，寒着一张脸不让我走近萝西，硬挡在我们中间。

"迁就我一下吧。拜托，我打死也不会伤害这头大象。"

他继续赏我白眼。我仍旧不肯定他会不会从背后痛殴我，但我豁出去了，面向萝西。它对我眨眼。

"萝西，nogę（脚）！"我说。

它又眨眨眼，张嘴微笑。

"nogę，萝西！"

它扇动耳朵，叹口气。

"Proszę。（拜托嘛。）"我说。

它又叹息，移动重心，抬起一只脚。

"我的妈呀。"我听见自己的声音，感觉像灵魂出窍。我的心怦怦跳，我的头昏沉沉。"萝西。"我一手搭在它肩上说，"再一个动作就好了。"我直视它的眼睛，用眼神恳求它。它一定明白这件事至关重大吧。主啊，求求你，主啊，求求你，主啊——

"萝西，Do tyłu！Do tyłu！（后退！）"

又是一声深沉的叹息。它再次轻巧地改变重心，然后向后退几步。

我欢呼起来，转向目瞪口呆的格雷格，扑上去抓住他的肩头，对准他的嘴巴亲下去。

"搞什么屁!"

我向兽篷出口飞奔,跑了约莫五公尺又停步,转过身。格雷格仍在吐口水,擦嘴,满脸恶心。

我把口袋里两瓶酒都拿出来。他换上饶有兴味的表情,手背仍举在嘴巴前面。

"来,接住!"我向他抛出一瓶酒。他手一翻接住,看看卷标,又满怀期望地看着另一瓶。我扔给他。

"把酒给我们的明日之星,好吗?"

格雷格若有所思地歪着头,转向萝西。萝西已经笑了,将长鼻伸向酒瓶。

之后十天,我成了奥古斯特的波兰文家教。在每一个我们停驻的城市,他都叫人在后面搭出一个练习区。奥古斯特、玛莲娜、萝西、我四个便日复一日,趁着火车停车后、午场开演之前的几个钟头空档排练萝西的节目。尽管它天天参加游行,也在大奇观露脸,却仍未正式表演过。艾蓝大叔急着想看大象的表演内容,但奥古斯特坚持未臻完美就不准他看。

我的日子就是挨着表演区枕木边坐着,一刀在手,一只桶子夹在两腿间,一边为灵长类动物将蔬果切丁,一边视奥古斯特的需要嚷几句波兰话。尽管奥古斯特的腔调很糟糕,不过或许因为奥古斯特通常只复述我嚷过的句子,萝西倒是顺从地听令,不曾出错。自从我们察觉原来问题出在语言,奥古斯特便不曾动用象钩对付萝西。他只是在萝西左侧走动,在它肚腹下方和腿后挥动象钩,但象钩从来不曾碰到萝西皮肉,一次也没有。

很难想像这个奥古斯特就是另一个凶暴的奥古斯特。老实讲，我也没费多大劲儿去想像就是了。这个聪慧、欢快、慷慨的奥古斯特我曾经打过几次照面。但我知道他一发飙就不得了，随时谨记在心。别人爱怎么想就怎么想，但我一秒也不会相信这才是奥古斯特的真面目，而另一个奥古斯特只是一时失常。不过我看得出来，她们可能会被他唬住。

他讨人喜欢，风采迷人，灿烂如太阳。从我们早上碰面到他们下午去游行之间的时间，他的全副心神都倾注在这头灰色生灵和骑在它身上的娇小女郎上。他对待玛莲娜既殷勤又温柔，对萝西宽厚宛如慈父。

尽管我信不过他，但他似乎丝毫没有察觉我们曾有不愉快。他对我笑眯眯，拍我的背打招呼，一见到我衣服破旧，当天下午星期一窃衣贼便会送来新衣。他声称驻团兽医不该就着水桶用冷水洗澡，请我到他们的车厢沐浴。当他发现原来萝西除了西瓜之外，最爱的大概就是琴酒加姜汁啤酒，他每天都为它弄来这两样东西，没有一天例外。他抚弄它，在它耳际低语，而它沉浸在他的关爱中，每回一见到他的身影，便欢快地叫起来。

难道它都忘了？

我上上下下打量他，寻找破绽。但这个新奥古斯特流连不去。不多时，他的欢乐感染了团里其他人。即连艾蓝大叔也受到影响，天天都来探看大象的进展。不出两天，他订制新海报，主打萝西和坐在它头上的玛莲娜。他不再打人，没多久，大家不再见他就闪。他成了快活的人。据说，发薪日说不定当真有钱可领，连工人们也有了笑意。

一直到我瞥见萝西在奥古斯特的轻抚下打呼噜，我对他的疑心才开始动摇，觉得或许是自己心思太丑恶了。

或许有问题的人是我。也许我一心讨厌他，只是因为我爱上了他的妻子。果真如此，那我成了什么人啦？

在匹兹堡，我总算去告解了。我在告解箱中像娃儿似的哭得稀里哗啦，告诉神父我父母的事、放荡的夜晚、通奸的念头。神父有点吃惊，喃喃说几句"没事了，没事了"，吩咐我念《玫瑰经》祈祷以及忘掉玛莲娜。我羞愧到无法承认我没有念珠。回到表演马车厢，我问华特和老骆他们有没有。华特用古怪的眼神打量我，老骆则给我一串麋鹿牙齿做的绿色项链。

我深知华特的想法。他憎恶奥古斯特到无以复加，尽管他什么都没说，但我清楚他对我摇摆不定的立场有何看法。我们依旧合力照料老骆的生活起居，喂他进食，但我们三个不再在赶夜车的漫漫长路上互相说故事解闷。华特读莎士比亚，老骆则喝得醉醺醺使性子，越来越苛求。

在米德维，奥古斯特觉得晚上就是萝西粉墨登场的时候了。

他告诉艾蓝大叔这条好消息，艾蓝大叔话都说不出来了，手按着心窝，噙着两泡泪水直视前方。他手一扬，跟班们慌忙闪躲，但他不过是拍拍奥古斯特的肩头，坚定地和他握手，然后欲言又止，显然是高兴得说不出话了，只好再和奥古斯特握手。

我正在铁匠篷审视裂开的蹄子的时候，奥古斯特派人来找我。

"奥古斯特！"我脸贴近玛莲娜梳妆篷的开口。门在风中翻动，啪啪作响。"你找我？"

"雅各！"他声如洪钟地叫。"真高兴你能来！快请进哪！请进，小老弟!"

玛莲娜身穿舞台服,坐在梳妆台前,一脚跷在台边,将高跟鞋的红色缎带系在足踝上。奥古斯特坐在左边,头戴高帽,身穿礼服,手下正飞快地转动一根银头手杖。手杖的把手弄得弯弯的,像象钩。

"请坐。"他从座位起身,拍拍椅垫。

我略略迟疑,然后穿越帐篷。我才落座,奥古斯特便站在我们面前,我瞥眼去看玛莲娜。

"玛莲娜、雅各 —— 我的心肝、我的朋友,"奥古斯特说,摘下帽子,目眶濡湿地望着我们,"从很多方面来看,这一个星期都棒呆了。若说那是一段心灵之旅也不夸张。才不过两个星期之前,我们马戏班子几乎都要垮了。尤其如今经济这么差,团里每一个人的生计,不,大可说是每一个人的性命!都可能不保了。你们想知道原因吗?"

他清亮的目光从我身上移向玛莲娜,又从玛莲娜移向我。

"为什么?"玛莲娜顺从地提问,抬起另一条腿,将宽大的红缎带系在足踝。

"因为我们倾出家当,买下一头据说能挽救全团命运的动物。因为我们得买下一节车厢来装载它。因为我们随即发现这头大象显然一无所知,却无所不吃。因为要喂饱这头大象,我们供养不了工人,只得割舍一些工人。"

听见他对送人去见红灯的婉转说法,我猛地抬头。但奥古斯特的视线掠过我,望着一面篷壁。他沉默不语,时间长得令人困窘,简直就像他忘了我们在场。然后他抖了一下,回过神来。

"可是我们得救了。"他双目充满厚爱地望着我,"而我们得救的原因是我们得到双份的赐福。命运女神眷顾了我们,引领雅各来到我们的火车。她送上门的可不止是足以和我们这种大马戏团匹配的长春藤名校兽医，同时还是一位对动物极其用心的兽医，才能察觉萝西的语言问题。这实在太惊人了，我们全团的命运也因此起死回生。"

"快别这么说，我只是——"

"雅各，什么都别说。我不会让你推诿掉功劳的。我第一眼看到你的时候，就觉得你这人不简单。是不是呀，亲爱的?"奥古斯特转向玛莲娜，对她摇摇指头。

她点头。第二只鞋子的鞋带系好后，她便将脚从梳妆台边上移下来，叉腿坐着，脚尖立刻开始摇晃。

奥古斯特凝望着她，继续说:"可是雅各并非独力完成这一切。我秀外慧中的心肝哪，你实在了不起。还有萝西，是我们绝对不能遗漏的一环。它这么有耐性，这么乐意做事，这么——"他停下话头，深深吸气，连鼻孔都张大了。当他接着说下去，声音都开岔了。"因为它是如此美丽与高尚，拥有一副宽宏大量的心肠，明白误会在所难免。亏得有你们三个，班齐尼兄弟天下第一大马戏团的伟大更上一层楼，晋身为大型马戏团。若不是你们三个，这一切都不可能发生。"

他对我们流露情感，脸颊红得我担心他会淌泪。

"哎呀! 差点忘了。"他叫道，双手在面前一拍，冲向一口衣箱，在里面翻找，然后掏出两个小盒子。一个方的，一个是扁平长方形。两个都有礼品包装。

"亲爱的，这个给你。"他将扁平盒子递给玛莲娜。

"啊，小奥! 你太破费了!"

"你又知道了?"他笑嘻嘻的，"说不定是对笔呢。"

玛莲娜撕开包装纸，里面是一只蓝色绒盒。她目光向上移到他脸孔，有几分犹疑，然后打开盖子。一条钻石项链在红缎内衬上闪闪发亮。

"噢，小奥呀。"她说，目光从项链移到奥古斯特脸上，皱着眉头，露出忧色。"小奥，好漂亮啊，可是我们哪里有钱——"

"嘘。"他说，倾身抓住她的手，吻了她手心一下，"今天晚上是一个里程碑，什么都不嫌贵重。"

她拿起项链，任它在手上悬荡，显然看痴了。

奥古斯特转身，将方盒递给我。

我弄掉缎带，小心地拆开包装纸。里面的盒子也是蓝色丝绒。我说不出话。

"快呀。打开！别害臊！"奥古斯特不耐烦起来。

盒盖啵一声打开，是一只金色怀表。

"奥古斯特——"

"不中意吗？"

"这表很漂亮，但我不能收。"

"你当然可以收下，你也会收下的！"他抓着玛莲娜的手，拉她起来，从她手中拿过项链。

"不行，我不能。你人真好，可是这太贵重了。"我说。

"我说可以就可以，你也会收下的。我是你的顶头上司，我命令你收下。总之，为什么你不能从我手中收下这份礼？我隐约记得不久前你才为了一个朋友送掉一个怀表。"他语气坚定。

我牢牢闭上眼睛。当我再度睁开双目，玛莲娜背对奥古斯特站立，将头发拉高，让奥古斯特将项链圈在她喉头上，系好钩子。

"好了。"他说。

她回身一转，倾身去照梳妆台的镜子，手指试探地去碰喉头上的钻石。

"看来你很喜欢？"他说。

"我甚至不知道该说什么。真是太美了——噢！我差点忘了！我也准备了一个惊喜。"她尖声说。

她拉开梳妆台第三个抽屉，一阵翻找，将罗纱般的舞台服装、道具扔开，最后抽出一大块闪亮的粉红玩意儿。她拈着边缘，轻轻一抖，让它莹莹闪耀，映出千百个亮点。

"怎么样？如何？"她满面欢喜。

"这……这……这是什么？"奥古斯特说。

"这是给萝西的头饰。"她用下巴将一端按在胸前，让整件头饰垂落在她身前。"瞧，看出来了吗？这一块接到它笼头后面，这些部分就垂到头的两边，这一块垂在它额头上。我自己做的，花了两个礼拜呢。跟我的一样。"她抬眼，双颊上各有一小块酡红。

奥古斯特凝望着她，下巴动了动，但没有吐出话语。然后他伸出双臂，将她揽进怀里。

我只得移开眼睛。

多亏艾蓝大叔高超的广告手法，大篷内人山人海。我们卖了很多票，当艾蓝大叔第四度恳请观众坐挤一点之后，座椅显然容纳不下所有的观众。

杂工接到命令，将干草洒到走道上。同时，为了让观众打发时间，乐队奏起音乐，包括华特在内的小丑们来回走动，发送糖果，摸摸小孩的下巴。

艺人们和动物排在后台，准备好演出大奇观。他们已经等了二十分钟，烦躁不堪。

艾蓝大叔冲进大篷后台，大叫："好啦，各位，听好了。今天晚上是干草场，所以你们给我待在场子内圈，动物和土包子们之间要距离起码一公尺半。倘使哪个孩子被谁手下的动物碰到，我会亲自把那个人剥掉一层皮。懂吗？"

点头的点头，低语的低语。大家再拉整一下服装。

艾蓝大叔探头进大篷，扬起手给乐队指挥打暗号。"好了。上场啰！迷死他们！但可别真搞死他们啊！"

没有半个小孩受伤。事实上，大家的表演都精彩极了，尤其是萝西。大奇观的时候，它戴着粉红亮片头饰，让玛莲娜坐在它头上，卷起长鼻向观众行礼。它前面有一个小丑，瘦长的身材，一下后空翻，一下侧手翻。萝西长鼻向前伸，抓住他的裤子用力扯，让他腿离了地。他肺都气炸了，转身却只看到笑眯眯的大象。观众吹口哨，鼓掌叫好，不过后来小丑就一直和萝西拉开距离。

差不多轮到萝西表演的时候，我溜进大篷，贴着观众椅背后面站立。杂工们趁着高空杂技艺人接受观众鼓掌的时间，跑进表演区，滚进两颗球，一小一大，两颗球上都缀画着红色星星和蓝色条纹。艾蓝大叔举起双臂，瞥看后台。视线掠过我，和奥古斯特对上，轻轻点个头，一手向乐队指挥比划。指挥便开始奏出古诺的华尔兹乐曲。

萝西进入大篷，和奥古斯特并肩漫步。萝西头上载着玛莲娜，卷起长鼻行礼，开口微笑。当他们走到中央表演区，萝西将玛莲娜从头上举起，放到地上。

玛莲娜迈开大步，滑步绕场，像一团闪耀的粉红旋风。她巧笑倩

251

兮，转着圈圈，伸出手臂，向观众送上飞吻。萝西紧跟着她，长鼻高卷在空中。奥古斯特跟在她身边，手中转动的是银头手杖，而不是象钩。我盯着他的嘴巴，看他的唇型念出他死记硬背的波兰话。

玛莲娜又在表演区外围多舞动一圈，然后停在小球旁边。奥古斯特带萝西到场子中央，玛莲娜看着他们，然后转向观众。她鼓起脸颊，一手抹过额头，夸张地佯装疲累，坐上小球，叉起腿，手肘撑在膝盖上，两手托腮。她用脚拍地，翻眼看上面。萝西把她的动作看在眼里，笑眯眯的，高高举起长鼻。片刻后，它慢慢转身，将硕大的灰屁股放到大球上。群众间发出阵阵笑浪。

玛莲娜起初不明所以，后来才恍然大悟，站起身，张开嘴，假装愤怒。她转过身，背对萝西。大象也站起来，摇摇晃晃转一圈，让尾巴对着玛莲娜。群众欢喜地叫好。

玛莲娜回头看，板起面孔，用大动作举起一只脚，搁在小球上，接着双臂抱在胸前，深深点一下头，仿佛在说："大象，接招吧。"

萝西卷起长鼻，举起右前腿，轻轻放在大球上。玛莲娜怒目相视，气疯了。她双臂侧举，让另一条腿离地。她慢慢抬高膝盖，另一条腿抬到侧边，趾尖像芭蕾舞伶一样打直。她的腿一打直，便放低另一只脚，变成站在球上。她笑开了，肯定这回总算赢过大象了。观众拍手，吹口哨，也作如是想。玛莲娜慢慢转动方向，背对萝西，举起双臂表示胜利。

萝西等了片刻，也把另一条前腿放到球上。观众喝出满堂彩。玛莲娜大惑不解，转头去看。她脚下慢慢挪动，再一次面对萝西，两手叉腰，眉头深锁，挫败地摇头。她举起一根手指，对萝西摇一摇，但片刻后又愣住，神情飞扬起来，有了！她高高举起手指，转圈，让全部观众明白她即将智取大象，大获全胜。

她屏气凝神片刻，垂眼盯着她的缎面舞鞋。小鼓愈打愈急，她挪动脚，将球向前滚，越滚越快，快到脚成了一团模糊，在观众鼓掌、口哨声中绕场。接着，观众疯狂叫好——

玛莲娜停下脚，抬眼看。原本她只凝神滚球，没注意到她身后的滑稽情景。那头厚皮动物也立在球上，四条腿全挤在一起，背拱起来。鼓声再度响起。起初，它一动不动。接着，慢慢慢慢，球开始在萝西脚下滚动。

乐队指挥指示乐队加快节拍，萝西让球滚动四公尺。玛莲娜欢快地微笑，拍手，向萝西伸出手，邀请观众为它喝彩。接着，她从球上溜下来，蹦到萝西身边。它下球的动作比玛莲娜戒慎得多。它放下长鼻，玛莲娜坐上鼻子弯处，勾起长鼻，优雅地打直脚尖。萝西扬起长鼻，将玛莲娜高高举起来，放到头上，离开大篷内欢欣鼓舞的群众。

接着，钱雨从天而降，那甜蜜又美妙的钱雨啊。艾蓝大叔恍神起来，立在场子中央，双臂上举，面孔朝天，任凭铜板如雨滴般落在他身上。即使铜板从他脸颊、鼻子、前额弹落，他也仰着脸。我想，他可能真的淌了泪。

十八

　　玛莲娜从萝西头上溜下来的时候，我追上了她们。

　　"你真出色！太出色了！"奥古斯特亲吻她的脸颊。"雅各，你瞧见啦？你瞧见她们有多厉害了？"

　　"当然看到了。"

　　"帮我个忙，带萝西回去好吗？我得回场了。"他将银头手杖递给我，自己望着玛莲娜，深深叹息，一手按着心窝。"厉害！厉害到家了。"他转过身，倒退着走了几个大步，向玛莲娜说："别忘啰，绿蒂一下台，就马上换你跟马群出场了哦。"

　　"我这就去带马过来。"她说。

　　奥古斯特回去大篷。

　　"真了不起。"我说。

　　"是啊，它很棒吧？"玛莲娜弯腰，在萝西肩上印了一记响吻，在它的灰色皮肤上留下鲜明的唇印。她伸出手，用拇指抹掉印子。

　　"我是说你。"我说。

　　她脸色绯红，拇指仍在萝西肩头。

　　我话才出口便后悔了。倒不是说她没什么了不起，她确实厉害，但我话里还包含别的意思，而她心知肚明，这会儿才会不自在。我决定立刻打退堂鼓。

"萝西，chodź。（走吧。）"我说，比手势示意它上前。"Chodź，mój malutki pączuszek。（走吧，我的小玫瑰。）"

"雅各，等等。"玛莲娜手指碰碰我手肘内侧。

奥古斯特已经走远了，就在大篷入口的地方。他忽然停步，全身僵硬，仿佛感应到我们的肢体碰触。他慢慢转过身，面色阴沉。我们四目相对。

"你能帮我个忙吗？"玛莲娜问。

"当然当然。"我说，紧张地瞥奥古斯特一眼。玛莲娜不曾注意到他盯着我们。我手叉腰，让她的指尖从我手肘滑落。

"带萝西到我的梳妆篷好吗？我准备了一个惊喜派对。"

"呃，好啊，应该可以。你要它什么时候过去？"

"现在就带去，我慢点儿就到。对了，穿件好一点的衣服，我希望正式一点。"

"我？"

"不然还有谁呢？我得上台了，不过不会耽搁太久的。倘若你碰到了奥古斯特，一个字都别说哦，好吗？"

我点头。当我转头，奥古斯特的身形已经隐没到大篷了。

萝西非常配合这次不寻常的安排。它跟在我身边，晃到玛莲娜的梳妆篷，耐着性子等格雷迪和比尔将篷壁的底端从铁桩上解开。

"喂，老骆的状况到底怎样了？"格雷迪问，蹲着弄一条绳子。萝西伸出鼻子探查。

"跟老样子差不多。他觉得有改善，但我看不出来。大概是因为他什么事都不用做，比较不会注意到自己的状况。再说，他多半都醉醺醺的。"

"醉醺醺的呀，听来倒还真是老样子。他从哪里弄来的酒？他喝的是酒吧？不是那个姜汁臭屁水吧？"比尔说。

"不是，是酒。我的室友帮他弄来的。"

"谁呀？你说金科那家伙吗？"格雷迪说。

"没错。"

"我以为他讨厌工人。"

萝西伸出鼻子，摘掉格雷迪的帽子。他转身想抢回来，但萝西牢牢抓住。"喂，管好大象行不行？"

我直视它的眼睛，它对我眨眼。"położ！（放下！）"我严厉地说，却很难不笑。它的大耳朵向前挥动，放掉帽子。我弯腰拾起。

"华特——金科——他的身段是可以学着放软一点。"我说，将帽子还给格雷迪，"可是他对老骆真是没话说，不但把床让给他，还找到他的儿子，说服这个儿子在普洛维登斯来找我们，把老骆接回家去。"

"你没说笑吧。"格雷迪说，停下手，惊愕地望着我，"老骆知道这档事吗？"

"呃……知道啊。"

"他怎么说？"

我扮鬼脸，从齿缝间吸气。

"哇，他听了这么开心哪？"

"出此下策也是无奈啊。"

"是啊，是没别的法子了。"格雷迪犹疑着，"其实他家的事不尽然是他的错。他家里这会儿也说不定也明白了，战争让很多人都变得怪怪的。你知道他是炮手吧?"

"不知道，没听他说过。"

"唔，老骆大概没法子撑着去排队吧?"

"恐怕不行，干吗?"我说。

"我们听说上头总算发得出钱了，说不定连工人也领得到。我们本来一直不太相信，不过瞧瞧刚刚的场子，也许真的有指望了。我想，领到钱的几率大概一半一半。"

篷壁底端已经解开，不受羁缚。比尔和格雷迪将篷壁拉起来，只见里面的摆设和先前不一样了。在一端有一张桌子，上面铺着厚实的亚麻棉桌布和三组位子。另一端则空无一物。

"铁桩要钉哪里? 那边吗?"格雷迪指指空荡荡的那一头。

"应该吧。"我说。

"我去去就来。"他走得不见踪影。几分钟后回来，一手拎着一柄七公斤重的大锤。他将一柄向比尔抛过去。比尔看来似乎全没防备，却一下就接住，跟着格雷迪进入帐篷。两个人你来我往地敲打，将铁桩打进地面。

我带进萝西，蹲在地上锁它的腿链。它将要栓腿链的脚留在地上，重心却全搁在另外三条腿上。当我站起来，才见到篷子一隅堆了一大堆西瓜，它想靠西瓜近一点。

"要重新绑好吗?"格雷迪指指翻飞的篷壁。

"倘若不嫌麻烦，就有劳了。我想玛莲娜不想让奥古斯特在进来之前看到萝西，这是一个惊喜派对。"

格雷迪耸肩。"我无所谓。"

"嗯，格雷迪啊，你能不能帮我看着萝西一下？我得去换个衣服。"

"我不知道。"他眯着眼睛打量萝西，"它不会把铁桩拔出来吧？"

"应该不会，这样吧。"我走到那堆西瓜那儿，萝西卷起长鼻，笑开了嘴。我抱来一颗西瓜，在它面前砸到地上。西瓜破裂，萝西立刻将长鼻探入红瓤，送到嘴里，瓜皮也吃。"这样你可以放心一点了吧。"

我从篷壁下钻出来，回去换衣服。

我回到玛莲娜的梳妆篷时，玛莲娜已经在里面了，身上穿着珠边礼服，就是我去他们厢房晚餐那天奥古斯特送她的那一件。钻石项链在她脖子上闪闪发亮。

萝西正在欢快地大啖西瓜。那起码是它的第二颗，不过角落仍有六颗。玛莲娜已经解下萝西的头饰，披放在梳妆台前面的椅子上。篷内多了一张送餐桌，上面摆了几个罩着银盖的盘子和几瓶酒。我闻到烧牛肉的味道，肚子饿得揪成一团。

玛莲娜面色绯红，在她梳妆台的一个抽屉内翻找。"噢，是雅各啊！"她回头来看。"太好了，我还在担心你来不及呢。他随时会到。天哪，啊，找到了。"她忽地站直，没关上抽屉，任丝巾垂在抽屉外。"能帮个忙吗？"

"当然。"我说。

她从一个银制三脚冰镇酒桶取出一瓶香槟。桶内的冰块移了位置，叮当作响。水从瓶底滴落，她将酒递给我。"他一进来，你就打开，好吗？噢，还要叫'惊喜！'"

"好啊。"我接下酒瓶，拆掉瓶口上的铁丝，拇指按在软木塞上等待。萝西鼻子伸过来，想扳开我的手指拿走酒瓶。玛莲娜继续在抽屉里翻找东西。

"搞什么?"

我抬眼。奥古斯特正站在我们面前。

"噢!"玛莲娜叫了一声,慌忙转过身子,"惊喜!"

"惊喜!"我也叫,撇开萝西,打开软木塞。瓶塞弹到篷面上,掉到草皮上。香槟泡泡流过我手指,我哈哈大笑。玛莲娜随即带着两个香槟杯,来接满溢出来的酒液。等我们能搭配彼此的动作时,三成的酒已经流到地上去了。萝西仍然试着从我手上抢过酒瓶。

我低头一看,玛莲娜的玫瑰丝面高跟鞋已经沾上香槟,颜色变深了。"哎呀,不好意思!"我呵呵笑。

"哎哟,什么话嘛!别闹了。还有一瓶呢。"

"我问你们'搞什么'?"

玛莲娜和我怔住了,四只手仍然纠在一起。她抬头,烦忧忽地涌上双眼。她一手一只几近全空的酒杯。"这是一个惊喜派对,庆祝庆祝。"

奥古斯特双眼圆睁,领结扯松了,外套扣子也解开了,脸上没有丝毫表情。

"惊喜?真令人惊喜啊。"他说,摘下帽子,翻过来审视。他前额上有一绺发浪竖起来。他猛地抬眼,挑起一边眉毛。"你们想得太美了。"

"你说什么?"玛莲娜声音疲软地问。

他手腕一翻,将帽子飞掷到角落,脱下外套,动作慢腾腾,一丝不苟。他走向梳妆台,将外套一抖,仿佛要披到椅背上,看见萝西的头饰又停下来,叠好外套,整整齐齐放到椅垫上,然后目光移到那打开的抽屉和垂在抽屉外的几条丝巾。

"我坏了你们的好事啦?"他盯着我们,语气就像请别人把盐罐递给他。

"亲爱的，我不懂你在说什么。"玛莲娜柔声说。

奥古斯特弯腰拉出一条几近透明的长长橙色丝巾，在指缝间抽动把玩。"在玩丝巾助兴啊？"他抽动丝巾的一头，让丝巾又从指缝间溜过去。"啧啧啧，你真调皮，不过我早就知道了。"

玛莲娜瞪大眼睛，说不出话。

"这么说，你们已经相好过了，现在要来庆祝？你们俩时间够吗？或许我应该先退下，待会儿再回来？我得说，让大象也来凑一脚倒是新鲜，我想都不敢想你用它玩什么花招。"

"看在老天分儿上，你在说什么呀？"玛莲娜说。

"两个酒杯。"他打量着，朝她的手点点头。

"什么？"她快快举起酒杯，酒液都泼到草上了。"你说这个吗？第三个杯子就在——"

"你当我白痴啊？"

"奥古斯特——"我说。

"闭嘴！闭上你的狗嘴！"

他的面色红到发紫，眼珠凸出，气得浑身打颤。

玛莲娜和我纹风不动呆立，惊得不能吭声。接着奥古斯特的脸又变了，化成一派洋洋得意。他继续把玩丝巾，甚至对着丝巾微微轻笑，然后仔细地折好，放回抽屉，直起身子缓缓摇头。

"你……你……你……"他扬起一只手，竖起手指划圈，然后语音低到听不见，注意力给银头手杖吸引过去。手杖倚着桌边篷壁，是我放在那里的。他漫步过去拿手杖。

我听到身后传来液体落地的声响，连忙转身去看。原来萝西尿在草皮上，耳朵贴在头上，长鼻垂在脸下卷着。

奥古斯特握着手杖，不断用银色把手拍打手心。"你以为你能瞒住我多久？"他稍停片刻，然后直勾勾盯着我的眼睛，"你说啊？"

"奥古斯特，我压根不知道——"我说。

"我说'闭嘴！'"他回转，手杖扫过送餐桌，将碗盘、餐具、酒瓶打翻到地上。接着抬起一条腿去踢送餐桌，桌子哗啦倾倒，瓷器、杯子、食物都飞了出去。

奥古斯特垂眼看看满地狼藉，又抬眼恶狠狠盯住玛莲娜说："你以为我看不出来你搞什么鬼？"他的太阳穴在跳动。"哟，你真了不起，亲爱的。"他对她摇摇指头，绽出笑脸，"我得承认，你真有两把刷子。"

他走回梳妆台，将手杖靠边放下，倾身照镜子，将落到前额的那绺头发拨回去，用手掌抚平。接着怔住，手犹放在前额。"躲猫猫。"他望着镜子里我们的影像，"我看到啰。"

玛莲娜满面惊恐，目光从镜子移到我身上。

奥古斯特转身，拈起萝西的粉红亮片头饰。"何必这么麻烦，是吧？我看到了。你以为我没看到，才怪咧。不过我得承认，你的伎俩确实高明。"他翻过闪亮的头饰。"忠心耿耿的妻子躲在衣橱起劲地做女红。是衣橱吗？还是就在这里？也许是在那婊子的帐篷。婊子总是互相照应，不是吗？"他看着我，"你们是在哪里偷情的，你说啊，雅各？你，到底，在哪里，上我的老婆？"

我挽起玛莲娜的手肘说："走吧，我们走。"

"啊哈！你甚至不反驳！"他嘶吼，紧紧抓住头饰，指节都泛白了。他拉扯头饰，咬牙叫嚣，直到头饰开始歪歪扭扭地裂开。

"娼妇！"奥古斯特咆哮，"贱货！万人压的货色！"他每骂一句，就

261

撕一下头饰。

"奥古斯特！"玛莲娜尖叫着上前，"住手！住手！"

玛莲娜的叫嚷似乎让他吓了一跳，因为他停下手，对她眨眨眼。他看看头饰，又看看她，大惑不解。

玛莲娜静待好几秒，走上前，试探地说："小奥，"她抬头看他，露出哀求的眼神，"你现在没事了吧？"

奥古斯特瞪着她，一脸迷惘，仿佛才刚被唤醒，不知道自己人怎么跑到那里的。玛莲娜慢慢靠上前，"亲爱的。"

他下巴动了动，皱着额头，任凭头饰落到地上。

我想我呼吸都停了。

他低头望着她，鼻子拧起，狠力推她一把，力道大到她摔在翻倒一地的食物、碗盘上。他向前迈出一大步，弯腰试图从她喉咙上扯下项链。但项链扣搭没有松脱，变成他拖玛莲娜的脖子，而玛莲娜在尖叫。

我窜过空地去撞他。萝西在我身后低吼，奥古斯特和我倒向破烂盘子和满地肉汁上。一开始，我骑在他身上捶他的脸。后来，他翻到我上面，揍我眼睛。我扳倒他，让他摔倒在地。

"小奥！雅各！住手！"玛莲娜惊呼。

我把他向后推，但他揪住我的衣领，于是我们俩一起摔向梳妆台。我依稀听见镜子碎落在我们周边的叮玲声。奥古斯特猛力推开我，我们便在帐篷中央扭打。

我们在地上翻滚，低唉，距离近到我感觉得到他的气息吹在我脸上。忽而是我在他身上，把他当沙包。忽而是他在我身上，扯着我的头去撞地面。玛莲娜追着我们团团转，吼着叫我们住手，但我们停不下来。起码我停不下来，几个月来的愤怒、痛苦、挫败全都一股脑儿倾注到拳头上。

一下子，我面对翻倒的桌子。一下子，我面对萝西，它正低鸣着扯它的腿链。一下子，我们又站了起来，揪着彼此的衣领，一边闪躲一边出拳。最后，我们倒向门帘，摔到聚集到帐篷外的人群中间。

不出几秒，格雷迪和比尔将我架走。有那么一瞬间，奥古斯特一副要来追打我的模样，但他鼻青脸肿的面孔又换了表情。他爬起来，冷静地拍掉身上的尘土。

"你疯了。疯子！"我尖嚷。

他冷眼看我，抚平衣袖，走回帐篷。

"放开我。"我哀求，先把头扭向格雷迪，又扭向比尔。"看在老天分儿上，放我走！他是疯子！他会宰掉玛莲娜的！"我拼命挣扎，拖着他们跑了一两公尺。帐篷内传来砸盘子的声音，玛莲娜在尖叫。

格雷迪和比尔两个都在嘀咕，稳住下盘，不让我跑掉。格雷迪说："不会闹出人命的啦，你甭操心。"

厄尔从人群中冲出来，钻进帐篷。摔东西的声音没有了，接着是两声轻轻的闷响，再来一记大声的，一切便归于沉寂。

我愣住，呆呆望着那一大片帆布。

"你看吧，没事了。"格雷迪说，仍旧牢牢抓住我的胳臂，"你冷静下来了吧？我们可以放手了吗？"

我点头，眼睛继续瞪着帐篷。

格雷迪和比尔松开手，但不是一下整个放开，先是减轻手劲，然后放开，但依旧待在我身边，留意我的一举一动。

一只手搭上我的腰，华特站在我旁边。

"走吧，雅各，你别管了。"他说。

"我没办法。"我说。

"你办得到的，来，我们走了。"

我瞪着静寂的帐篷，过了几秒才不死盯着翻动的门帘，举步离开。

华特和我爬上表演马车厢。昆妮从衣箱后面冒出来，老骆正在打鼾。它摇摇短尾，然后停下动作，嗅嗅空气。

"坐下。"华特下达命令，指着便床。

昆妮坐在地板中央。我坐在床缘。这会儿肾上腺素消退了，我才意识到自己伤势惨重。我的手有挫伤，呼吸声听来像是脸上罩了一层防毒面具，右眼睑肿得只剩一条缝。我伸手去摸脸，却沾了一手鲜血。

华特弯腰在一只打开的衣箱翻找东西。当他转过身，手上多了一瓶私酿酒和一条手巾。他来到我面前，拔掉瓶塞。

"咦？华特，是你吗？"老骆从那堆衣箱后面叫道，确信自己听见了拔掉瓶塞的声音。

"你真是惨兮兮啊。"华特说，丝毫不甩老骆。他手巾靠着瓶口，将整个酒瓶翻转过来。他将沾湿的手巾向我的脸覆过来，"不可以动啊，这个会痛。"

这大概是本世纪最轻描淡写的一句话了。当酒精碰到我的脸，我哇哇叫着连忙后退。

华特等在那里，巾子还拿在手上。"要不要咬着东西？"他弯腰拾起软木塞。"喏。"

"不用了。"我咬牙，"等我一下。"我抱胸，前后摇动身子。

"有了。"华特将酒瓶递给我，"喝吧，这玩意儿喝起来就像火在烧，不过只消喝上几口，就不觉得了。你们到底是怎么打起来的？"

我接下酒瓶，动用了伤痕累累的双手才将酒举到口边。我动作迟笨，仿佛手上戴了拳击手套。华特帮忙稳住瓶身。酒液炙着我淤青的嘴唇，从喉咙一路向下沿烧，在胃袋里迸出烈火。我喘息着，慌忙推开酒瓶，酒液都从瓶口溅出来了。

"这玩意儿确实不太顺口。"华特说。

"你们到底要不要放我出来，大家一起分着喝啊？"老骆叫道。

"别吵啦，老骆。"华特说。

"喂！跟一个又老又病的老人家讲话——"

"我叫你住口，老骆！我正在忙。"他又将酒瓶推向我，"喝吧，再多喝一点。"

"你忙什么？"老骆说。

"雅各鼻青脸肿的。"

"什么？怎么会？碰上胡厮缠啦？"

"不是，比那个还糟。"华特阴沉地说。

"什么是胡厮缠？"我从肿大的双唇间出声低问。

"喝酒。"他又将酒瓶推向我，"就是我们团员跟他们土包子干架。可以重来了吗？"

我啜了一口私酿酒。虽然华特说多喝几口就会麻痹，但我还是觉得喝起来像芥子气。我把酒瓶放到地上，闭上眼睛。"来吧，我准备好了。"

华特一手搭着我的下巴，将我的头左右转动，检查伤势。"真惨哪，雅各，到底出什么事了？"他拨开我后脑的头发，显然找到新的伤口。

"他欺负玛莲娜。"

"你是说他动粗?"

"是啊。"

"为什么?"

"他就疯魔起来了嘛,我不知道还能怎么说。"

"你的头发里全是碎玻璃,不要动哦。"他拨弄我的头发,察看头皮,"那他怎么会疯魔起来?"他将玻璃片放在最近的一本书上面。

"我知道就有鬼了。"

"那才真是见鬼呢。你是不是跟玛莲娜不清不白?"

"才没有呢。"我说,不过我敢打包票,若非我的脸早就成了碎肉泥,这会儿一定脸红。

"但愿如此。为了你好,我真心希望你没招惹玛莲娜。"

我右手边传来窸窸窣窣拍打的声响。我想转头去看,但华特扳着我的下巴,不让我动。"老骆,你干吗啦?"华特叫道,热气喷上我的脸。

"我要看雅各有没有事嘛。"

华特应声:"看在老天分儿上,别闹啦。待在那里别动,行不行?待会儿搞不好会有人上门。或许他们是冲着雅各来的,但万一见到你在这里,别以为他们不会顺便干掉你。"

华特清理好伤口,弄掉我头发间的玻璃碎片,我爬到铺盖上,试图找出头上没受伤的地方躺下来。我的脑袋前、后都砸烂了。右眼肿到睁不开。昆妮过来察看,试探地嗅了嗅,退后一公尺坐下,留神盯着我。

华特将酒瓶放回衣箱,又继续弯着腰在箱底翻找。当他站直身子,手上多了一把大刀子。

他掩上房门，用一块木头卡死门缝。然后背倚着墙坐下，刀子放在身边。

一段时间后，我们听到马蹄踩在斜坡道的哒哒声，彼特、奥提兹、钻石乔在车厢另一头低声说话，可是没人来敲门，也没人试图擅自开门。半晌后，我们听到他们拆卸斜坡道，将车厢门关起来。

火车终于轰隆隆向前开，华特呼出一大口气。我转头看他。他头埋在双膝之间，这么坐了片刻才站起来，将刀子溜放到衣箱后面。

"你真是幸运的混账。"他拆下把门卡死的那块木头，一把推开门，走到遮藏老骆的那排衣箱。

"你说我？"我脑袋仍旧醺醺然。

"没错，就是你。起码到现在运气都还不错。"

华特将衣箱从墙壁拖开，带出老骆。然后他把老人拖到车厢那一边，打点如厕事宜。

我的伤势和私酿酒令我昏昏沉沉，打起盹来。

我依稀知道华特喂老骆晚餐。我记得自己撑起身子喝华特给的水，然后又瘫回铺盖。当我再次重拾意识，老骆平躺在便床上打鼾，而华特则坐在角落的鞍褥上，煤油灯在他身边，腿上搁着一本书。

我听见车顶上传来脚步声，片刻后房门外传来一声轻响。我整个人霍地清醒。

华特连忙像螃蟹般横行过房间，从衣箱后面摸出刀子，然后移到门边，手上牢牢握住刀柄。他向我比手势，示意我熄掉煤油灯。我扑过去，但因为一只眼睛肿得睁不开，距离感不太准，结果没扑到。

门咿呀一声向内开，华特握着刀柄的手一抓一松的。

"雅各！"

"玛莲娜！"我叫道。

"天哪，女人哟！"华特嚷着，刀子应声落地，"我差点宰了你。"他抓住门缘，头动来动去，试图看清楚她的周边。"你是一个人吗？"

"是啊，很对不起，我得跟雅各谈谈。"

华特将门缝拉开一点，然后垮下脸说："要命，你最好进来。"

当她进门，我举起煤油灯。她的左眼又紫又肿。

"天哪！是他打的吗？"我说。

"噢，瞧瞧你，你得去看医生。"她伸出手，指尖靠近我的脸挪移着，但没碰到我。

"我还好啦。"我说。

老骆出声："是谁来啦？是个娘儿们？我啥都看不到，谁来帮我翻个身吧。"

"哎呀，不好意思。"玛莲娜说，见到便床上弯曲的身子不禁吓一跳。"我以为这里只有你们两个……噢，真对不起，我现在就回去。"

"你不能回去。"我说。

"我不是指……回到他身边。"

"火车还在走，我不要你在车顶上跑来跑去，更别提你还得跳过一节一节的车厢。"

"雅各说的有道理。我们到外面跟马在一起，房间让给你。"华特说。

"不用了，怎么能给你们添麻烦。"玛莲娜说。

"不然我帮你把铺盖拿到外面给你用。"我说。

"不用啦，我不是有意……天哪，我根本不该来的。"她摇头，手捂着脸，不一刻便哭出来。

我将油灯递给华特，把她拉进怀里。她埋在我胸前，抽抽噎噎，脸蛋贴着我的衬衫。

"妈呀，这下我大概成了共犯了。"华特再度叹息。

"我们到外面谈。"我对玛莲娜说。

她擤擤鼻子，离开我的胸怀，走到马儿那边。我跟在后面，顺手掩上房门。

马儿认出她，发出一声轻鸣。玛莲娜晃过去，抚摸午夜的腰窝。我倚墙坐下，等她过来。不久后，她坐到我旁边。火车拐了个弯，车板在我们下面抖动，让我们两人的肩膀碰在一起。

我先开口。"他打过你吗？"

"没有。"

"倘使他再打你，我向天主发誓，我会干掉他。"

我转头看她。月光从她身后的木条缝隙照进来，映出她的黑色侧影，没有五官。

"我要离开他。"她嘴巴合不拢。

我本能地伸手去摸她的手。她的婚戒不见了。

"你跟他说过吗？"我问。

"说得斩钉截铁。"

"他怎么说？"

"你已经看到他的回答了。"

我们坐着倾听下面轮子的轧轧声。我凝视沉睡马儿的背部，也看着木条缝隙外的夜色。

"你打算怎么办？"我问。

"等我们到了伊利，我大概得跟艾蓝大叔商量，看能不能让我搬去跟其他女人一起住在寝车。"

"在到伊利之前呢?"

"在到伊利之前,我会住在旅馆。"

"你不投奔父母吗?"

她迟疑片刻,"不要,我想他们不会收容我的。"

我们静静倚墙而坐,仍旧握着手。约莫一个钟头后,她睡着了,头滑到我肩头上。我始终清醒,浑身上下每一寸筋肉都感觉到她离我好近。

十九

"扬科夫斯基先生,该准备会客喽。"

这声音好近,我眼皮猛地张开。原来是萝丝玛莉俯身来叫我,天花板上的瓷砖正好框住她的身形。

"啊?噢,对。"我挣着要用手肘撑起身子,欢喜的狂潮涌过我全身。我不但记得自己身在何方,知道她是谁,而且今天还要去看马戏团呢。或许稍早的健忘不过是脑筋一时糊涂?

"别忙,我帮你升起床头。你要上洗手间吗?"

"不要,但我要穿最好的衬衫,还要领结。"

"要领结啊!"她嚷道,仰头呵呵笑起来。

"没错,要领结。"

"天哪,天哪,你真逗。"她说,走到我的衣橱。

当她回来,我已经解开身上衬衫的三颗纽扣。以弯曲变形的指头来说,这个成绩不错。我很开心。脑袋和身体都能正常运作。

萝丝玛莉协助我脱掉衬衫。我低头看着皮包骨的身材。我的肋骨露出来了,残存的几根胸毛是白色的。我觉得自己看来像猎犬,体力充沛,胸膛精瘦。萝丝玛莉引导我的手臂穿好衬衫,几分钟后她俯身将领结边缘塞好。她后退站直，歪头打量，然后做最后的拉整。

"嗯，打领结果然是明智的选择。"她点头称许，声音既深沉又甜蜜，柔和优美，听一整天也不嫌腻。"要照镜子看看吗？"

"领结有打正吧？"我说。

"当然！"

"那就不用照了。我现在不太爱照镜子。"我咕哝。

"嗯，我觉得你看起来很帅。"她说，手叉着腰审视我。

"哎，少来了。"我朝她摇摇一只瘦手。

她又笑了，嗓音有若葡萄酒，温暖我的血管。"你要在这里等家人吗？还是你要到大厅等？"

"马戏几点开始演？"

"三点，现在是两点。"

"那我要去大厅，他们一到就马上出发。"

萝丝玛莉沉着气，等待我将喀啦作响的身子挪到轮椅上。她推我到大厅，我手搁在大腿上握紧，紧张到打颤。

大厅里满是其他轮椅老人，排在供访客使用的单人座椅前面。萝丝玛莉将我安置到尾端，待在艾菲·贝利旁边。

她佝偻着身子，背上的肉瘤令她只能看着自己的大腿。稀疏白发细心梳理过，遮住秃掉的部分。她无力自己梳头，显然是别人帮她弄的。她突然转头看我，神色明亮起来。

"莫帝！"她嚷着，伸出皮包骨的手，抓住我的手腕，"噢，莫帝，你回来了！"

我拉回手臂，但她抓着不放。我退缩着，她将我拉向她。

"看护！看护！"我大叫，努力要挣脱。

几秒后，有人掰开艾菲的手，还我自由。艾菲认定我是她死去的丈夫，而且认定我不再爱她了，便伏在轮椅的扶手上，嘤嘤啜泣，手臂拼命挥着要碰我。马脸看护解救了我，将我推远一点，然后用我的助行器隔开我们两个。

"噢，莫帝，莫帝！别这样！你知道那根本没什么，根本微不足道——只是一个可怕的错误。噢，莫帝！你不再爱我了吗?"艾菲哀号。

我坐着揉手腕，愤慨极了。他们就不能给那种人一个专属的空间吗?怪婆婆脑筋显然坏掉了，说不定会弄伤我呢。当然啦，如果院里真有那么一个地方，我早上又出了那些事，八成也会被送进那里去。一个念头突然掠过我心头，我不禁坐直身子。我脑筋会变得糊里糊涂，也许就是那颗新药丸害的。啊，我一定得问问萝丝玛莉。也许还是甭问了吧。我情愿把一切怪罪到药丸上，这样我会开心一点。我得保住这小小的快乐泉源。

时间一分钟一分钟过去，老人们给家属带走了，剩下的轮椅就像番瓜灯笑嘴里露出的牙齿一样，只剩零零落落几个。一家又一家的人到了，每一家簇拥一个衰微的老古人，用高分贝问好。强健的躯体俯身拥抱虚弱的躯体，亲吻他们的面颊。轮椅的刹车解除了，老人家们一个又一个由亲族拥着出了玻璃门。

艾菲的家人来了，他们做出很高兴见到她的模样。她凝视着他们的面孔，瞪大了眼，张大了口，茫惑不已，不过还是很开心。

这会儿大厅里只剩六个人了，我们狐疑地互相打量。每回玻璃门滑开，我们便一齐转头去看，然后其中一个人便面色一亮。就这样，他们一个个走了，只剩我一个。

我瞥墙上时钟一眼。两点四十二分。去死啦！他们不赶快来，我就要错过开场大秀了。我在轮椅上动来动去，觉得既暴躁又苍老。要命，我确实是暴躁又苍老啊。可是等他们到的时候，我一定得尽量压下火气，赶他们快快带我去马戏团，让他们明白没有时间打哈哈，什么升官、度假的话题可以等看完马戏团再说。

萝丝玛莉从走廊探出头来，朝两边看了看，确认大厅里只剩我一个人。她走到护理站后面，将病历板放到柜台，出来坐在我身边。

"你家人还是没个影子呀，扬科夫斯基先生？"

"是啊！他们再不来，来了也没意思了。好位子肯定都被占光光了，我要错过主秀啦。"我大叫，撇过头去看时钟，心情郁闷，烦躁不堪。"他们怎么还没来嘛？平常这个时候他们早就来了。"

萝丝玛莉看看手表。金色表面，弹性表带，看来仿佛在拧她的肉似的。我手表一向挂得松松的，打从我拥有第一只手表就是这样了。

"你知道今天轮到谁来吗？"她问。

"不知道。我一向就不知道的，反正只要他们按时来，来的是谁也无所谓。"

"嗯，我看看能不能帮你问出来。"

她起身，走到护理站柜台后面。

我注视玻璃门外人行道上的每一个行人，搜寻我熟识的面孔。但他们都行色匆匆，面孔模糊，无人例外。我看看萝丝玛莉。她正站在桌子后面打电话。她瞥我一眼，挂断电话，又拨了另一通。

时钟标示着两点五十三分，只剩七分钟就要开场了。我血压飙升，整个身子就跟头顶上的日光灯一样嗡嗡作响。

我完全打消了不发脾气的念头。不管是谁来接我，我都要让他们知道我的心情，我说到做到。等他们来，这里所有的老怪物、大笨蛋全都看过马戏团的完整表演，包括主秀，这公平吗？若说这里有谁最应该去看马戏团，那就是我了。噢，等我见到家人，就要他们好看。如果来的是我的儿女，我就当场好好训斥他们，如果来的是其他人呢，那我就等——

"很抱歉哪，扬科夫斯基先生。"

"啊？"我快快抬眼。萝丝玛莉回来了，坐在我旁边的座位。我慌乱得没察觉她回来了。

"他们压根忘掉这回轮到谁来了。"

"这样啊，那他们决定该由谁来？他们还有多久才会到？"

萝丝玛莉迟疑着，抿着唇，双手握住我的手。她挂着即将说出坏消息的表情，我等得肾上腺素都上升了。"他们来不了了。今天是轮到你儿子赛门过来。我打电话过去的时候，他才记起来，可是他已经有别的事了。其他人的号码都没人接。"

"别的事？"我沉声说。

"是的，先生。"

"你跟他说马戏团的事了吗？"

"说啦，他说他真的非常非常抱歉，他真的没办法脱身过来。"

我皱起脸，登时哭得像个小孩一样一把鼻涕一把泪。

"我真的很抱歉，扬科夫斯基先生。我知道你有多在乎这件事。如果我不是要值十二小时的班，我就带你去了。"

我用手捂住脸，试图遮掩老泪。几秒后，一张卫生纸在我面前晃呀晃。

"你是个好女孩，这个你知道吧？"我接下卫生纸，止住鼻子漏水。"没有你，我就不知道该怎么办了。"

她注视我良久，太久了。最后她说："扬科夫斯基先生，你知道我明天就要走了吧？"

我霍地抬头。"啊？走多久？"该死，屋漏偏逢连夜雨。她要是去度假，等她回来，我八成就忘掉她的名字了。

"我们要搬去里奇蒙，离我婆婆近一点。她身子不舒服一阵子了。"

我惊呆了，下颚徒劳无功地动了动，片刻才找到话说。"你嫁人啦?"

"我过了二十六年幸福的婚姻生活啦，扬科夫斯基先生。"

"二十六年? 不会吧，我不信，你才不过是个小姑娘。"

她呵呵笑了。"我都做奶奶了，扬科夫斯基先生。我四十七岁了。"

我们静静坐了一会儿。她从粉色口袋掏出新的卫生纸，换下我手上湿掉的那张。我拍拍深陷的眼窝。

"你先生是个幸运的男人。"

"我们俩都很幸运，真的幸福极了。"

"你的婆婆也是。你知道我那些小孩没有半个肯接我回去住?"

"这个嘛……你知道奉养父母有时候并不是那么容易。"

"我也没说那有多简单。"

她握住我的手。"我知道，扬科夫斯基先生，我知道。"

这一切实在太没天理了。我合上眼睛，想像艾菲·贝利滴着口水坐在大篷里。她甚至不会察觉自己去了马戏团，事后也不会记得任何表演。

两分钟后，萝丝玛莉说:"我能为你做什么事吗?"

"不用了。"我说，除非她能送我去马戏团，或是把马戏团送到我面前，否则确实没有她能帮上忙的地方了。不然把我一起带去里奇蒙也行。"我想一个人静一静。"我补上一句。

"我了解。要不要回房间去?"她柔声说。

"不用了，我想待在这里。"

她站起来，俯身下来，亲了我前额一下，身影消失在走廊，橡胶鞋底在瓷砖地板上吱吱作响。

二十

醒来不见玛莲娜，我立刻去找她，结果见到她跟厄尔从艾蓝大叔的车厢出来。

我很开心见到奥古斯特跟我一样惨，看来活像是一颗被打扁的烂西红柿。当玛莲娜爬上车厢，奥古斯特咒骂她，试图跟着她走，但被厄尔拦住去路。奥古斯特气急败坏，从这扇窗户移到另一扇窗户，扳着窗缘不放，声泪俱下，懊悔不已。

他绝不再犯。他爱她胜于生命，想必她也知道的啊。他不晓得自己中什么邪了。要他怎么赔罪都可以，怎样都可以呀！她是女神，她是皇后，而他不过是一个悔恨交加的凄惨可怜虫。她看不出他有多抱歉吗？她想折磨他吗？难不成她没有良心？

当玛莲娜拎着皮箱出来，她直直从他面前走过，看也不看他一眼。她戴着一顶草帽，下垂的帽檐拉低，遮住瘀黑的那只眼睛。

"玛莲娜。"他叫道，伸出手抓住她的臂膀。

"让她走。"厄尔说。

"求求你，我求你啊。"奥古斯特颓然跪落在尘土上，手从玛莲娜的左臂一路向下滑到她的手，然后将她的手拉到面前，泪如雨下，亲吻她的手。她面若寒霜，直视前方。

"玛莲娜，心爱的，看看我吧，我给你跪下了，我求你，你还要我怎么样？我的心肝，我的亲亲，求求你和我进去吧，我们好好谈一谈，会有办法解决的。"他伸手到口袋翻找，掏出一枚戒指，拼命要戴到玛莲娜手上。玛莲娜挣脱他，举步就走。

"玛莲娜！玛莲娜！"他尖叫起来，连脸上没淤伤的部分也红了，头发落到前额。"你不能走！我们之间还没完呢！听见没有？你是我的老婆啊，玛莲娜！记得吗？我们生死不渝。"他爬起身，双拳紧握，扯开嗓门大叫："生死不渝！"

玛莲娜将皮箱塞给我，不曾停步。我转身，盯着她的水蛇腰，跟着她穿越枯黄的草地。她一直走到营地边上才缓下脚步，我也才能和她并肩走。

我们推开旅馆大门，门上方的铃响了，柜台应声抬眼，"需要效劳吗？"他脸上的表情由愉悦转为戒备又转为鄙夷。在我们去旅馆的路上，碰见的每个路人表情变化和他如出一辙。坐在大门边长椅上的一对夫妻大刺刺地瞪着我们。

我们俩也确实惹人注目。玛莲娜眼睛周围成了深蓝色，但起码脸型没有变。我的脸都肿了，皮也破了，淤青和渗血的伤口重重叠叠。

"我要一个房间。"玛莲娜说。

柜员嫌憎地打量她说："我们客满了。"他用一根手指推推眼镜，目光落回账本。

我放下皮箱，站到她身边："你们的牌子上面说有空房。"

他嘴唇紧紧抿成一线："那是牌子写错了。"

玛莲娜碰碰我的手肘："算了吧，雅各。"

"我才不要算了。"我转头对柜员说，"这位小姐需要一个房间，你们明明有空房。"

他猜疑地瞟一眼玛莲娜的左手，挑起一边眉毛。"我们不租房间给未婚男女同宿。"

"不是我们要住一间房间，只有她。"

"是喔。"他说。

"朋友，你放尊重点。我不喜欢你话里的弦外之音。"

"算了吧，雅各。"玛莲娜又说，脸色甚至更白了，盯着地板。

"我哪有什么弦外之音。"柜员说。

"雅各，别这样，我们去别的旅馆。"玛莲娜说。

"哎呀，我知道你是谁。"长椅夫妻中那个太太开口了，"你是海报上的女孩子！对！我敢说一定是。"她转向她身边的男人说："诺博，这是海报上那个女孩子！对吧？小姐，你是马戏团的台柱吧?"

"且慢，我想我们有——"柜员叫道。

我砰地摔上门。

跟这家旅馆隔了三户的另一家旅馆就没有道德顾忌，不过那个柜员我一样看不顺眼。他一心只想知道出了什么事，眼睛上上下下打量我们，炯炯放光，好奇又狡猾。倘若玛莲娜的黑眼圈是我们两人惟一的伤痕，我知道他会怎么推断我们的事。不过因为我的伤势比她严重得多，他看不出个所以然。

"房号是2B。"他将钥匙悬在指头上，在面前晃呀晃，一边贪婪地盯着我们看。"上楼梯右转，走廊走到底。"

我跟着玛莲娜，盯着她优美的臀型，爬上楼梯。

她插进钥匙，试图打开门锁，一分钟后她站到一边，任钥匙挂在锁头。"我开不开，你试试好吗？"

我摇了摇钥匙，几秒后，锁头开了。我推开门，站到一旁让玛莲娜进入房间。她将草帽扔到床上，走到窗边。窗子是开着的，一阵风卷起窗帘，先是将窗帘吹向房内，接着又吸向外面，贴在纱窗上。

这间房间素朴但差强人意，有印花壁纸和窗帘，床上铺着绳绒床罩。浴室门没有关，还蛮大间的，浴缸是有四只脚的那一种。

我放下皮箱，困窘地站在那里。玛莲娜背对我，脖子上有伤痕，是奥古斯特拉扯项链弄出来的。

"你还缺什么吗？"我帽子拿在手里翻来翻去。

"没有，谢谢你。"她说。

我又看了她一会儿。我好想走过去把她揽进怀里，但我却走出去，轻轻关上房门。

我想不出做什么好，便去兽篷做例行的工作。切剁食物，搅拌，调配分量。我检查一头牦牛的牙齿脓肿，跟波波握手，带着波波一起去检查其他动物。

我清除粪便的时候，钻石乔来到我身后。"艾蓝大叔要见你。"

我盯着他片刻，才把铲子放到干草上。

艾蓝大叔在交谊车厢，面前放着一盘牛排和薯条。他手握雪茄，口吐烟圈，跟班们站在他身后，面容警醒。

我摘下帽子。"你找我？"

"啊，雅各。"他倾身向前，"看到你真高兴，你帮玛莲娜打点好了？"

"如果你是指住宿的事，她现在在旅馆。"

"住宿啊，对，不过其他的事呢?"

"我不明白你的意思。"

他沉默片刻，然后放下雪茄，双手合十。"简单一句话，我不能失去他们任何一个。"

"就我所知，玛莲娜没打算离开马戏团。"

"奥古斯特也没那个打算。你想想，倘若他们两个都留在团里，但是不复合，那会怎么样。奥古斯特伤心得不成话了。"

"你该不会建议玛莲娜回到他身边吧。"

他泛起微笑，歪着头。

"奥古斯特揍了玛莲娜。艾蓝，他揍了老婆。"

艾蓝大叔摸摸下巴，思索着。"是没错，不过老实讲，我不在乎那种事。"他挥挥手，示意我坐到他对面。"坐吧。"

我上前，屁股挨着椅子边坐下。

艾蓝大叔歪着头端详我。"传言是不是真的?"

"什么真的假的?"

他手指敲着桌子，努着嘴。"你跟玛莲娜是不是 —— 唔，怎么说呢 —— "

"没有。"

"嗯，很好。我想也是，很好，既然如此，你可以派上用场。"

"要干吗?"我说。

"我去劝奥古斯特，你去劝玛莲娜。"

"我不干。"

"你是他们夫妻俩的朋友，立场很为难。"

"我才不是奥古斯特的朋友。"

他叹了口气，摆出耐着性子的表情。"你得晓得奥古斯特有时候会变一个人，那不是他的错。"他身子向前凑过来，盯着我的脸。"妈呀，我最好找个医生来看看你的伤势。"

"我不用看医生。这一切当然是奥古斯特的错。"

他注视我，身子靠回椅背。"他生病了，雅各。"

我闷不吭声。

"他是幻想型心神分别症。"

"什么？"

"幻想型心神分别症。"艾蓝大叔复述。

"你是说妄想型精神分裂症？"

"管那叫什么玩意儿。总归一句话，他要起性子就跟疯子一样，他也真的很有才气，所以我们见招拆招。当然啦，玛莲娜会比谁都难挨，我们得支应她。"

我摇头，惊呆了。"你知道你在讲什么吗？"

"他们两个我少了谁都不行。他们不复合，我就治不住奥古斯特。"

"他打了老婆啊。"我又说一遍。

"是，我知道，那实在让人难过，但再怎么说，他总是她老公啊，对吧？"

我把帽子戴回头上，起身。

"你想上哪儿去？"

"回去干活。我不要坐在这里听你说什么谁叫玛莲娜是奥古斯特的老婆，挨打也无妨。我也不要听你说奥古斯特打人不是他的错，谁叫他是疯子。他要真是疯子，玛莲娜就更应该离他远一点。"

"想保住差事就坐下。"

"你知道吗？我才不在乎咧。"我朝门口走，"告辞，但愿我能说很荣幸在你手底下当过差。"

"那你的小朋友怎么办呢？"

我僵住，手仍搭在门把上。

"那个养了一条狗的小屁蛋。"他若有所思，"还有另一个——哎，他叫什么名字来着？"他一边打榧子一边想。

我慢慢转过身，我知道他要使出哪一招。

"反正，你晓得我在讲谁啦。那个毫无用处的跛子，几个礼拜以来都白吃白喝，占用我火车的位子，却连半件工作也没做过。他该怎么办呢？"

我瞪大眼，恨得牙痒痒，脸颊发热。

"你真以为可以神不知鬼不觉，在我眼皮底下藏人？你以为瞒过得他吗？"他面容严峻，目光如炬。

他的神情忽地柔和起来，笑容温煦，摊开手恳求。"你知道你完全误会我了。团里的成员就是我的家人，我深深关心每一个团员。为了大家好，有时候得牺牲一些人，这个道理我很清楚，但你显然不了解。现在，这个大家庭需要奥古斯特和玛莲娜合好。好了，你明白我的立场了吗？"

我注视他闪亮的眼睛，心想真恨不得一斧头劈开他的脑袋。

"明白了，先生。我完全明白了。"我总算开口。

萝西一脚踩在木盆上，让我修趾甲。它一只脚五个趾甲，跟人没两样。正在弄它前脚的时候，我忽然察觉到兽篷里的人全停下活计。工人们通通僵住了，睁大了眼望着兽篷入口。

我抬眼，原来是奥古斯特来了。他在我面前停下脚步。他的头发落到前面，他用一只肿大的手拨回去。他的上唇成了蓝紫色，像烤香肠一般裂开。他的鼻子扁了，歪到一边，上头凝着血饼。他拿着一根点燃的香烟。

"天哪。"他试图笑一笑，但嘴唇裂得他笑不出来。他深深吸了一口烟。"很难说谁伤势比较惨重，是吧，小老弟？"

"你要干吗？"我俯身磨掉一个大趾甲的利角。

"你该不会还在记恨吧？"

我一声不吭。

他看着我片刻。"听着，我晓得自己太过火了。有时候，幻想会让我失去理智。"

"是喔，就是那么一回事吗？"

"听着，"他喷出烟，"过去的就过去了，你觉得如何呢？小老弟，我们还是朋友吧？"他伸出手。

我站直身子，双臂垂在身侧。"你打了她，奥古斯特。"

旁人无言地望着我们。奥古斯特看来怔住了，嘴唇动了动。他缩回手，香烟改用那只手拿。他的双手都淤青，指甲龟裂。"是，我知道。"

我后退，打量萝西的趾甲。"Połóź nogę，Połóź nogę。（放下脚。）"

它抬起巨大的脚，放回地上。我将那个倒扣的木盆踢向它另一条前腿。"Nogę！Nogę！"萝西移动重心，将脚搁到盆底中央。"Teraz do przodu。（接着来，继续。）"我用指甲戳它腿的后方，直到它脚向前移，把趾甲的部分露到盆边外面。我说"乖妹妹"，拍拍它的肩。它举起长鼻，开口微笑。我手探进它嘴里，摸摸它的舌头。

"你知道她在哪里吗？"奥古斯特说。

我俯身检视萝西的趾甲，抚摸它的脚底。

"我得见她。"他继续说。

我开始修趾甲。细密的趾甲屑飞溅起来。

"好，你不说就算了。"他语气酸溜溜，"不过她是我老婆，我会把她找出来的。就算我得一间一间旅馆去找，我也一定会找到她的。"

我抬眼，恰恰看到他弹掉香烟。香烟飞起来，落到萝西张开的嘴巴，滋了一声。它低吼起来，惊慌失措猛甩头，用长鼻去掏嘴巴。

奥古斯特迈开大步走了。我转头去看萝西。它正望着我，脸上挂着一股无法言喻的哀伤，琥珀色的眼瞳泪汪汪的。

早该知道他会一间旅馆一间旅馆地找人。但我昏了头了，这会儿她就在街上第二家旅馆，再好找不过了。

我晓得有人在监看我，没敢离开，一有机会便溜出营地，赶去旅馆。我在街角等了一分钟，四下打量，确认没人跟踪。等我喘过气，我摘下帽子，揩揩前额，进入旅馆。

柜员抬眼看我。他不是先前那一个。他目光一呆。

"你想怎样？"他说，一副曾经见过我的模样，仿佛天天见到鼻青脸肿的人似的。

"我来见拉契小姐。"我记得玛莲娜是用娘家姓氏登记的。"玛莲娜·拉契。"

"没有这个人哦。"

"怎么会没有，今天早上我才送她住进来这里。"

"很抱歉，但你记错了。"

我瞪着他片刻，然后往楼梯飞奔。

"嘿！朋友，你给我回来！"

我爬上阶梯，一次跨两阶。

"你再上去，我就报警了！"

"请便！"

"我要报警啰！我在打电话了！"

"很好！"

我用淤青比较少的那只手猛敲门。"玛莲娜！"

一秒后，柜员揪住我，扳过我的身体，把我按在墙上。他抓着我的衣领，贴着我的脸说："我跟你讲过了，她不在这里。"

"他没关系的，亚伯特，这个是我的朋友。"玛莲娜来到走廊。

他僵住，阵阵热气喷到我脸上。他瞪大了眼，很困惑的模样。"什么？"

"亚伯特？"我也弄糊涂了，"亚伯特？"

"那之前那一个呢？"亚伯特气急败坏。

"那个人不是他，是另一个人。"

"奥古斯特来过了？"我总算搞清楚状况了，"你没事吧？"

亚伯特猛地转过头去看她，又转回来看我。

"他是我的朋友，他就是挺身反抗奥古斯特的人。"玛莲娜解释道。

亚伯特放开我，困窘地试图拉平我的外套，然后伸出手要握手。"不好意思，兄弟，你跟那个家伙活脱一个模子印出来的。"

"噢，没关系啦。"我说，和他握手。他使了手劲，我不禁缩回手。

"他在找你。我们得帮你换个地方。"我向玛莲娜说。

"别傻了。"玛莲娜说。

亚伯特接口说："他已经来过了。我跟他说她不在这里，他好像相信了。所以见到你——呃——他又跑来，才会吓一跳。"

楼下门铃叮铃铃响，亚伯特和我四目对望，我连忙拥着玛莲娜进房间，亚伯特赶忙下楼。

"需要我效劳吗?"我关上门时听见他这么说，从他的语调判断，来人不是奥古斯特。

我倚在门上，松了一口气大口喘息。"倘若你肯让我帮你找个离团里远一点的旅馆，我真的会放心一点。"

"不用了，我要待在这里。"

"为什么?"

"他已经来过这里了。他以为我在别的旅馆。再说，我总不能躲他一辈子，明天就得回火车上。"

我连想都没想过这一点。

她走到房间另一头，经过小桌的时候，手搁在桌面，轻抚过去。然后颓然坐到椅子上，头枕在椅背上。

"他拼命跟我道歉。"我说。

"你接受他的道歉了吗?"

"怎么可能。"我说，受到冒犯了。

她耸耸肩。"倘若你接受了，你日子会比较好过。如果你不肯，你大概会被开除。"

"他打了你哎，玛莲娜!"

她闭上眼睛。

"我的天啊，他一向都这样吗?"

"是啊，嗯，他以前从来没打过我。不过阴晴不定的脾气嘛，没错，我一向就不知道一觉醒来，他会是什么心情。"

"艾蓝大叔说他是幻想型精神分裂症患者。"

她垂下头。

"你能忍受吗?"

"我还有什么选择吗?我是嫁给他之后才知道的。你也见识过了,他开心起来,可以是全天下最迷人的人物。不过要是有什么事情惹得他发作……"她叹了一口气,沉默半晌,时间久到我纳闷她会不会把话接完。当她再度开口,嗓音是颤抖的。"我第一次见到他发作的时候,我们才结婚三个礼拜,把我吓死了。他痛殴一个兽篷工人,把人家打瞎了一只眼睛。我亲眼看到他打的。我打电话回娘家,问他们我能不能回家,但他们连跟我说话都不肯。我嫁给犹太人就够糟糕的了,还想离婚?我父亲逼我母亲跟我说,在他眼里,在我私奔的那一天,我就死了。"

我穿过房间,跪在她身边,举起手抚摸她的秀发,但几秒后便将手搁在椅子扶手上。

"又过了三个礼拜,一个兽篷工人去帮奥古斯特喂大猫,结果一条胳膊被咬断,失血过多就死了,我们没来得及问出发生什么事。那一季又过了一阵子,我发现奥古斯特之所以能交给我一队表演马,只是因为先前的驯马师死了。那人也是女的,她晚上到奥古斯特的包厢小聚,然后就从行驶中的火车跳下去了。还有其他的事情。不过他把矛头指向我,倒是第一次。"她颓然趴下,片刻后肩膀开始一抽一抽。

"噢,嘿。"我茫然无措,"嘿,好了,没事了,玛莲娜,请你看着我。"

她坐直了,擦擦脸,望着我的眼睛。"你留下来陪我好吗,雅各?"

"玛莲娜——"

"嘘。"她挪到椅垫边缘,一只指头按着我的唇,身子溜到地面,跪在我面前,只离我几公分。我的唇感觉到她的指尖颤抖。

"拜托，我需要你。"经过短到不能再短的迟疑，她抚摸我的五官，手指试探着，动作轻柔，几乎没碰着我的皮肤。我喘息，闭上眼睛。

"玛莲娜——"

"什么都别说。"她轻轻说，手指颤抖着摩挲我的耳朵，探到我的后颈。我打着哆嗦，浑身寒毛倒竖。

她的双手移到我衬衫，我睁开眼睛。她慢慢解开扣子，有条不紊。我望着她，心知应该阻止她。但我办不到。我无可救药。

当衬衫纽扣都解开了，她将下摆从我裤腰拉出来，深深地望着我。她倾身向前，朱唇撩过我的嘴，轻柔到甚至不是一个吻，仅仅是挨上皮肉罢了。她停顿只一秒时间，双唇离我很近，近到我脸上可以感觉到她的呼吸。然后她靠上前吻我，一个轻巧的吻，试探着，但流连不去。下一个吻力道强了点，再下一个更强一点。不一刻，我便回吻她，双手捧着她的脸蛋。她的手移向我的胸膛，往下面探去。当她摸上我的裤子，我倒抽一口气。她踌躇着，手指划过我勃起阳具的周边。

她停下动作。我摇摇晃晃，膝盖哆哆嗦嗦。她仍旧定定望着我，将我的双手拉到唇前，吻了我左右手的手心，再将我的手牵到她胸脯上。

"摸我，雅各。"

我完了，死定了。

她的乳房小巧浑圆，有若柠檬。我捧着她的乳房，拇指在她胸脯游走，感觉到她的乳尖在她棉布洋装下挺立。我淤青的唇紧紧贴上她的唇，双手游过她的胸膛、她的腰身、她的大腿——

她脱掉我的长裤，将我的那话儿捧在手里，我抽身。

"拜托拜托，让我进去。"我喘息着，嗓音嘶哑。

不知怎么的，我们跌跌撞撞来到床上。当我终于陷入她的娇躯，我叫了出来。

之后，我像根汤匙般蜷缩在她身边。我们静静相偎，直到夜幕低垂，然后她嗫嚅着，开始说话。她将脚挪到我足踝之间，拨弄我的指尖，不一刻，话语便一倾而出。她说了又说，不用我响应，也不容我答腔，我只是拥着她，抚摸她的发丝。她娓娓道出过去四年的苦痛忧惧，说她如何学着接纳一个暴戾而阴晴不定的丈夫。又说直到不久以前，她总算学会思考。最后，我来了，逼得她幡然大悟，原来她从来没学会接受这一切。

等她终于默然无声，我继续抚摸她，双手轻轻抚过她的发丝，她的手臂，她的臀。然后我开始说话。我告诉她我的童年和我母亲的杏子卷心蛋糕。我告诉她我青少年时跟着父亲去诊治动物，还有康奈尔大学录取我的时候父亲有多得意。我告诉她我在康奈尔大学的生活以及凯萨琳，还有我当初以为那就是爱。我告诉她我父母为了闪躲老麦佛森先生的车，车子冲到桥下，还有银行接收了我们的家，还有我如何在考场崩溃，看不到同学脸上的五官，就这么离开试场。

在早晨，我们再度做爱。这一回她拉着我的手，引导我的手指在她身上游移。一开始，我不知道她在做什么，但是当她在我的抚触下颤抖，迎合我的手部，我才明白她是在教导我如何对待女人。我高兴得想哭。

完事后，她偎在我怀里，发丝搔着我的脸。我轻轻抚摸她，熟记她身体的曲线。我要她和我合而为一，就像奶油抹吐司一样。我要她成为我的一部分，从今尔后，我走到哪里，她都在我血肉中。

我要。

我躺着一动不动，细细品味她贴着我身躯的感觉。我不敢喘大气，惟恐一切化为泡影。

二十一

玛莲娜忽地动了，霍然坐直身子，抄起我搁在床头小桌的手表。

"糟了。"她扔回手表，脚一挥放到地板。

"咦？怎么了？"我问。

"已经中午了，我得回去了。"

她三步并作两步进了浴室，掩上门扉。片刻后，传来冲马桶的声音和水声。接着又冲出来，团团转着捡起地上的衣物。

"玛莲娜，等一等。"我下床。

"不行，我得上场表演。"她和丝袜奋战。

我走到她背后，揽着她的肩。"玛莲娜，拜托。"

她停下手，慢慢转身面对我，目光先是盯着我胸膛，然后移到地板。

我垂眼凝望她，忽然间嘴笨起来。"昨天晚上你说'我需要你'，你一直没提过'爱'这个字，所以我只知道我对你的心意。"我艰难地咽咽口水，望着她头发分边的那条线。"玛莲娜，我爱你，我以整颗心、整个灵魂爱你，我要和你长相左右。"

她继续盯着地板。

"玛莲娜！"

她抬起头，眼里泛着泪光。"我也爱你。"她低语，"打从第一眼见到你，我大概就爱上你了。可是你不明白吗？我已经嫁给奥古斯特了。"

"我们可以解决这件事。"

"可是——"

"没什么可是不可是的。我要和你厮守。只要你也有心，我们就能想出法子。"

漫长的静默。她总算说："这辈子，我从没这么想和一个人厮守。"

我捧着她的脸，亲吻她。

"我们得离开团里。"我用拇指揩掉她的泪水。

她点头，擤着鼻子。

"但是，得等我们到了普洛维登斯才能离开。"

"为什么？"

"因为老骆的儿子会在那里来找我们，接老骆回家。"

"能不能让华特自己照顾他，我们先走？"

我闭上眼，和她额头贴额头。"事情没那么简单。"

"怎么说？"

"艾蓝大叔昨天找过我，他要我劝你回到奥古斯特的身边。他威胁我。"

"这样啊，他不威胁人，就不是艾蓝大叔了。"

"不，我是说他威胁要让华特和老骆去见红灯。"

"唔，那只是说说，别当真，他从来没做过那种事。"

"谁说的？奥古斯特？艾蓝大叔？"

她抬眼，吓到了。

"我们在达芬波特的时候，铁道公司的人来找过艾蓝大叔，你记得吗？他们来，是因为飞天大队在前一夜有六个人失踪了。"

她蹙着眉头，"我以为他们来，是因为有人找艾蓝大叔麻烦。"

"不是那样的，他们来是因为有六个人见了红灯。老骆本来也是要被扔掉的人。"

她呆望我片刻，然后用手捂住脸。"天哪，天哪，我太笨了。"

"你不笨，一点也不笨，你只是很难相信有这种丑恶的事。"我搂着她。

她的脸埋在我胸膛，"雅各啊，我们该怎么办？"

"我不知道。"我抚摸她的头发，"我们会想出办法的，不过，我们行事得非常非常小心。"

我们各自回到场子，没敢张扬。我帮她提皮箱，走到离场子一条街的地方才还给她自己提，然后看着她穿过场子，回到她的梳妆篷。我在附近打转，以防奥古斯特不巧正好在篷内。几分钟后，看看似乎没出什么状况，便回到表演马车厢。

"哟，我们的寻芳客回来了。"华特说。他正在将衣箱推回墙壁前，遮掩老骆。老人躺在那里，眼睛闭着，嘴巴开开，正在打鼾。华特一定是给他灌酒了。

"衣箱不用再挪来挪去了。"我说。

华特站直身子。"啊？"

"老骆不用再藏起来了。"

他瞪我。"你说什么？"

我坐在铺盖上。昆妮跟过来，摇摇尾巴。我搔搔它的头，它把我全身上下都嗅一遍。

"雅各，发生什么事了?"

我一五一十说出来，他的表情从惊愕转为恐惧，最后转为怀疑。

"王八蛋。"他最后说。

"华特，别这样——"

"这么说，你们到普洛维登斯就要闪人了，你还真好心，肯等那么久。"

"那是因为老骆——"

"我明白是因为老骆。"他大吼，然后握起拳头捶胸，"那我怎么办?"

我张开嘴巴，但发不出声音。

"哼，我想也是。"他语调里满是讽刺。

"跟我们一起走。"我不假思索。

"是喔，还真感人哪，就我们三个相依为命，我们到底能上哪去?"

"我们查广告，看哪个马戏团缺人。"

"谁会缺人啊，全国各地的马戏团倒的倒，垮的垮。有人在饿肚子，饿肚子啊! 就在咱们美利坚合众国啊!"

"我们会找到差事的，总会有的。"

"找得到才有鬼咧。"他摇头，"该死哦，雅各。我只能说，希望她值得我们惹这个麻烦。"

我四处找奥古斯特，一路找到兽篷去。他不在那里，不过兽篷工人显然都神经兮兮。

下午过了一半，艾蓝大叔差人叫我去他的车厢。

"坐。"艾蓝大叔见我进门，便招呼我，指指他对面的椅子。

我坐下。

他身子靠着椅背，捻弄胡子，眯着眼。"有什么进展吗?"

"还没有，不过，我想她会回心转意的。"我说。

他睁大了眼，手指停止搓捻。"当真?"

"当然啦，不会是马上，她还在气头上。"

"是是是，"他热切地凑上前来，"可是你真的认为……"他没把话说完，眼里闪着希望的光芒。

我大叹一口气，背部靠到椅背，跷起腿。"当两个人注定厮守一生的时候，他们就会厮守在一起，这是天意。"

他盯着我的眼睛，一抹笑意泛上他的脸。他举起手打榧子，"给雅各一杯白兰地，我也来一杯。"

一分钟后，我们各自端着一大杯酒。

"那么，请你告诉我，你觉得要多久……"他说，手在头旁边比划着。

"我想，玛莲娜想教训奥古斯特。"

"是是是，这是当然。"他脸向前凑，眼睛发亮，"是，我能谅解。"

"还有，要让玛莲娜觉得我们都站在她那一边，不是帮奥古斯特撑腰，这很要紧。你晓得女人就是这样。千万不能让她觉得我们不同情她，不然一切就回归原点了。"

"这是当然。"他说，又是点头，又是摇头，头就这么转着圈。"一点也没错，你说我们该怎么做?"

"嗯，奥古斯特应该离玛莲娜远一点，让玛莲娜有机会想念他。如果他能假装他不在乎玛莲娜，对他说不定反而有好处。女人家就是这种别扭脾气。还有，千万不能让玛莲娜觉得我们想逼他们复合。要成事，就一定要让她以为是她自己决定复合的。"

"嗯，对，有道理。"他沉思着点头，"那你想，要多久？"

"应该不会超过几个礼拜。"

他停止点头，瞪大了眼。"那么久啊？"

"我是可以加一把劲推波助澜，但难免有擦枪走火的风险。你是了解女人的。"我耸肩，"也许要两个礼拜，也许明天就搞定了。可是，倘使她觉得有一丝压力，她就会为了给咱们一点颜色瞧瞧而退缩回来。"

"是，正是如此。"艾蓝大叔说，一只指头拿到唇前。他端详我，我觉得他看了我好久。"你倒是说说，你为什么改变昨天的立场？"

我举起酒杯，转转白兰地，注视杯脚和杯身交接的那一点。"这么说吧，事情的态势忽然之间变得很清楚。"

他眯起眼。

"敬奥古斯特和玛莲娜。"我将酒杯高高举起，白兰地从杯口溅了一些出来。

他慢慢举杯。

我将杯中剩下的酒一仰而尽，露出微笑。

他放下酒杯，不曾啜饮。我歪着头，持续微笑。就让他审视我吧，爱怎么看就怎么看，今天我所向无敌。

他开始点头，满意了，啜了一口酒。"嗯，很好，我得承认，见你昨天的样子，我还在担心。我很高兴你回心转意了。你不会后悔的，雅各。这样对大家最好，对你更好。"他用酒杯指指我，然后送回唇边一仰而尽，"我会照顾那些照顾我的人。"他咂咂唇，注视我，又补一句，"我也照顾那些不照应我的人。"

那天晚上，玛莲娜用湿粉饼遮住黑眼圈，带着她的马表演无人骑乘马术。但奥古斯特的脸没办法靠化妆粉饰，所以要等到他重拾人样的时候，才恢复大象表演。当地人已经眼巴巴盯着萝西站在球上的海报两星期了，他们看完了表演，才气呼呼察觉那只在兽篷里开心收下糖果、爆玉米花、花生的厚皮动物甚至没在大篷露脸。很多人嚷着要求退费，不待其他人起哄一起讨钱，那些人便被赶去见律师，由律师摆平他们。

　　几天后，亮片头饰重新出现，已经用粉红色的线小心缝补过了。因此，萝西在兽篷迷倒众生的时候，模样可真漂亮，但它仍然不上场，每场表演结束后，总有人抗议。

　　日子就这么勉强维持老样子。我早上做些例行工作，等观众来了，就退到后台。艾蓝大叔认为我的烂西红柿脸蛋不宜见人，我也不怨怪他。我的伤势在消退之前，外观看起来反倒严重许多。我的脸渐渐消肿后，我发现这辈子鼻子永远都会是歪的了。

　　只有在用餐时间，我们完全见不到奥古斯特。本来艾蓝大叔把他调去和厄尔同桌，可是他每回都只坐在那里，生着闷气，死死瞪着玛莲娜，后来他就被调去餐车，和艾蓝大叔一起进餐。就这样，玛莲娜跟我一天三次面对面共坐一桌，虽然是在大庭广众之下，我们却是独处的。

　　我得承认，艾蓝大叔确实努力信守他和我的约定。但奥古斯特远远不受控制。艾蓝大叔不准他到伙房用餐之后的那一天，玛莲娜一转身，就见到他的身影闪到门帘后面溜走。一小时后，他在营地向玛莲娜搭话，跪在她面前，双臂抱住她的腿。她挣着要脱身，奥古斯特便把她扳倒在草地上，将她牢牢压在地上，拿着戒指硬套向她的手指，一下哀求，一下又口出威胁。

　　华特飞奔到兽篷找我，可是等我赶到，厄尔已经将奥古斯特架走了。我恼得七窍生烟，杀到艾蓝大叔的车厢。

我跟艾蓝大叔说，奥古斯特这一闹，一切又得从头来过。艾蓝大叔肺都气炸了，将一瓶酒砸到墙上。

奥古斯特整整消失三天，而艾蓝大叔又开始敲人脑袋了。

奥古斯特不是惟一为玛莲娜失魂落魄的人。夜里我躺在鞍褥上，想她想得心痛，既盼着她来找我，又希望她别来，否则太危险了。我不能去找她。她在姑娘车厢跟一个歌舞女郎一起住。

我们在六天之内设法亲热了两次，躲在内篷壁和外篷面之间的空隙，狂热地互拥，没时间褪去衣物，只拉开衣服就上阵了。这两回鱼水之欢让我既疲乏又焕然一新，既绝望又满足。至于其他时候嘛，我们在伙房恪守分际，表面功夫做到家，即便不可能有人听见，我们说话也十分谨慎，仿佛有旁人同桌似的。尽管如此，我依旧纳闷我们的恋情是不是真的神不知鬼不觉。依我看，我们之间的情感炽烈到肉眼可见。

我们第三度意外浓情缠绵的那一夜，她的气息犹在我唇上，我却做了个鲜活的梦。梦中火车停在森林中，我压根参不透停车的原因，那时是大半夜，也没有人起床。车外不断传来急迫的哀叫。我离开车厢，跟着声响来到陡峭的河岸边。昆妮在涧底挣扎，一只獾挂在它腿上。我叫唤它，狂乱地扫视河岸，找路下去。我抓住细长的枝丫，攀在上面，试图爬下去。但脚下泥土滑溜溜的，无处着力，只得又爬上去。

同时，昆妮甩掉了獾，跌跌撞撞爬上来。我兜起它，检查它的伤势。它居然没事。我将它夹在腋下，走向表演马车厢。一条两公尺半长的短吻鳄挡在车门。我朝下一个车厢走去，但鳄鱼也跟着一起来了，在火车旁蹒跚前进，利牙森森的短吻张开，咧嘴狞笑。我慌了，一转身，

298

另一条巨大的短吻鳄从另一个方向来了。

我们身后枝叶沙沙，树枝啪啪断裂。我一个回身，獾爬上来了，而且为数众多。

我们后面是獾大军，前有十来只短吻鳄。

我醒来，冷汗淋漓。

局势完全无法掌控，而我自己也知道。

在波启普夕，警方突袭，团里上下忽地没了阶级之分，不论工人、艺人、领班等等都唉声叹气，心疼那许多的苏格兰威士忌、那许多的葡萄酒、那许多的上等加拿大威士忌、那许多的啤酒、那许多的琴酒、甚至连私酿酒都给摆着臭脸的条子伸直手臂，倒到碎石地上。我们眼睁睁看着酒流走，汩汩流入不配沾到酒的大地。

随后，我们就被驱逐出城。

在哈特福，好些客人非常气愤萝西没出场表演，而尽管美丽露辛妲不幸归天，但美丽露辛妲的旗帜仍然挂出来，也惹来群众愤怒。律师们的手脚不够快，我们还来不及反应，不满的观众便蜂拥到售票篷车，要求退款。就这样，艾蓝大叔眼见一头是警方步步进逼，一头是乡民追讨入场费，不得以，只好将一整天的收入又吐还回去。

随后，我们就被驱逐出城。

第二天早上便是发薪水的时间。班齐尼兄弟天下第一大马戏团的团员在红色售票篷车前排队。工人们心绪欠佳，他们知道自己大概没指望拿到钱。第一个走向红篷车的人是个杂工，当他两手空空、怒骂不已地离开，其余工人也就昂首阔步走了，啐口水，咒天骂地，只剩艺人和领洼在排队。几分钟后，一阵气愤的低语声从队伍前方传来，这回语音里带着惊诧。艺人居然没领到钱，一个子儿也拿不到，这可是创团第一次。只有领班拿到钱。

华特气坏了。

"搞什么屁嘛？"他回到表演马车厢时这么大声嚷嚷了一句，把帽子丢到角落，颓然坐到铺盖上。

老骆在便床上低啜。自从条子突袭，他要么瞪着墙，要么老泪纵横。只有在我们设法喂他、帮他盥洗的时候，他才开口讲话，但讲来讲去都是央求我们别把他交给儿子。华特和我轮流嘀咕些亲情可贵、宽恕的话来安抚他，但我们俩都不无忧惧。不论他抛下家人浪迹天涯时是什么模样，这会儿他的状况绝对比那时糟糕许多，身子骨永远毁了，照他现在这副德性，恐怕他家人也认不出他了。倘若他们不愿谅解，那他在家人手里茫然无援，又会落到什么境地呢？

"冷静点，华特。"我说，我坐在角落鞍褥上，挥赶烦了我一早上的苍蝇。它们不断在我的痂皮间转移阵地。

"我才不要冷静。我是艺人啊！一个艺人！艺人是有钱领的！"华特大叫，捶着胸口。他扯下一只鞋，猛力向墙壁掷去。他瞪着那只鞋片刻，又扯下另一只鞋，朝角落狠力扔去。鞋落在他的帽子上。华特将拳头搁在屁股下的被子上，昆妮疾步溜到先前用来藏老骆的衣箱后面。

"不用再挨太久了。再多忍几天，我们就走了。"

"是吗，此话怎讲？"

"因为到时老骆就回家去了，" —— 便床上传来一声凄厉的哀叫 —— "我们就能离开这个鬼地方了。"

华特接腔："是喔？那到时我们能他妈的干啥？你有谱了吗？"

我的目光和他的怒眼对上，就这么对看了几秒，然后我别开头。

"哼，我想也是。所以我才需要领到薪水啊。我们到时会变成流浪汉。"他说。

"不会的。"我没有信心地说。

"雅各，你最好想出一条出路，惹上这个麻烦的是你不是我。你跟你女朋友或许还能流浪过活，我不行。你或许觉得这一切都刺激好玩——"

"这才不刺激好玩！"

"——可是我会混不下去。你起码还可以再跳到火车上，四处跑，我不行。"

他默不作声。我呆望着他短小精干的四肢。

他苦涩地胡乱点个头，"没错，正是如此。我之前也讲过，我这副德性，也不是做庄稼汉的料。"

我在伙房排队的时候，心海波涛汹涌。华特完全没错，是我让我们俩惹上麻烦的，我得想法子让我们全身而退。该死，要是我知道怎么办就好了。我们都是无家可归的人。更别提华特还不能跳上火车，我死也不愿意让玛莲娜加入其他流浪汉一起过夜。我就这么心事重重，几乎直直走到了桌位才抬眼。玛莲娜已经端坐在那儿了。

"嗨。"我坐下。

"嗨。"她稍稍迟疑片刻，也开口了。我立刻察觉她不太对头。

"怎么了，出什么事啦？"

"没事。"

"你还好吗？他打你了？"

"没事，我很好。"她低语，盯着盘子。

"不对，你不好。到底怎么回事？他做了什么啦？"我说。其他人开始打量我们。

"没事。你小声点啦。"她嘶声说。

我收敛态度，竭力自制，将餐巾摊放到大腿上，拿起刀叉，小心翼翼地切起猪排。"玛莲娜，请跟我说话吧。"我沉静地说，凝神摆出讨论天气的表情。附近的人慢慢不看我们了，重新进食。

"我那个迟了。"她说。

"什么迟了？"

"就是那个嘛。"

"哪个？"

她抬起头，脸蛋红如甜菜。"我肚子里大概有娃娃了。"

当厄尔来找我，我甚至不惊讶。倒霉事总是接二连三嘛。

艾蓝大叔安坐在椅子上，面容委顿酸苦。今天没有白兰地。他啃着雪茄滤嘴，不断用手杖戳地毯。

"都要三个礼拜了，雅各。"

"我知道。"我嗓音打颤，心思仍然搁在玛莲娜告诉我的事。

"你让我失望，我以为我们有共识。"

"共识一直存在啊。"我局促地动了动身子，"听着，我正在尽力，可是奥古斯特根本没帮上忙。要是他能撇下玛莲娜不理不睬一阵子，她早就回到他身边了。"

"能做的我全做了。"艾蓝大叔从唇间拿下雪茄来看，然后从舌头上拈下一块烟草，弹到墙上。烟草就这么粘在壁上。

302

"你做得还不够。玛莲娜走到哪奥古斯特都跟着，对她大吼大叫，在她窗户外面哭，把她吓死了。你只是让厄尔跟着奥古斯特，在奥古斯特失了分寸的时候把他拉开，这样还不够。假若你是玛莲娜，你会回到他身边吗？"

艾蓝大叔瞪着我，我忽然意识到自己方才在吼他。

"对不起。我会多劝劝她，我发誓，只要你能让奥古斯特再多几天不理玛莲娜——"

"免了吧。从现在起，改用我的办法。"他沉声说。

"啊？"

"我说，要用我的办法，你可以下去了。"他指尖指向门口，"你走吧。"

我盯着他，蠢笨地眨眼。"你的方法？什么意思？"

接着，厄尔的胳膊就像铁条一样箍着我，将我从椅子上拎起来，抓到门口。"艾蓝，那是什么意思？"我越过厄尔的肩头叫，"我要知道你在说什么！你打算怎么做？"

厄尔一掩上门，抓我的手劲便大大减轻了。当他终于把我放到碎石地上，他顺顺我的外套。

"对不起了，朋友。我真的尽力了。"

"厄尔！"

他停步转向我，面容阴郁。

"他在动什么念头？"

他望着我，但一言不发。

"厄尔，拜托，我求你，他打算干什么？"

"我很抱歉，雅各。"他回到火车内。

六点四十五分，再十五分钟就开场表演了。群众在兽篷里乱转，看看动物，进入大篷。我站在萝西旁边，监看它收下观众给的糖果、口香糖、甚至柠檬水。我从眼角余光瞥见一个高个子朝我大步前进。是钻石乔。

"你得赶快开溜。"他跨进萝西的绳栏。

"为什么？出什么事了？"

"奥古斯特要过来了，大象今天晚上要上场。"

"啊？你是说跟玛莲娜一起出场？"

"是啊，奥古斯特不想看到你。他又在发作了，你快走吧，出去。"

我环视兽篷，寻找玛莲娜。她正站在她的马前面，和一家五口闲聊。她瞥我一眼，当她见到我的神情，她的面色也黑得像中场休息时间。

我将这阵子权充象钩的银头手杖递给钻石乔，跨出萝西的绳栏。我见到奥古斯特的高帽正从我左边过来，于是我向右走，经过一排斑马。我停在玛莲娜身边。

"你晓得你今晚得跟萝西一起上场吗？"我说。

"对不起。"她对着她面前的那家人笑一笑，然后才转向我，凑过来说，"我知道啊，艾蓝大叔找我过去，说我们团里要垮了。"

"可是你可以吗？我是说，你……呃……"

"我很好。我不必做什么累人的表演。"

"你摔下来怎么办？"

"不会的。再说，我别无选择。艾蓝大叔还说——哎，该死，奥古斯特来了。你最好赶快走吧。"

"我不想走。"

304

"不会有事的。有土包子在，他不敢造次的。你一定得走了，求求你。"

我回头去看，奥古斯特正朝我们走来，低着头，却是瞪着我们，真如一头即将冲向敌人的水牛。

"求求你。"玛莲娜急了。

我朝大篷走去，沿着表演区边缘走到大篷后方的入口。我停步，钻进观众席下面。

我从一个男人的工作靴之间探看大奇观的表演。不过，看到一半的时候，我察觉到旁边有人。一个老杂工也从椅座间窥看着，但眼睛盯的是另一个方向。他正抬眼看一个娘儿们的裙下风光。

"喂！喂，别看了！"我叫。

群众欢声雷动。一团灰色的庞然大物从观众席边走过。是萝西。我转头去看那个杂工。他踮着脚尖，手攀在一片地板的边缘，向上偷窥。他舔舔嘴唇。

我忍无可忍。我是铸下了滔天大错，那种会令灵魂永远沦落地狱的大错，可是看着一个女人这么被人亵渎，我委实无法忍受。因此，即便玛莲娜和萝西正步入场子中央，我仍旧揪住他的外套，将他从座位席下拖出来。

"放开我！你是哪根筋不对劲吗?"他哀叫。

我手揪着他，但注意力仍搁在场子里。

玛莲娜勇敢地立在球上，但萝西文风不动，四条腿牢牢地站在地上。奥古斯特指天划地，挥着手杖，舞着拳头，嘴巴一开一合，萝西的耳朵平贴头颅。我向前靠过去，更仔细地打量它。它的神情显然在挑衅。

天哪，萝西，不可以，现在不是闹脾气的时候。

我手上抓着的那个肮脏矮冬瓜尖声说："哎，别这样嘛。咱们团里又不是什么正派的场子。我不过就是找点乐子，又没碍着谁。好了嘛！放开我！"

我低头看他。他正在大口喘气，呼吸急促，下颚一排长长的黄板牙。我见了作呕，便将他一把推开。

他连忙东张西望，一见观众没人注意到我们，便倨傲地整整衣领，朝后方入口踉踉跄跄走了。走到门口，他赏我一记白眼，但他睨起的眼却从我身上滑开，落到我身后。他飞扑了开，惊恐停驻在他脸上。

我一个扭身，只见萝西朝我这边飞奔来了，长鼻举起，嘴巴大开。我连忙靠边闪，它冲过去，嘴里吼着，脚步重重落到地上，激得身后扬起一公尺高的锯木屑尘烟。奥古斯特追着它，挥舞手杖。

群众哄堂大笑，鼓噪叫好，以为这是表演的一部分。艾蓝大叔站在场子中央，惊呆了。他张着嘴，怔怔望着大篷后方入口片刻，然后忽地回过神，示意绿蒂上场。

我站直身子，寻找玛莲娜。她从我身边窜过去，像一团粉红影子。

"玛莲娜！"

在远方，奥古斯特已经卯起来修理萝西。它又是低鸣又是哀号，甩着头后退，但奥古斯特犹如机器一般，高高举起那根要命的手杖，尖钩朝下地打在萝西身上，一下一下又一下。当玛莲娜赶上前去，他转身迎向她。手杖落到地上。他目光灼热地狠狠盯着她，完全忽略了萝西。

我见过那个眼神。

我迈开大步向前冲，但跑不到十来步便被撂倒，摔个狗吃屎。一个膝盖压住我的脸颊，我一条胳膊被反剪到后背。

"去死啦，放开我!"我嘶吼，挣扎着，"你是吃错药啦？放开我!"

"给我闭嘴。"老黑的声音从我上方传来，"你哪里都不能去。"

奥古斯特一个弓腰，将玛莲娜扛到肩上，又站直起来。她抡起拳头，捶打奥古斯特的背，双腿又踢又蹦，嘴里尖声大叫，差点儿就从他肩上挣脱落地。但奥古斯特只把她兜回肩上，迈开大步走了。

"玛莲娜! 玛莲娜!"我低吼，重新奋起挣扎。

我挣脱老黑的膝盖，行将爬起之际，后脑挨了一记。我的脑子和眼睛在头骨内一阵震动，眼前爆出一片黑、白星子，而耳朵搞不好也聋了。片刻后，视觉开始由外而内恢复正常。我看到好几张脸，脸上的嘴巴在动，但我只听见震耳欲聋的嗡嗡响声。我颤颤巍巍地把头转来转去，试图看清那些是什么人，那是什么局面，我又在哪里，但地面却发出嘶鸣开始吞陷我。我无力阻止，只得抱住自己。不过，到最后，其实也没必要抱住自己，因为没等地面碰到我，我便被黑暗吞噬。

二十二

"嘘，别动。"

我没动，只是随着车行律动摇头摆脑，扭来扭去。火车头汽笛呜咽响起，听来悠远，却不知怎的压过耳里的轰鸣，钻进我耳朵。我整个身子都仿佛死了似的。

有个湿湿凉凉的东西挨到我额头。我睁开眼皮，只见眼前色彩斑斓多变，形状幻化不定。四条朦胧的手臂掠过我面前，然后凝聚成一条小小的肢体。我作呕起来，嘴唇不由自主地张开，别过头却没吐出东西。

"眼睛闭着。躺着别动。"华特说。

"唔。"我低喃，任头垂到一旁，湿布滑落。片刻后，湿布又放回我额头。

"你被狠狠敲了一记，很高兴你挨过来了。"

"他醒啦？喂，雅各，你还好吗？"老骆说。

我觉得仿佛从一个很深的矿井向上升，一时摸不清东西南北。看来，我是在铺盖上，火车已经驶动，但我怎么回到房里的？又怎么睡着的？

玛莲娜！

我眼皮猛地睁开，挣着探起身子。

"不是叫你躺着别动吗？"华特数落我。

"玛莲娜！玛莲娜在哪里？"我喘息着，又砰地躺回枕头。我的大脑在头颅里翻滚。我想，脑子被打得松脱了。睁着眼睛的时候更是头昏脑胀，所以我又闭上眼皮。眼睛一看不到东西，头颅内的黑暗似乎比我的头还大，仿佛头盖骨已经内外翻转。

华特跪在我身畔，拿下我额头的湿布，浸到水里，拧干。那水滴滴答答落回大碗里，是清澈干净的声音，熟悉的叮玲声响。耳里的嗡鸣开始消退，一股强烈的抽痛取而代之，横扫左右耳之间的整片后脑勺。

华特用湿布为我擦脸，抹过我的额头、双颊、下巴，让我的皮肤濡湿。清凉的麻刺感渐渐渗入皮肤，协助我将注意力放在头颅以外的世界。

"她在哪里？奥古斯特有没有打她？"

"我不知道。"

我又睁眼，眼前的东西歪斜得厉害。我挣着用手肘撑起身子，这一回华特没把我推回铺盖上，只是凑过来，检视我的瞳孔，说："该死，你两边瞳孔不一样大。你觉得自己喝得下东西吗？"

"嗯……可以啊。"我喘息着，想出正确的字眼真难。我知道自己想说什么，但连接口舌和大脑之间的管道八成填满了糨糊。

华特穿过房间，一个瓶盖哐当落地。他回到我身边，将一个瓶子送到我唇边。是沙士*。"恐怕，我就只有这个啦。"他哀叹。

"死条子。"老骆咕哝着，"雅各，你没事啦？"

---

* 沙士：一种碳酸饮料。

我有心回答，但只顾得了撑着身子不躺下去，没有余力分神。

"华特，他还好吗？"老骆这回的嗓音担忧得多。

"应该吧。"华特说，将沙士瓶搁到地上。"是坐起来看看，还是要再多躺一会儿？"

"我得把玛莲娜弄回来。"

"算了吧，雅各，这会儿你啥都做不了。"

"我一定得去。万一他……"我的嗓子哑了，甚至没能把话说完。华特扶着我坐起来。

"这会儿你也无计可施。"

"我不能接受。"

华特怒火冒上来了。"看在老天分儿上，你能不能就听我一次劝？"

他的火气吓得我噤了声。我挪动膝盖，人向前倾，让头枕在胳膊上。我觉得头好沉，好大，起码跟我的身子一样大。

"更别提火车已经开动了，你有脑震荡，我们惹上麻烦，一个大麻烦。这会儿你惟一能做的事，就是别再去捅马蜂窝。要命，要不是你被打昏，要不是老骆还在我们手上，我今晚绝不会上车。"

我盯着双膝之间，看着铺盖，努力把视线定在面积最大的一方布料上。眼前的景象比较稳固了，不再摇来晃去。每一分钟过去，我的大脑就多一部分恢复运作。

"听着，再三天就能甩掉老骆了。"华特继续说，声音清明，"我们只要尽量挨过去就好了。也就是说，我们得小心别遭了暗算，也不能做任何蠢事。"

老骆接腔："甩掉老骆？你就是这么看待我的？"

华特骂道："没错，我现在就是这样看你的！你应该感谢我们这么看待你。倘若我们现在就走人，你想他们会怎么对付你！啊？"

便床上没传来回答。

华特迟疑片刻，叹了口气，"听着，玛莲娜挨打是很可怜，可是看在老天面上！我们要是不撑到普洛维登斯，老骆就玩完了。接下来三天，玛莲娜得自己照顾自己。该死，她都照顾自己四年了，我想她能再多挨三天。"

"她怀上孩子了，华特。"

"什么？"

长长的静默。我抬眼。

华特蹙额说："你肯定吗？"

"她是这么说的。"

他望进我眼底良久。我拼命要迎视他的目光，但我眼球不断溜到一边。

"那我们行事就得更小心了，雅各，你看着我啊！"

"我是想看你啊！"

"我们得闪人。倘若我们要一起活着离开，就得小心行事。我们得按兵不动，是一步都不能动哦！一切都得等送走老骆再说。你能越快认清事实越好。"

便床上传来一声啜泣。华特转过头，"别哭啦！老骆，要是他们还没原谅你，也不会应允接你回家。还是你情愿红灯罩顶？"

"我也不知道啊。"他哭道。

华特向我说："雅各，你看着我，看着我。"当我目光定在他身上，他开口继续说："玛莲娜会应付奥古斯特的，我跟你打包票，她办得到的。她是惟一办得到的人。她清晓一失足就成千古恨。只要再三天就

311

好了。"

"三天之后又怎么办？就像你一直在说的，我们无处可去。"

他气鼓鼓别开脸，又扭回头说："雅各，你到底了不了解我们的处境啊？有时候我真的很怀疑呢。"

"我当然了解啊！我只是不喜欢我们的出路。"

"我也不喜欢，不过我也说过了，只能走一步算一步。现在，只要想法子活到走人那一天就好。"

尽管华特不断向老骆担保，他的家人会张开双臂迎接他回家，但老骆仍然又是哽咽又是擤鼻的。

等他好不容易意识渐渐模糊，睡着了，华特过去查看他一下，然后拧熄煤油灯。他和昆妮窝到角落鞍褥，几分钟后，他开始打鼾。

我小心翼翼地探起身子，不断试试身子究竟稳不稳。完全站直之后，我试着向前踏出一步。我头昏脑胀的，不过似乎还能稳住脚步。我又一连走了几步，也没发生问题，于是我穿过房间，往衣箱走去。

六分钟后，我嘴里衔着华特的刀，手脚并用，爬过表演马车厢的车顶。

在车厢内的时候，火车听来只是微微发出喀喀声，但在车顶上，却是嘈杂的轰响。火车驶过一段弯道，一节节车厢扭动着，颠来颠去，我停下来，攀着车顶杆，直到火车驶上一段直路。

爬到车厢尾端，我踟蹰起来，斟酌下一步怎么办。按理，我可以爬下梯子，跳到另一节车厢，走过一节又一节的车厢，直到抵达目的地。但我担不起被人看到的风险。

如此这般。

于是我站起来，嘴里仍旧衔着刀，叉腿屈膝，双臂猛地张开，仿佛走钢丝。

两节车厢之间看来似乎离了十万八千里，远得没有边际。我振作精神，舌头抵着苦涩的刀面，然后一跃而起，浑身上下每一分筋肉都拼命将我向前送。我双臂双腿都大开大合，准备万一没落到对面车厢上的话，看看能不能凑巧攀住个什么东西。

我落到车顶上，攀住车顶杆，在车顶边上喘得像条狗。有暖乎乎的东西从我嘴角滴下来。我跪在车顶杆上，伸手拿下叼在嘴里的刀，舔掉唇上的鲜血。然后我又衔住刀，留心地将嘴角往后缩。

我就这样爬过了五节寝车。每一回的蹦跃，动作都更利落，更添一点骑士风范。跳到了第六节车厢，我已经得提醒自己该戒慎一点。

当我到达头等车厢，我坐在车顶上，评估自己的状况。我筋肉酸疼，头昏脑胀，而且上气不接下气。

火车又拐过一段弯道。我攫住车顶杆，朝火车头看过去。我们正沿着一个草木蔓生的小丘边行驶，朝高架桥前进。就着昏暗的天光，我看得出高架桥下将近二十公尺深的地方就是多岩的河岸。火车又颠了一下，我拿定主意，打算一路走车厢到第四十八号车厢。

我照旧衔着刀，探下身子。艺人车厢和领班车厢是由铁板平台接在一起的，我只消落到上面就行了。我手还攀在车顶上的时候，火车又抖了一下，晃得我的脚溜到一边。我拼命扒着车顶不放手，汗湿的手在相衔接的铁片上打滑。

当火车又拉直了，我落到铁板上。平台上有栏杆，我倚栏而立，片刻后重振旗鼓。我挪动酸疼打颤的手，从口袋掏出表。将近凌晨三点了，和人迎面撞上的机会渺茫，但难保没个万一。

刀子是个问题，塞进口袋嫌太长，插在腰际又太锋利。最后，我用外套缠起刀子，夹在腋下，然后拨拨头发，揩掉唇上鲜血，拉开车门。

月光从窗户照进车厢，走道空无一人。我立在原地打量四周。火车正走到高架桥上。我低估了山涧的深度，火车离河岸足足三十五公尺，面向一大片虚无。火车摇摇摆摆，我很庆幸自己不在车顶上。

没多久，我便来到三号包厢，瞪着门把瞧。我将刀子从外套中取出，放在地上，穿回外套。然后我拾起刀子，又瞪着门把片刻。

我转动门把，门把发出咔的一大声。我当场僵住，但手仍握住门把不动，看看里面有没有动静。数秒后，我继续转门把，将门向内推开。

我没掩上门，生怕关门的声响会吵醒他。

假如他平躺在床，那快刀朝他脖子一抹就成了。假如他趴睡或侧卧，那我就直直捅过去，同时留意刀刃要切断他的气管。无论如何，我要从他的咽喉下手。我不能手软，伤口一定得够深，让他迅速失血，不能出声叫嚷。

我朝卧房爬过去，刀子紧握在手。天鹅绒布帘拉上了。我将布帘边缘朝自己拉开，窥伺内部。只见他单独睡在床上，我呼地松了一口气。玛莲娜安全无虞，大概是在姑娘车厢吧。事实上，我来的路上一定曾经从她头顶上经过。

我钻进布帘，站在床侧。他睡在靠我这边，留下空间给不在房里的玛莲娜。车窗的帘子没有放下来，月光从树木间隙射进来，让他面孔明明灭灭。

我垂眼凝视他。他穿着条纹睡衣，面容祥和，甚至带着孩子气。他的深色发丝凌乱，嘴角向后拉，绽出微笑。他在做梦。他忽地动了，呷呷双唇，从仰卧翻成侧躺，手伸到玛莲娜那一边，拍拍空床位几次，然后一路拍摸到她的枕头处。他拉住枕头，抱在胸前，拥着枕头，将脸埋在上面。

我举起刀，用双手握住刀柄，尖端离他咽喉半公尺。一刀就得取他性命。我调整刀锋角度，以便一刀下去能划出最大的伤口。车外不再有树木了，一泓淡淡的月光流泻进来，映在刀身。刀刃亮莹莹，随着我调整刀锋角度折射出细小的反光。奥古斯特又动了，打着鼾，猛地翻成仰卧，左臂落到床缘外，停在我大腿几公分外的地方。刀子仍旧泛着寒光，仍旧笼罩在月光下，仍旧折射出光芒。但那不是因为我在调整刀锋，而是因为我的手在颤抖。奥古斯特张开下颚，吸进一口气，发出难听的低沉声响，还咂咂唇。在我大腿旁的手舒放松弛，另一只手的手指则在抽动。

我俯身，小心翼翼地将刀放在玛莲娜的枕头上，又多看了几眼才离开车厢。

肾上腺素消退后，我又觉得头比身体大了。我跟跟跄跄从走道来到车厢尽头。

我得作个决定。我要么再度取道车顶，要么继续穿越头等车厢，那里极可能还有人醒着没睡在赌博，接着穿过所有的寝车，之后我一样得爬到车顶上才能回表演马车厢。于是，我决定还是早点爬上车顶吧。

我几乎消受不起这番折腾，头痛欲裂，大大影响我的平衡感。我爬到相邻平台的栏杆上，七手八脚糊里糊涂就攀到车顶上。一上到车顶，我瘫在车顶栏杆上，恶心欲吐，浑身软趴趴。我躺了十分钟喘口气，继续向前爬行，到了车厢尾再度歇息，俯卧在车顶杆之间，气力全耗尽了，不晓得如何继续前进，但我一定得撑下去，倘若在车顶睡着，一旦火车驶上弯道，我便会滚落下去。

我又闹耳鸣了，而且眼珠乱滚。我四度跃过车厢间的间隙，每一回都笃定自己跳不过去。第五回我险些摔下去，虽然手抓到了细铁杆，但肚子却狠狠撞上车厢边缘，就这么悬在那儿发怔，疲惫到一度心想干脆放手算了，图个省事。溺死鬼最后几秒一定就是怀着这种心思，终于停止挣扎，投入水的怀抱。但我要是撒手，可不会投入水的怀抱，而是残暴的四分五裂。

我霍地回过神，两条腿在那里钩呀钩，直到钩上车顶上缘。接下来，要将身子探上车顶就简单多了。一秒后，我再度躺在车顶杆上喘息。

火车汽笛响了，我抬起庞然大头。我人在表演马车厢上面，只消撑到通风口，跳下去就成了。我时停时爬地到了通风口。通风口开着，怪了，我记得出来时关上了呀。我探下身子，摔到地上。其中一匹马嘶叫不已，喷着鼻息，重重踏脚，不知道在恼火什么。

我转过头，车厢门是开着的。

我吃了一惊，霍地转身去看房间门。也是开着的。

"华特！老骆！"我嚷道。

房内毫无动静，只有门扉轻轻碰击墙面的声响，应和着车底下枕木发出的咔咔声。

我胡乱爬起来，向门飞蹿。我伸不直腰杆，一手扶着门框，另一手按在大腿上，就这么弯腰用丧失视力的眼睛扫视房内。我脑袋里一滴血不剩，眼前又一次只有黑、白星子。

"华特！老骆！"

我慢慢看得见东西了，由外围渐次恢复到内围的视力。因此，我不

316

自觉转动头，试图去看外围的东西。房内只有从木条间隙射进来的月光。就着那月光，我看得出便床上空无一人，铺盖上没有人，角落鞍褥上也没有人。

我歪歪倒倒来到后墙前的那排衣箱，俯身低看。

"华特？"

我只找到了昆妮。它浑身打哆嗦，缩成一团，惊骇地抬头看我。我心中不再有怀疑。

我扑通滑坐在地，哀伤不已，满心罪恶感。我猛力捶地板，冲着上天和天主挥舞拳头。当我终于平静一点，开始无法自制地啜泣，昆妮从衣箱后爬出来，溜到我大腿上。我抱着它温热的身躯，直到我们俩静默地摇动身躯。

我一心想相信华特即使有刀也逃不出生天。可是无论如何，是我让他没有刀子防身的，是我害他必死无疑。

我一心想相信他们逃过一劫。我试图想像他们俩从火车上滚落到长满青苔的林地，一边忿忿不平地咒骂。怎么，就在这一刻，华特大概正在找救兵。他已经把老骆安置在一个有遮阴的地方，自己去找人来帮他忙了。

好，好，事态没有我想的那么糟。我会折回去找他们。等早上了，我就去把玛莲娜带出来，我们往回走到最近的市镇，上医院打听。也许监牢也去问问，以防他们被当成游民关起来。要推算出最近的城镇在哪里应该很简单，只消约略估算——

不会的，不可能，没有人会把一个瘸子老人和侏儒扔下高架桥。连奥古斯特也干不出那种事。连艾蓝大叔也办不到。

后半夜，我都在盘算干掉他们的办法，在脑海里翻来覆去想了又想，品味杀人的点子，仿佛在把玩光滑石子似的。

　　刹车的嘶鸣声让我霍地回过神。不待火车停妥，我便跃下到碎石地上，迈开大步朝寝车走，见到第一节破烂到应该是给工人睡的寝车便踏上铁皮阶梯，狠力拉开门，手劲大到门又反弹得关起来。我再度开门，大步进去。

　　"厄尔！厄尔！你在哪里？厄尔！"恨意和怒火令我嗓音嘶哑。

　　我在走道上阔步，窥看铺位。一张张惊讶的脸都不是厄尔的脸。

　　下一节车厢。

　　"厄尔！你在这里吗？"

　　我停下来，转问一个铺位上一脸困惑的人："他到底死哪去了？他在这里吗？"

　　"你是说负责维安的厄尔？"

　　"对，就是他，没错。"

　　他拇指朝肩膀后一撇说："那边第二节车厢。"

　　我穿过下一节车厢，努力不踩到从铺位下面伸出来的人腿，不撞到露在铺位外的胳膊。

　　我砰地拉开车厢门。"厄尔！你死哪去了？我晓得你在这里！"

　　走道两侧的人都吓了一大跳，在被窝里挪挪方位，瞧瞧是谁闯进来大呼小叫。我顺着走道走，走了四分之三便看到厄尔。我扑向他。

　　"你狗杂种！"我欺身上去掐他脖子，"你怎么下得了手？怎么可以？"

　　厄尔从铺位跳起来，将我的手拉到旁边。"搞啥——等等，雅各，冷静点，出什么事啦？"

　　"你明知故问！"我嘶叫，前臂扭来扭去，挣脱他的手便又扑上去，但不容我碰到他，他又出手挡住了我。

"你怎么下得了手？"我泪水淌过脸颊，"怎么可以？你不是老骆的朋友吗！华特又有哪里对不起你吗？"

厄尔脸白了，愣在那里，双手仍兀自抓住我双腕。他面上的惊骇如假包换，我不禁停止挣扎。

我们惊愕地眨眼。几秒过去。惶恐的嗡嗡低语如涟漪般传过车厢。

厄尔松开手说："跟我来。"

我们步下火车，一离车厢十公尺，他转向我说："他们不见了？"

我瞪着他，在他脸上搜寻装蒜的迹象，但找不到。"对。"

厄尔倒抽一口凉气，闭上双目。我一度以为他会哭。

"难不成你什么都不知道？"我说。

"我知道个屁！你把我当什么人啦？我才不会干那种事。该死，呸，要命，可怜的老家伙，等等 —— "他忽然定睛看我，"你那时候在哪里？"

"在别的地方。"我说。

厄尔盯着我片刻，然后目光低垂到地上。他手叉腰长吁短叹，摇头晃脑思索。"好，我会探听一下一共多少可怜虫被扔下车。不过我跟你说，角儿们一向不会被扔掉，就算只是一个小角儿也不可能。倘若他们丢掉华特，那他们一定会找你下手。换作我是你，我会立刻头也不回，拍拍屁股走人。"

"倘若我不能溜之大吉呢？"

他抬眼，目光锐利，下颚左右动了动，端详我很久，总算开口："白天待在营地不会有危险，假使你今晚回到火车上，千万别靠近表演马车厢，躲到平板货车车厢那边，想歇息就藏在篷车下面。别被逮着了，警醒点，发条要绷紧，一等你能离开就立马走人。"

"我会的，你放心，只是有一两桩事情未了，不搞定不行。"

厄尔意味深长地再看我一眼，说："我晚点再找你。"他迈开大步，朝伙房去了。飞天大队的人正三五成群聚到伙房，他们眼珠滴溜滴溜转，面有惧色。

除开老骆和华特，另有八个人不见了，其中三个来自主列车，剩下五个都是飞天大队列车的。也就是说，老黑他们拆伙同时冲着不同列车下手。团里都快垮了，工人大概本来就会红灯罩顶，但不会是扔下高架桥。高架桥是用来对付我的。

我忽然想到，就在我良心阻止我做掉奥古斯特的那一刻，有人却依照他的嘱咐去杀我。

不知道他醒来见到那把刀会作何感想。希望他明白尽管我最初意在警告，但这会儿我已经决心取他性命。这是我欠每个被扔下车的人的。

我整个早上都在营地里偷偷摸摸潜行，心焦地寻找玛莲娜。到处都不见她的身影。

艾蓝大叔昂首阔步走来走去，黑白格纹长裤，猩红背心，谁要闪得不够快，挡着他的路，他便一掌下去打人家脑袋。他一度瞥见我，忽然停下脚步。我们面对面，相距七公尺远。我瞪了又瞪，拼命将满心的怨恨倾注到目光中。几秒后，他的唇型拉成一个冷笑，一个大右转走了。他的跟班们在后面追。

我远远看着伙房升起午餐的旗帜。玛莲娜在那里，身穿外出服，排队拿菜。她扫视食客，我清楚她是在找我。希望她知道我平安无事。她才刚刚落座，奥古斯特便不知道打哪儿冒出来，和她面对面坐下。他没有拿食物，嘴里说了什么，手便伸出去抓住玛莲娜手腕。她缩回胳膊，弄得咖啡泼出来。他们附近的人侧目打量他们。奥古斯特松了手，霍地起身，长凳向后翻倒到草地上。他猛冲出去。他一走，我便直奔伙房。

玛莲娜抬眼看见我，脸上没了血色。

"雅各！"她倒抽一口气。

我将长凳放平在地上，挨着边坐下。

"他有弄伤你吗？你还好吗？"我说。

"我没事，你呢？我听说——"她的话哽在喉咙，她用手捂住口。

"我们今天离开。我会盯着你，你一逮到机会就快走，我会跟上去。"

她注视着我，面色苍白。"华特和老骆怎么办？"

"我们再回去看看。"

"给我两个钟头。"

"你要做什么？"

艾蓝大叔站在伙房的边缘，手举在半空打榧子，厄尔从伙房另一头应声出现。

"我们房里有一些钱，我会趁他不在的时候进去拿。"她说。

"不行，不值得冒那个险。"我说。

"我会小心的。"

"不行！"

"好了，雅各。"厄尔抓住我的上臂，"老板要你离开。"

"再等一下，厄尔。"我说。

他大叹一口气。"好吧，待会儿你要挣扎一下，可是只能几秒喔，然后我就得把你带出去。"

321

"玛莲娜，你要发誓不会回房间去。"我急迫地说。

"我一定得回去。那钱有一半是我的，不拿的话，我们俩就要一文不名了。"

我挣脱厄尔的手，站着面对他，或者该说面对他的胸脯。

"告诉我在哪里，我去拿。"我粗暴地说，手指戳着厄尔的胸膛。

"在窗户边座位下面。"玛莲娜急切地低语，站起来走到桌位这一边，来到我身畔，"把椅垫掀开，就在咖啡罐里面，不过由我去拿，大概比你方便——"

"好了，我得把你带出去了。"厄尔说，将我扭过身，把我的胳膊反扣在背上。他推我向前，所以我成了个弯腰的姿势。

我转过头面向玛莲娜："我会去拿。你离那列火车远一点，你要发誓！"

我稍事挣扎，厄尔也随便我。

"我要你发誓！"我嘶声说。

"我发誓。"玛莲娜说，"小心哦！"

"放开我，狗杂种！"我吼着厄尔，当然是装装样子。

他和我硬是把场面闹大，离开了伙房。不知道有没有人看得出他虽然扳着我的胳膊，却没把我扳到会发疼的地步。不过他把我扔过草皮足足三公尺，足可掩饰那一点破绽。

我整个下午一下用眼角余光偷瞄，一下闪到门帘后面，一下躲在篷车下面，但始终无法避开别人的耳目，靠近四十八号车厢。再说，午餐后便不见奥古斯特的踪影，他很可能就在车厢里。所以我继续等待时机。

今天没有演出下午场。约莫三点钟的时候，艾蓝大叔站在场子中央一个箱子上昭告大家，今天晚上的表演最好是大家有生以来最好的一次。他没交代不然大家会有什么下场，也没人问他。

就这样，大家临时凑合出一场游行，接着动物们进入兽篷，糖果贩子们跟卖其他食品的人也张罗着摊位。跟着游行队伍一起来的男女老少聚在场子里，不久塞西尔便开始对杂耍场子前面的笨蛋下工夫。

我贴在兽篷的篷面上，扯开篷壁的接缝向内窥看。

我见到奥古斯特将萝西带进篷内。他的银头手杖在它肚腹和前腿后方挥动，威胁它就范。它顺从地听命，眼里却燃着敌意。奥古斯特将它领到它的老位子，将它的腿链在桩上。它怒目瞪着奥古斯特弓起的背，耳朵平贴，接着似乎转了念头，挥动长鼻探察眼前的地面，找到一小块东西，捡拾起来，向内卷起长鼻磨蹭那东西，试试触感才扔进嘴里。

玛莲娜的马已经列队排好，但她人不在兽篷。土包子们鱼贯进入大篷，人都快走光了，她应该在兽篷准备了呀。快来，快来，你在哪里嘛——

我突然想到，尽管她发誓不回他们的包厢，但她八成食言了。该死，该死，该死。奥古斯特还没搞定萝西的铁链，但要不了多久，他便会察觉到玛莲娜不在兽篷，出去找她。

有人拉拉我的衣袖，我一个回转，抡起拳头。

格雷迪举起双手，做出投降的手势。"哇，伙伴，放轻松。"

我松开拳头。"我只是有点神经兮兮罢了。"

"是啊，嗯，也难怪啦。"他四下打量一圈，"唔，我看到你被人从伙房扔出来，你吃饱了没？"

"没有。"

"那我们就去炊事篷，来吧。"

"我不能去，我一毛钱也没有。"我一心急着打发他走开。我转身拉开兽篷的接缝。玛莲娜仍然不在里面。

"我帮你出钱。"格雷迪说。

"我没关系，真的。"我继续背对他，暗暗希望他识趣离开。

"听着，我们得谈一谈。在营地里谈比较安全。"他沉稳地说。

我转过头，注视他的眼睛。

我尾随他穿过场子。大篷内的乐队开始演奏大奇观的伴奏乐曲。

我们来到炊事篷前面排队。柜台后面的人以迅雷不及掩耳的速度翻动汉堡肉，做成汉堡，递给为数不多但很不耐烦的散客。

轮到格雷迪和我了。他举起两根指头，"两个汉堡，山米，我们不赶时间。"

不出几秒时间，柜台后的人送出两个马口铁盘子，我接下一盘，格雷迪拿了另一盘，还递出一张卷起来的钞票。

"你闪开啦。"厨子摆摆手，"你的钱在这里派不上用场。"

"谢喽，山米。"格雷迪将钞票塞回口袋，"真的很谢谢你。"

他走到一张烂木桌前面，一脚跨过长凳坐下，我坐到他对面。

"好啦，你是有什么事要跟我谈?"我说，手指摩搓着一个树瘤。

格雷迪机灵地四下打量一番。"昨天晚上被扔掉的几个家伙又跟上来了。"他拿起汉堡让油汁滴干，三滴油落到盘子里。

"什么，他们人在这里?"我说，挺直了腰杆，扫视场子。只有杂耍场子前面有小猫两三只，大概在等人带他们去芭芭拉的帐篷吧，其他的土包子们全都在大篷。

"小声点。没错，有五个人回来了。"格雷迪说。

"那华特他……"我的心怦怦跳，一说出华特的名字，便见到他眼里泛着光，心里也就有了谱。

"唉，天哪。"我说，扭开头，将泪水眨掉，咽下口水。我过了一会儿才振作起来。"怎么发生的？"

格雷迪将汉堡搁回盘子，足足沉默了五秒钟才回答。当他开口，语调很沉静，没有抑扬顿挫。"火车过高架桥的时候，他们就被扔下车，没有人例外。老骆的脑袋撞到石头，马上就断气了。华特的脚摔烂了，他们只好把他一个留下来。"他吞吞口水，又补一句，"他们觉得他昨天夜里应该就挂了。"

我凝视远方。一只苍蝇落在我手上，我挥手赶它走。"那其他人呢？"

"他们没死。有两个拍拍屁股走人，其他人都追上来了。"他目光左右游移，"比尔也是其中之一。"

"他们打算做什么？"

"他没讲。可是不管怎样，他们都要撂倒艾蓝大叔。我打算尽量帮忙。"

"你干吗跟我说这些？"

"让你有机会开溜呀。你是老骆的朋友，我们不会不顾念你们的交情的。"他凑上前来，胸口抵着桌缘，继续镇定地说，"再说，依我看，你可出不起纰漏。"

我霍地抬眼，他正直勾勾望进我眼底，一边眉毛挑起。

哇，老天，他知道了。既然他知道了，那每个人都知道了。我们现在就得闪人，马上闪。

大篷忽地爆出如雷掌声，乐队天衣无缝地奏起古诺的华尔兹。那是大象萝西上场的暗号，我本能地转向兽篷的方向。玛莲娜要么正准备骑上大象，要么已经坐在它头上。

"我得走了。"我说。

"坐下啦，吃你的汉堡。你要是打算闪人，下一顿恐怕有得等了。"

他双肘杵着粗糙的灰色桌面，拿起汉堡。

我瞪着自己的汉堡，怀疑自己能否咽下去。

我将手伸向汉堡，但还没来得及拿起来，乐声便嘈杂地停顿下来。铜管乐器乱哄哄地同时响起，以空洞的铙钹"锵"一声收尾，声音从大篷抖抖颤颤地飘出来，横越场子，就这么没了声响。

格雷迪当场愣住，仍然俯头对着汉堡。

"怎么了？出什么事了？"我说。

"别吵。"格雷迪厉声说。

乐声再度响起，奏出《星条旗永不落》。

"哎哟老天，哎哟讨厌。"格雷迪一跃而起向后蹦，弄翻了长凳。

"什么？怎么了嘛？"

"灾星逛大街啦！"他回头嚷道，狂奔而去。

所有班齐尼兄弟天下第一大马戏团的团员通通急如星火，冲向大篷。我站起来，立在长凳后面，惊呆了，不明白一切是怎么回事。我霍地转身看油炸厨子，他正在扯下围裙。我嚷："他在扯什么呀？"

他扭着要把围裙翻过头顶脱掉。"这个灾星逛大街嘛，就是说出乱子了，大乱子。"

"哪种乱子？"

有人从我身边冲过去，顺势猛拍我肩头一下。是钻石乔。他拉开嗓门："雅各——兽篷出事啦，动物跑了，快快快，快去啊！"

用不着他多说，我拔腿就跑，跑近的时候，地面在我脚下轰隆隆，不是响声，而是震动，吓得我魂都飞了。蹄子、爪子踩在干泥地上，踏得大地震动。

我冲进兽篷门帘，旋即又贴着篷壁，让路给牦牛跑过去。弯曲的牛角离我的胸膛只有几公分。一只受惊的鬣狗紧抓在牦牛肩上，骇得眼珠子骨碌碌转。

动物全部受惊奔逃。笼舍通通打开了，兽篷中央的地方一片模糊，凝神细看，我从一鳞半爪认出里面有黑猩猩、红毛猩猩、骆马、斑马、狮子、长颈鹿、骆驼、鬣狗、马，事实上，我看到了几十匹马，玛莲娜的马也混在里面，而每一匹都惊得发狂。各种各样的动物左弯右拐、奔窜、嘶嚷、摆荡、狂奔、低吼、哀鸣。到处都是动物，悬在绳索上摆荡，蹒跚地爬上杆子，躲在篷车下，贴着篷壁，溜过兽篷中央。

我扫视帐篷搜寻玛莲娜的身影，却见到一头大猫溜进通往大篷的甬道。是豹子。看着它轻灵的黑色身躯消失在帆布甬道中，我立在那里，等待土包子们察觉异状。我等了好几秒，那一刻终于来了。一声长长的尖叫接着一声，又一声，轰地传出人人争先恐后、推挤逃命的如雷吵嚷。主啊，求求你让他们从帐篷后面出去。主啊，求求你别让他们跑过来这边。

在这一片动物怒海中，我瞥见两个人的身影。他们正在抛拉绳索，将动物撩拨得更加惊骇。其中一个人是比尔。他看到我了，和我四目对望片刻，然后和另一个人一道溜进大篷。音乐第二度刺耳地停止，这回始终没重新响起。

我扫视兽篷，急得跳脚。你在哪里？你在哪里？你到底在哪里？

我瞥见粉红亮片的闪光，猛地转过头去，原来玛莲娜站在萝西身边，我大叫着松了一口气。

奥古斯特在她们前面。他当然是和她们在一起，不然会在哪？玛莲娜的双手捂着口，还不曾发现我，但萝西看到我了。它意味深长地望着我半晌，神色有些古怪，我不禁怔在那里。奥古斯特什么也没注意到，脸红耳赤，咆哮不已，指天划地，挥打那根银头手杖。他的高帽躺在一边的干草上，扁扁的，仿佛他曾经踩过一脚。

萝西伸出长鼻，要拿某个东西。一只长颈鹿穿过我们之间，在慌乱中长颈子仍然优雅地快速摆动。等它过去，我看到萝西将栓它铁链的铁桩拔起来了，松松握住，桩尖靠在硬泥地上。铁链仍然系在它脚上。它若有所思地望着我，然后将目光移到奥古斯特没戴帽子的后脑勺。

"天哪。"我赫然明白它的心思。我跌跌撞撞向前冲，一匹马从我前面经过，我闪过它的臀部。"不行！不行！"

它高高举起铁桩，仿佛铁桩没有重量似的，干净利落地一下就把他的头劈裂，啵，仿佛敲开一颗水煮蛋。它握住铁桩，直到奥古斯特向前翻倒，然后将铁桩插回地上，动作几近慵懒。它向后退，玛莲娜映入我眼帘，她可能看到了刚刚那一幕，也可能没看见。

几乎就在同时，一群斑马从她们面前跑过去。奥古斯特的躯体在黑白蹄腿间忽隐忽现，上上下下。一只手，一只脚，扭曲弹动，柔若无骨。当马群过去，奥古斯特成了一摊混杂血肉、内脏、干草的玩意儿。

玛莲娜瞪着那一片血肉模糊，双眼圆睁，然后瘫倒在地。萝西扇动耳朵，张开口，侧走过去，用四条腿护住玛莲娜。

尽管四周动物仍然狂奔不歇，起码我知道在自己沿着篷壁摸索过去之前，玛莲娜不会有事。

328

有人从大篷来到兽篷，试图循原路出去。我跪在玛莲娜身边，手捧着她的头，正在此时，人们从连接大篷和兽篷的甬道出来，挺进了一两公尺才察觉兽篷内的情况。

跑在前面的人没了去路，被后面的人挤得摔倒。若不是他们后面的人也见到动物奔窜，他们肯定会被人群踩在脚下。

动物们忽然变换方向，各种动物全混在一起。狮子、骆马、斑马跟着红毛猩猩、黑猩猩一起跑。一条鬣狗和一只老虎肩并肩。十二匹马和一头脖子上挂着一只蜘蛛猴的长颈鹿。北极熊用四肢笨拙地前进。它们全朝着人群冲过去。

人潮调转方向，尖叫着想退回大篷。刚刚被推倒在地的人这会儿挤在人群最后面，慌得直跳脚，捶打面前人的后背和肩膀。障碍霍地排除了，人群和动物一起鬼吼鬼叫地奔逃。很难说究竟谁比较惊骇，所有动物绝对是一心一意只想逃命。一头孟加拉虎硬朝一位太太的双腿之间钻挤，让她双脚离了地。她低头一看，昏了，她丈夫便插着她的胳肢窝，把她挽下虎背，拖她回大篷。

不出几秒，除了我以外，兽篷里只剩下三个存活的生物，就是萝西、玛莲娜和癞皮老狮子雷克斯。它爬回了自己的笼舍，蜷缩在角落发抖。

玛莲娜呻吟不已，拉起奥古斯特一只手又放开。我瞟一眼奥古斯特的那摊血肉，决定不能再让她看见。我抱起她，从售票门出去。

营地几乎都空了，人和动物奔到外围，形成一个圆圈。大家都卯起来跑远一点，跑快一点，圈子越扩越大，像水塘表面的一圈涟漪，边缘渐渐消散无踪。

二十三

动物逃窜后第一天。

我们仍在搜捕动物，抓了很多回来。但抓回来的这些并不是镇民的心腹之患。大猫们大半仍然不见踪影，熊也不知去向。

午餐才刚下肚，我们便被召到一家当地馆子。到了那儿，只见狮子李欧躲在厨房水槽下，惊恐地发抖。挤在它身边不得脱身的是同样惊恐的洗碗工。一人一狮肉贴肉挨在一起。

艾蓝大叔也失踪了，但没人觉得意外。营地满是警察来来去去。昨天晚上，有人发现奥古斯特的尸首，也就移走了。警方正在调查，不过只是做做样子，因为他显然是被动物踩死的。听说艾蓝大叔躲了起来，要等他确定不会遭到起诉才回来。

动物逃窜后第二天。

动物被一只一只逮回来，兽篷又满了。警长带着铁道公司的人回到营地，抬出游民法条压人。警长要我们将列车驶离铁轨支线，要知道这里由谁负责。

这一夜，伙房食物告罄。

动物逃窜后第三天。

早上过一半，奈西兄弟马戏团列车来了，停在我们列车旁边的那一线铁轨。警长和铁道公司的人来招呼奈西的经理，如同他是来访的王公贵族似的。他们一同在营地信步闲逛，最后热情握手，笑语呵呵。

当奈西兄弟的人开始将我们的动物、设备搬到他们帐篷和火车上，即便再乐天的人也无法继续否认昭然若揭的事实。

艾蓝大叔开溜了，而我们全团上下都丢了差事。

雅各，好好想想，好好想想啊。

玛莲娜和我是有足够的钱离开团上，但我们无处落脚，离开了又如何？有了未出世的孩子，总得有个盘算。我得找个差事。

我走到城里邮局拨电话给威尔金院长。原本我还怕他不记得我，但他接到我电话似乎松了一口气。他说他常常寻思我跑哪去了，不知道我是否平安，顺道问了我这三个半月做了什么。

我深吸一口气，心里还在想解释一切可难了，嘴里已经在滔滔不绝。话语蜂拥而出，每句话都争先恐后，有时语句夹缠得我得刹住口舌，倒回去换个方式重讲。等我终于静默下来，威尔金院长半晌没吭声，时间久到我疑心电话是否断线。

"威尔金院长，你还在吗？"我将话筒从耳际拿到眼前，盘算要不要用它敲敲墙壁，但没动手，女局长正盯着我瞧呢。其实，该说她正热切地望着我，把我的每个字都听进去了。我转向墙壁，将话筒重新贴在耳朵上。

威尔金院长清清嗓子，结巴了一秒，才说可以，一切都不成问题，欢迎我回去补考。

当我回到营地，萝西正站在兽篷附近，奈西兄弟的经理、警长、一个铁道公司主管也在场。我小跑步过去。

"搞什么屁啊？"我停在萝西肩膀边。

警长转向我说："这个团是由你做主吗？"

"不是。"我说。

"那就不干你的事了。"他说。

"这头大象是我的，这当然是我的事。"

"它是班齐尼兄弟马戏团的财物，身为警长，我有权代表——"

"是团里的财物才怪，它是我的。"

开始有人来凑过来了，多半是我们团里丢了差事的杂工。警长和铁道公司主管紧张地互使眼色。

格雷格走上前，和我四目相望，然后他对警长说："他说的是真的。这大象是他的。他是自立门户的驯象师，跟我们一道走，不过大象是他的。"

"你应该有个什么证明吧？"

我面孔发烫。格雷格充满敌意地瞪警长，几秒后，他开始咬牙切齿。

"既然如此，请各位离开，让我们处理事情。"

我连忙转向奈西兄弟的经理。他惊异地瞪大了眼。

"你不会要它的，连死猪也比它聪明。我是可以叫它做一些事情，但你使唤不动它的。"

他扬起眉毛。"是吗？"

"你试试看哪，叫它做点什么。"我催他。

他那眼神仿佛我头上突然冒出两只角似的。

"我是说真的，你有驯象师吗？让他叫这头大象做点什么。这大象是废物，笨到家了。"

他多望了我一会儿，然后转头叫："迪克，叫大象做点动作。"

一个拿着象钩的人走上前。

我注视萝西的眼睛。萝西，拜托，请你务必了解这是什么场面。拜托。

"它叫什么名字？"迪克说，转头看我。

"葛楚德。"

他对萝西说："葛楚德，过来我这边，马上到我这边。"他拉高嗓音，语音尖利。

萝西低吼，开始摆动长鼻。

"葛楚德，马上走到我这边。"他复述。

萝西眨眨眼，长鼻在地面挥来挥去，然后停下来，卷起鼻尖的肉指，用脚把泥沙踢到鼻尖。接着它挥动长鼻，将捡来的泥沙丢向背上和它四周的人。好些人失声笑出来。

"葛楚德，把脚抬起来。"迪克说，走到它肩旁，用象钩拍拍象腿后侧。"抬起来！"

萝西扇扇耳朵，伸出长鼻嗅他。

"抬脚！"他加了把劲拍象腿。

萝西笑眯眯，翻掏他的口袋，四条腿稳稳立在地上。

驯象师推开象鼻，对他老板说："这家伙说的对，这大象什么屁都不会。你怎么还有办法把它带到这里？"

"那家伙带过来的啊。"经理指指格雷格。他对我说："那它都做些什么？"

"它站在兽篷吃人家给的糖果。"

"就这样?"他满腹狐疑。

"没错。"我回答。

"怪不得这个烂团会倒。"他摇摇头,转向警长说,"你还有什么动物?"

接着我耳里嗡嗡响,压根听不见他们说了什么。

我做了什么啦?

我惶然无助地呆望着四十八号车厢的窗户,思忖该怎么告诉玛莲娜我们这会儿成了大象主人。玛莲娜忽然夺门而出,蹬羚似的从车尾平台一跃而下,落地继续跑,手脚大开大合飞奔而去。

我转身循着她跑的方向看,立刻明白一切。警长和奈西兄弟的经理正站在兽篷旁握手微笑,奈西兄弟的人手牵着玛莲娜的马立在他们身后。

她冲到那儿,经理和警长霍地回身。我离他们太远,听不清他们的交谈,只听到她嗓门狂飙的零星几句恶骂,诸如"好大胆子"、"放肆"、"死不要脸"。她一阵指天划地,"大盗"、"检举"两个字眼从那头传来,唔,是"检举"还是"监狱"?

他们瞠目结舌,惊呆了。

她总算收了口,手臂交抱,臭着一张脸,脚板在地上拍呀拍。经理和警长你看我,我看你,瞪大了眼睛。警长转身,开口正要说话,但不待他出声,玛莲娜又发飙了,妖精似的厉叫,一指头戳上他的脸。他后退一步,玛莲娜便上前一步。警长停下脚,双臂交抱,挺起胸膛,闭上眼睛。玛莲娜收回猛戳警长的手指,手臂再度交抱,脚板在地上拍呀拍，脑袋点呀点。

警长张开眼，转头看经理。经理意味深长地默不作声，最后微微耸肩，皱眉面对玛莲娜。

他撑了约莫五秒，便连连后退，举起双手投降。他有一张"大叔"嘴脸。玛莲娜两手叉腰，等待回答，怒目相视。最后，他涨红一张脸，转身冲着牵马的人吼了几句。

玛莲娜看着十一匹马全部回到兽篷，这才迈开大步回来四十八号车厢。

我的天哪，这会儿我非但没有差事，没有栖身处，而且还得照顾一个身怀六甲的女人、哀恸的狗、大象、十一匹马。

我再度上邮局打电话给威尔金院长。这回他沉默的时间甚至比上回久，好不容易才结结巴巴说他真的很抱歉，但愿帮得了我。当然，他仍然欢迎我回去考期末考，至于我该拿大象怎么办，他压根没主意。

我回到营地，浑身因惊慌而僵硬。我不能把玛莲娜和动物留在这里，自己回伊莎卡考试。要不然，万一警长趁虚而入，卖了兽篷怎么办？我们可以把马安置在车厢，也有钱让玛莲娜和昆妮住在旅馆一阵子，但萝西呢？

我穿过营地，绕行过一大堆散放的帆布。奈西兄弟马戏团的工人正在摊开好几片大篷的帆布，领班在一旁细心监督。看样子，他们在检查破损，才好开价。

我踏上四十八号车厢的门阶，心跳如雷，呼吸急促。我得镇静，心思越转越是想不开。这样不行，完全不行。

我推开门。昆妮来到我跟前，抬头望着我，一副既迷乱又感激的可怜相。它迟疑地摇摇短尾巴，我弯腰搔它的头。

"玛莲娜!"我说，直起身子。

她从绿色帘幕后出来，一副忧心忡忡的模样，扭着手指，避免和我正眼相对。"雅各——噢，雅各，我做了一件大蠢事。"

"哦? 你是说马的事? 不打紧，我都知道了。"

她连忙抬眼。"你知道呀?"

"我看到了，一眼就知道你在干吗。"

她脸红了。"我很抱歉，我只是……昏了头了。我没想过把马要来之后要怎么办。我只是好爱它们，受不了让那个人带走它们。他跟艾蓝大叔一样糟。"

"没关系的，我了解。"我顿了一顿，又说:"玛莲娜，我也有事要说。"

"是吗?"

我嘴巴开了又合，一个字也说不出来。

忧色浮上她的面孔。"怎么了? 出什么事了? 是坏消息吗?"

"我打电话给康奈尔的院长，他愿意让我回去补考。"

她脸色亮起来。"太好了!"

"还有，萝西是我们的了。"

"我们有了什么?"

我急急为自己辩驳。"这跟你的马是同一码子事呀。那个驯象师的样子看了就讨厌，我不能让他带走萝西，不然天晓得萝西会怎样。那头大象是我的心肝，不能任它落到别人手上。所以，我假装萝西是我的，这会儿，它真的变成我的大象了。"

玛莲娜愣愣望了我半晌才点头说："你这么做是对的，我也爱它。它应该过更好的日子。只是，这下我们处境真的很艰难了。"我松了一大口气。她看着窗外，眯眼沉思，最后说："我们一定得加入别的马戏团，就这么简单。"

　　"怎么加入？没人要雇新人。"

　　"只要你够本事，林铃马戏团永远有空缺。"

　　"你觉得我们真的有指望吗？"

　　"当然有，我有棒呆了的大象表演，而你是念康奈尔大学的兽医，绝对有机会的。不过，他们是正派的马戏团，我们得先结成夫妻才行。"

　　"心肝，我打算等死亡证明上的墨水一干便立刻娶你。"

　　她的脸倏地没了血色。

　　"哎呀，玛莲娜，真对不住，我不是那个意思。我是说，我娶你娶定了，信心从来不曾动摇过。"

　　她静默片刻，伸出一只手贴在我脸颊上，然后抄起钱包和帽子。

　　"你上哪去？"

　　她踮起脚尖亲吻我。"去打那通电话，祝我好运吧。"

　　"祝你好运。"

　　我送她出门，坐在铁皮平台上看着她的身影渐行渐远。她的步伐坚定，一步一步直直跨出去，抬头挺胸，所到之处，人人无不侧目。我看着她拐弯，身形隐没到一栋楼房后面。

　　我起身要回厢房，摊开帆布的那伙工人那边传来一声惊呼。一个人向后退了一大步，手揪着肚皮，然后弯下腰，朝着草地呕吐。其他人眼睛仍盯着他们发现的东西。领班摘下帽子，贴在胸膛上。旁人一个接着一个也脱帽致哀。

我走过去，直视那泛黑的东西。那东西很肥大，当我走近，认出小块小块的猩红、金色织物，还有黑白格纹的衣料。

　　是艾蓝大叔，他发黑的脖子上紧紧缠着一条权充绞索的绳子。

　　那天夜里稍晚，玛莲娜和我溜进兽篷，将波波带回厢房。

　　一不做，二不休啊。

二十四

　　一切就这么拍板定案？就么孤零零坐在大厅，等待不会现身的家人？

　　真不敢相信赛门忘了来。他哪天不好忘记，偏偏挑今天。谁不忘记，偏偏是赛门忘了，这小子出世的头七年可是在林铃马戏团度过的呀。

　　讲句公道话，这小子应该七十一岁了，还是六十九？该死，我已经厌倦了搞不清年代。等萝丝玛莉来，我要问她今年是哪一年，一劳永逸解决问题。那个萝丝玛莉待我很好，就算我的言行很蠢，她也不会让我觉得自己很驴。男子汉大丈夫应该知道自己的岁数。

　　很多事情我都记得一清二楚。好比赛门出世那天吧，天哪，真是个好小子，真是松了一口气！我走向床边，天旋地转，惊惶无措，而我的天使玛莲娜就在那里，仰头对我笑。她的人是倦了，却是春风满面，臂弯里裹着被子的小家伙脸好黑、好皱，简直不像人。可是当玛莲娜将被子从他头顶掀开，我看出他的皮肤是红色的，而我想我搞不好会欢喜得昏倒。我从不曾疑心自己会不爱他，把他拉扯长大，这信心从没真的动摇，可是当我看到他的红头发，仍旧差点失手把他摔到地上。

我瞥时钟一眼，心急如焚，绝望不已。开场的重头戏铁定已经结束了。唉，不公平！那些压根不知道自己在看表演的老疯癫都去马戏团了，而我却在这里！困在这个大厅里！

是吗？

我皱眉，眨眨眼。我怎么会觉得自己被困住了呢？

我瞄瞄左边，瞄瞄右边，没人。转头看看交谊室，一个看护飞也似的经过，她胸前抱着一个病历板，眼睛盯着鞋子。

我将屁股挪到椅垫边缘，手伸向助行器。依我估量，只消走上五公尺便能抵达自由之地。唔，重拾自由后是还得穿越整整一条街，可是如果我走过去，我敢打赌，应该还来得及看最后几段表演，还有压轴，尽管那无法弥补我错过的主秀，但也还有看头。一股暖流涌过我身躯，我哼着鼻子硬是忍住笑。或许我是九十几岁啦，但谁说我茫然无助。

走到大门时，玻璃门自动向两旁滑开。谢天谢地，不然我大概没法子一边操作助行器，一边开启一般的门，绝对办不到的。我是步履欠稳没有错，但是无妨，我可以步履不稳地出去。

我来到人行道，停下脚。阳光令我目眩。

我举起助行器，朝左边转五公分，再砰地放下。助行器的胶轮刮过水泥地，声音令我头晕。真是噪音啊，是咔啦咔啦的噪音，而不是橡胶的"吱吱吱"或"吧答吧答"的声响。我在助行器后面拖着脚步，品味便鞋拖过地面的感觉。我依样画葫芦多转了两次，便正对我要走的方向了。完美的三段式转弯法。我牢牢抓住把手，拖着脚出发，注意力集中在脚上。

千万不能走太快，跌倒就大事不妙了。外面没有铺地砖，所以我用自己的脚估算进展。每跨出一步，我便将一脚的脚跟拉到和另一脚脚尖

340

平行。就这样，我一次走二十三公分。我不时停步，估算距离。尽管走得慢，却是持续向前。每一回抬头，那顶红白帐篷看来都大了一点。

这段路耗了我半小时，中间还停下歇腿两次，不过我几乎快到了，而且已经感觉到胜利的快感。我有点儿喘，但两条腿仍然稳健。半路上我碰到一个女人，我觉得她可能会找我麻烦，好不容易才甩掉她。我并不得意，我平日说话不是那副德性的，对女人尤其如此，可是我才不要让爱管闲事的人坏了我的好事。除非我看完剩余的节目，我绝不回去；倘若谁要逼我回去，那人就去死算了。就算现在看护们追上我，我也要把事情闹大，我会大吵大闹，让他们出丑，逼他们去找萝丝玛莉过来。当她明白我的意志多坚定，她会带我去看马戏团。就算她会因此而无法值完她的最后一次班，她也会送我去的，反正，这是她最后一次值班了。

天啊，没有她，那地方我怎么待得下去？一想起她即将离职，一股哀伤撼动我老旧的躯壳。但哀凄之情不一刻便由欢喜替代。我离大篷不远了，已经听得到如雷的音乐了呢。噢，美妙动人的马戏团音乐哟。我舌尖停驻在唇角，脚下加了把劲。就快到了，再撑几公尺就好了——

"喂，老头子，你想上哪儿去？"

我停步，心里一怔，抬眼看去，只见一个后生小子坐在售票窗口。窗口四周是一袋袋的粉红色、蓝色的棉花糖，闪光玩具在他手肘下面的玻璃柜台里。他眉毛上穿了个铁环，下唇打洞戴了个铁珠，两个肩头各有一大片刺青，指甲缝黑黝黝的。

"你看我是想到哪里？"我怨愤地说。我没时间跟他吵。我已经错过太多节目了。

"门票一张十二元。"

"我一毛也没有。"

"那你不能进去。"

我哑然失声，还在拼命挤话出来的时候，有个人来到我身边。他年纪比较大，胡子刮得干干净净，衣着不错。我敢打赌，他是经理。

"怎么了，罗斯？"

那小子朝我撇撇拇指。"老家伙想偷溜进去，被我逮个正着。"

"偷溜！"我惊呼，义愤填膺。

那人看我一眼，转头对那孩子说："怎么讲这种话？"

罗斯臭着一张脸，低下头。

经理站在我面前，笑容可掬。"先生，我很乐意带您进场。要不要坐轮椅进去？待会儿就不必担心找不到好位子，方便一些。"

"那敢情好，谢谢。"我心中一颗大石落地，宽慰得随时会落泪。刚刚跟罗斯口角，我害怕极了，担心自己好不容易走了这么远的路，却因为一个戴唇环的青少年而吃上闭门羹。可是一切都圆满无事，我不但获准进场，而且可能还可以坐到前排的位子。

经理拐到大篷侧边，推了一架医院用的标准款轮椅过来。我让他扶我坐上去，让酸痛的肌肉歇歇。他将我推向入口。

"别把罗斯放在心上。他虽然身上打了一堆洞洞，倒是个好孩子。只是他身上那么多洞，喝水居然不会漏，倒也是奇迹。"

"在我们那个年头啊，票亭都是老年人负责的，有点儿像马戏团生涯的终点站。"

"您待过马戏团啊？是哪一团？"

"我待过两个，头一个是班齐尼兄弟天下第一大马戏团，第二个是林铃。"我语带自豪，每个字都在舌头上滚一匝才吐出口。

轮椅停下来，那人的脸忽地来到我面前。"您在班齐尼兄弟做过？什么时候？"

"一九三一年的夏天。"

"动物窜逃事件时您也在场？"

我大声说："没错！见鬼啦，我是亲临其境，当时我人就在兽篷里面，我是他们的兽医。"

他不敢轻信地望着我，"真难以相信！那大概是继哈特福大火、哈华马戏团列车出轨事件之后最著名的马戏团意外。"

"那件事确实惊心动魄，我记得可清楚啦，仿佛昨天才刚发生过一样。见鬼，昨天的事我还没记得那么清楚呢。"

这人眨眨眼，伸出一只手。"查理·欧布莱恩，三世。"

"雅各·扬科夫斯基一世。"我握住他的手。

查理·欧布莱恩凝视我良久，手平贴在胸膛上，仿佛正在发誓。"扬科夫斯基先生，我要送您进场了，不然再拖您就没节目可看了。不过表演结束后，如果您愿意到我的拖车小酌，那就真是三生有幸，太光荣了。您可是活历史啊，我很想听听那场灾难的第一手说法。之后，我很乐意送您回家。"

"恭敬不如从命。"

他一下便来到轮椅后面。"太好了，希望您喜欢我们的表演。"

三生有幸，太光荣了。

我镇定地微笑，任他将我推到第一排。

二十五

马戏团散场了。那表演帅呆了，虽然声势不及班齐尼和林铃，但那本来就是意料中事。想要有往日马戏团的排场啊，非得有火车不可。

经理带我来到一辆设备精良的休旅车，让我坐在车后一张塑料桌前面啜饮同等精良的纯麦威士忌。如果没弄错的话，是拉风极（Laphroaig）威士忌。我话匣一开就停不了，什么秘密都抖出来告诉查理。我道出父母车祸、和玛莲娜相恋、老骆和华特的死。我说出自己曾经三更半夜衔了一把刀，爬过火车顶，打算谋杀。我告诉他被扔下车的工人、动物的逃窜、艾蓝大叔的遭勒杀。最后，我讲了萝西做了什么。我不假思索，嘴一开，话语便源源涌了出来。

我忽地松了一大口气，畅快极了。这些年来，秘密始终埋在心底。原本以为道出萝西的秘密会有罪恶感，跟背叛它一样，但话说出口，却觉得得到赦罪似的，甚至有点像得到救赎。尤其查理同情地对我点头，那种感觉更强烈。

我始终不肯定玛莲娜究竟晓不晓得萝西的事。那一刻，兽篷里天下大乱，我压根不知道她看到了什么，我也从不曾跟她提起那件事。我说不出口，生怕她知道后会对萝西改观，也怕把话说透了，她会怎么看待我。尽管奥古斯特是萝西杀的，但我也要他死。

一开始，我三缄其口以保护萝西。当年，处决大象并非什么稀罕的事，萝西确实需要保护，但没道理隐瞒玛莲娜。就算玛莲娜知情后对萝西心存芥蒂，也绝不会对萝西不利。在我们结发这些年里，我就只瞒她这一件事。瞒到最后，便不得不继续瞒下去。这种事情啊，瞒久了秘密本身便无关紧要，要紧的是你一直隐匿未说。

听完我的故事，查理没有丝毫的惊异或批判。我宽慰极了，说完动物逃窜事件，又继续说下去。我告诉他我们在林铃的往事，又说第三个孩子出世后，玛莲娜打心底厌倦了漂泊天涯的生活，大概是想落地生根吧，再加上萝西也露出老态，我们便离开林铃。幸好，芝加哥布鲁克菲动物园的驻园兽医那年春天忽然暴毙，这份差事便成了我的囊中之物。毕竟，我照顾外来动物已经有七年经验，学历好得没话说，而且我还有一头大象。

我们在郊区买了地产，离动物园远到可以豢养马匹，又近到开车上班不算太累人。马儿们或多或少是淡出演艺生涯，不过玛莲娜和孩子们仍然三不五时骑骑它们。它们添了吨位，日子过得惬意。不过只有马儿发了福，孩子们和玛莲娜可没有。波波当然也跟我们在一起。它一辈子惹出来的麻烦，比全部孩子加起来还多，不过我们依旧爱它。

那是我们的幸福日子，我们的太平年！那些无眠的夜呀，哭嚷的奶娃儿呀，家里看来有若龙卷风肆虐过的日子呀，我照顾五个孩子、一头黑猩猩而太太躺在床上发烧的日子呀，就连那一连打翻四杯牛奶的夜呀，儿子惹出麻烦而我得到警察局保他出来的日子呀，还有一回到警局竟然是为了带回闹事的波波，那些都是我们的黄金时光，辉煌的年月。

但一切晃眼过去，前一分钟玛莲娜和我还为了家庭团团转，下一分钟孩子们便在跟我借车，离家飞奔去念大学了。而现在呢，现在我成了一个九十来岁的孤单老人。

好个查理呀，当真饶有兴味地听我怀旧。他拿起酒瓶，倾身向前，我将酒杯推向他，门上却传来敲门声。我连忙缩回手，仿佛被烫到似的。

查理滑下凳子，俯身在窗上，用两根指头撩开格子窗帘向外看。

"要命，是条子，不晓得他们来干吗？"

"他们是来找我的。"

他看了看我，目光锐利而精准。"啊？"

"他们是来找我的。"我努力直视他的眼睛。这并不容易，多年前的脑震荡留下了眼球震颤的毛病。我愈是努力定睛注视一个人，眼球愈会溜来溜去。

查理任窗帘合拢，走到门口。

门外一个低沉的嗓音说："您好，我要找一位查理·欧布莱恩，有人说他在这里。"

"没错，正是在下，请问警官有什么事？"

"希望您能帮帮忙，有一位老人家从这条街上的养老中心失踪了，看护说他可能会来这里。"

"如果他有来，我倒是不会意外，马戏团老少咸宜嘛。"

"话是不错啦，但这人都九十三岁了，而且身体很孱弱。本来他们还指望表演结束就看到他回来，但表演结束两个钟头了还没见到人，他们担心极了。"

查理和气地对条子眨眼。"就算他有来，恐怕现在也不在喽。我们正在拔营，很快就要离开了。"

"今天晚上有没有看到那样的人呢？"

"有，好几个呢。很多人合家同欢，把家里的老人也带来了。"

"有没有落单的老人呢?"

"没注意到。不过话说回来,来的人这么多,看多了也就不去留意什么了。"

条子将头探进拖车,瞥见我,目光登时一亮,显然对我颇有兴趣。"那是谁呀?"

"谁? 你说他吗?"查理朝我的方向指一指。

"对。"

"那是我爸。"

"可以进去打扰一下吗?"

查理没多加犹疑,站到一边说:"当然可以,请便。"

条子进入拖车。他个子很高,只得驼着背进来。他有尖尖的下巴,弯得厉害的鹰钩鼻,两只眼睛跟红毛猩猩一样贴得很近。他走近了,眯着眼细细端详我。"先生,您好。"

查理向我使个眼色。"爸爸几年前曾经严重中风,不能讲话了。"

"让他待在家里不是比较好吗?"

"这里就是我们的家。"

我张开嘴,让下颚来抖去,伸出颤巍巍的手去拿酒杯,险些把酒打翻。只是差一点打翻,不然就可惜这上等威士忌了。

"让我来,老爸。"查理连忙上前,一屁股坐在我身边的凳子上,为我拿起酒杯,送到我唇边。

我像鹦鹉似的尖着舌头,让舌尖碰到朝我嘴巴漂滚来的冰块。

条子盯着我们瞧。我没直视他,但可以用眼角余光瞥见他。

查理搁下杯子,一派安然望着他。

条子又多打量我们一会儿,然后睨着眼环视车内一圈。查理神态自

347

若，我努力滴口水。

好不容易，条子扬扬帽子。"先生，谢谢。如果你看到他，或是听到什么消息，请立刻通知警方。照那个老先生的状况来看，他根本不能一个人在外面蹓跶的。"

"我会的。想到营地看看就尽管去，我会叫员工注意有没有那样的老人，如果他出事就不妙了。"

"这是我的电话号码，有消息就打电话给我。"条子给查理一张名片。

"一定一定。"

条子又多打量一眼，然后走向门口。"那好吧，再见。"

"再见。"查理送他到门口，关上门后又回到桌边，坐下来为我们俩各斟一杯威士忌。我们各自啜了一口，默默静坐。

"你真的不想回去了吗?"他总算问了。

"嗯。"

"你的身体状况如何? 需要服药吗?"

"不用吃药，我身体没毛病，只是年纪大了。至于年纪大的问题嘛，迟早会自然而然解决的。"

"你的家人呢?"

我又啜一口威士忌，摇摇杯底残存的酒液，然后一仰而尽。"我会寄明信片。"

我看看他的表情，晓得我把话说拧了。

"我不是那个意思，我爱他们，我也晓得他们爱我，但我不再是他们生活的一部分，而是他们的担子。就是因为这样，我今天晚上才得自个儿想法子来看表演，他们压根儿忘掉要来看我了。"

查理皱起眉头，一副犹豫不决的模样。

我急了，又说："我九十三岁了，还能有什么损失？我能照顾自己，只是有些事情需要人家帮忙，但绝对不是你心里想的那些事。"我觉得眼眶濡湿了，努力控制住破相的脸，装出坚强的模样。我的的确确不是软脚虾。"带我一起走吧。我可以卖门票，罗斯年纪轻轻，什么都能做。把他的工作让给我吧，我还会算数，不会少找钱的。我知道你的马戏团不靠坑人赚钱。"

查理也泛出泪光，真的，我敢向老天发誓。

我继续一口气说下去："如果他们找到我，我就回去。如果没找到我，嗯，那等到这一季结束，我会打电话，叫他们接我回去。如果期间我怎么样了，那你就打电话，他们会来带我走。有什么大不了的呢？"

查理直视我。我从没见过那么严肃的神情。

一、二、三、四、五、六——他不会回答了——七、八、九——他会把我送回去，他没道理不打发我回去，他压根不认识我啊——十、十一、十二——

"好吧。"他说。

"好吧？"

"好吧，就让你有话题可以告诉孙子、曾孙、玄孙。"

我开心地高声大笑，喜得晕晕乎乎。查理眨眨眼，给自己倒了一指深的威士忌，若有所思片刻，再度拿起酒瓶。

我出手挡住。"还是不要的好，以免走路不稳，摔得臀骨骨折。"

然后我哈哈大笑，以阻止自己咯咯咯傻笑。这真是太夸张了，太妙了，九十三岁又怎样？就算我是老古人一个、脾气火爆、身子瘦弱又怎样？如果他们愿意接纳我的过错收容我，为什么我不该跟马戏团跑掉？

就像查理跟条子说的，对我这个老头子而言，马戏团就是我的家。

跋

　　这部作品的灵感来得意外。2003 年年初，我正在准备撰写另一本完全不同的书。有一天，《芝加哥论坛报》报道摄影师开尔提（Edward J. Kelty）于 1920 年代和 1930 年代跟着马戏团巡回美国的事情，随文附上的照片勾起我浓厚的兴趣，便购买两本旧日马戏团照片集，分别是《请这边走：开尔提照片集》（*Step Right This Way：The Photographs of Edward J. Kelty*）和《野、怪、妙：格拉席尔目睹的美国马戏团》（*Wild，Weird，and Wonderful：The American Circus as Seen by F. W. Glasier*）。翻阅完毕后，我已经深深着迷，勾销原本的写作计划，一头栽进火车巡回马戏团的世界。

　　首先，我向马戏世界博物馆的档案管理员要来一份建议书单。这座博物馆位于威斯康星州巴拉布，原是林铃兄弟马戏团的冬季大本营。书单中有很多绝版书籍，但我透过古书商设法搜罗到手。不出几周时间，我前往佛罗里达州沙拉索塔造访林铃马戏团博物馆。无巧不巧，他们正在大量贩卖馆藏善本书的复印本。回家时，我的荷包失血好几百美金，书却多得拿不动。

　　随后四个半月，我都在钻研撰写这个主题的必备知识，其间又跑了三趟研究行程（重访沙拉索塔、参观巴拉布的马戏世界博物馆、到堪萨斯市立动物园度过一个周末，向一位他们的前任大象管理员讨教大象的肢体语言及行为）。

美国马戏史五彩缤纷，本书最惊人的情节便来自事实与奇闻（两者的界线在马戏史上是出了名的模糊）。这些情节包括泡在福尔马林中展示的犀牛、放在大象笼舍中游街过市的一百八十公斤“壮妇”遗体、一头不断拔出铁桩偷取柠檬水的大象、一头从马戏团跑到人家后院菜圃的大象、一头狮子和一个洗碗工一同被困在水槽下面、在大篷帆布捆中发现马戏团经理横死的尸体等等。书中也提到了可怕的牙买加姜汁药酒瘫痪症，这是真真实实的悲剧，在1930和1931年间，毁掉了大约十万名美国人的生活。

最后，我想提提两头旧日马戏团的老母象。它们不仅是本书重要情节的灵感来源，也应该留名后世。

在1903年，塔西（Topsy）的训练师喂它吃点燃的香烟，它便杀人。在那个年代，马戏团大象除非杀死民众，否则杀死一两个人一般不会有事。但那是塔西第三度取人性命。科尼岛月神游乐场（Luna Park）的饲主们决定公开处死塔西，但吊死它的计划引来舆论非议，毕竟，吊刑难道不是残忍而不寻常的惩罚？塔西的主人们心生一计，转向发明家爱迪生求助。爱迪生为了“证明”竞争对手威斯汀豪斯（George Westinghouse）的交流电一点也不安全，多年来一直公开用电杀死野狗、野猫，偶尔也用马或牛，但不曾使用大象这么大的动物。爱迪生接下挑战。当时纽约官方已经使用电椅取代吊刑，因此民众不反对电死塔西。

据说饲主曾使用掺入氰化物的萝卜毒杀塔西，失败后才改用电击。另有一说是它食用氰化物萝卜后立刻施以电击。无论真相如何，爱迪生确实带了一架电影摄影机到场，让塔西穿上铺了铜的鞋套，在一千五百名观众面前将六千六百瓦的电流注入塔西身上。塔西大约十秒钟死亡。爱迪生认为这次处决证实了交流电的危险，便在全美各地播放处决影片。

再来是一段轻松一点的真人实事。同样在 1903 年，达拉斯一家马戏团向马戏传奇人物哈根贝克（Carl Hagenbeck）买下大象"老妈"（Old Mom）。由于哈根贝克宣称老妈是他最聪慧的大象，买主对老妈冀望颇高。但无论新驯象师怎么做，老妈只是拖着脚走动。他们很不高兴，说它百无一用，"每回都得又推又拉，才能把它弄到下一个马戏场子"。后来哈根贝克去探访老妈，听到新主人嫌弃老妈资质鲁钝，他气愤不过，开口骂人。他骂人时用的是德文，大家才赫然明白原来老妈只懂德文。自此事情有了转折，他们以英文重新训练老妈，老妈的演艺生涯大放异彩。1933 年，它在朋友和团员的陪伴下以八十岁高龄辞世。

我敬塔西和老妈一杯——

文
景

Horizon

社 科 新 知　文 艺 新 潮

大象的眼泪

［美］莎拉·格鲁恩 著

谢佳真 译

出 品 人：姚映然
责任编辑：杨　沁
封面设计：聂永真

出　　品：北京世纪文景文化传播有限责任公司
　　　　　（北京朝阳区东土城路8号林达大厦A座4A 100013）
出版发行：上海人民出版社
印　　刷：山东临沂新华印刷物流集团有限责任公司
制　　版：北京大观世纪文化传媒有限公司

开 本：890mm×1240mm 1/32
印 张：11.125　字 数：238,000　插 页：2
2008年1月第1版　　2019年6月第28次印刷
定 价：42.00元
ISBN：978-7-208-07224-4/I·454

图书在版编目（CIP）数据

大象的眼泪/（美）格鲁恩（Gruen，S.）著；谢佳
真译. —上海：上海人民出版社，2007
书名原文：Water for Elephants
ISBN 978-7-208-07224-4

I.① 大… II.① 格…② 谢… III.① 长篇小说—美
国—现代 IV. I712.45

中国版本图书馆CIP数据核字（2007）第103939号

本书如有印装错误，请致电本社更换 010-52187586